I0582158

Symptomatisch

Ein Apokalyptischer Horrorthriller

M.L. Banner

Toes in the Water Publishing, LLC

Urheberrecht © 2018 - 2025 bei Michael L. Banner.

Alle Rechte vorbehalten.

ISBN:(Taschenbuch): 978-1-947510-73-9

ISBN: (E-Book): 978-1-947510-72-2

ISBN:(Hardcover): 978-1-947510-75-3

V 1.1

SYMPTOMATISCH ist ein originales fiktionales Werk.

Die Charaktere und Dialoge sind Produkte der lebhaften Fantasie dieses Autors.

Ein Großteil der Wissenschaft und der historischen Vorfälle, die in diesem Roman beschrieben werden, basieren auf der Realität, ebenso wie ihre Warnungen.

Kein Teil dieses Buches darf in irgendeiner Form ohne schriftliche Genehmigung des Verlags oder des Autors reproduziert werden, außer wie es nach US-amerikanischem oder deutschem Urheberrecht erlaubt ist.

PRÄLUDIUM

Als die Wut begann

B evor der erderschütternde Aufprall kam, warf der zwölfjährige Dominic Sanchez seine Angelschnur in die Bucht. Fast sofort spürte er ein Zupfen.

Sein Publikum bestand aus zwei der zahlreichen Straßenkatzen, die seine Insel bevölkerten. Beide miauten erwartungsvoll, denn sie wussten, was bald kommen würde.

„Hey Pedro", sagte er zu dem magersten der beiden, „wart mal. Lass mich erst mal einholen."

Der kleine Pedro setzte sein Betteln fort und rieb sich zusätzlich an Dominics Bein, um ihn daran zu erinnern, dass sie darauf warteten, gefüttert zu werden. Die größere der beiden Katzen, Beatriz, saß geduldig da, wissend, dass Pedro für sie beide betteln würde.

Dominic zog ganz leicht an der Rute, um den Haken tiefer in seine Beute zu treiben. Als er sicher war, dass er sie hatte, holte er den Fisch ein. Angesichts des leichten Zugs an der Schnur vermutete er, dass er nicht sehr groß war. Kaum eine Minute später zog er das kleine Ding aus dem Wasser, wo es krampfhaft zappelte.

„Gute Nachricht, Pedro. Du und deine Frau esst zuerst. Der ist zu klein für mich."

Pedro und seine Gefährtin miauten beide in gespannter Erwartung.

Die handflächengroße Corvina wurde geschickt vom Haken gelöst und seinen beiden pelzigen Freunden hinter ihm zugeworfen. Der Fisch hüpfte einmal auf dem Holzsteg, bevor Pedro und Beatriz sich auf ihn stürzten. Jeder schnappte sich sofort ein Stück vom Fisch, bevor fast ein Dutzend anderer Katzen auf den Steg stürmten, um sich an dem Fressgelage zu beteiligen.

„Hey Leute", rief Dominic der herannahenden Meute zu und scheuchte den Größten von ihnen weg, der bereits versuchte, nicht nur die restliche Corvina zu schnappen, sondern auch die Stücke, die seine Kumpel davon abgerissen hatten. „Seid nicht gierig. Pedro und Beatriz haben das erste Anrecht auf den kleinen Fisch. Und dann bekomme ich den nächsten."

Pedro und Beatriz hielten ihren Leckerbissen fest und flitzten weg von dem nun leblosen Kadaver und dem Gewusel von Fell um ihn herum.

Dominic bestückte seine Leine neu und machte sich bereit für den nächsten Wurf. Diesmal, so dachte er, würde er viel weiter auswerfen, wo die größeren Fischschwärme sein sollten. Er streckte seinen Arm über die wie wild um die knochigen Überreste kämpfenden Katzen aus und warf seinen Freunden einen schnellen Blick zu, bevor er erneut ausholte.

Pedro ignorierte die Welt um sich herum und putzte sich bereits, nachdem er seine kleine, aber befriedigende erste Mahlzeit des Tages verschlungen hatte. Beatriz schien auf etwas anderes fixiert zu sein, wahrscheinlich sehnte sie sich nach dem, was als Nächstes kommen würde.

Diesmal legte Dominic seinen ganzen Körper in den Wurf und schleuderte seine Leine perfekt in die Luft.

Er riss seinen Kopf in die Richtung, in der sein Köder landen sollte, und zuckte plötzlich zusammen; seine Schultern versteiften sich, sein Mund klappte auf.

Der beschwerte Haken schoss durch die Luft und beschrieb einen perfekten Bogen in Richtung seines Ziels. Aber in seiner Abwärtsbewegung prallte er vom Stahlrumpf eines riesigen Treibstoffbehälters ab, der direkt auf Dominic zuhielt.

Er war so verblüfft, dass er seine Angel losließ, die ebenfalls nach außen segelte und etwa einen Meter entfernt in die kleine Bucht platschte.

Die Katzen und er stoben den Steg hinunter, sicher, dass der Lastkahn sie jeden Moment treffen würde.

In dem Moment, als er sich zum Wegrennen umgedreht hatte, wurden seine Ohren von einem mahlenden Geräusch von Metall auf Sand und dann Felsen attackiert. Auf halber Strecke den Holzsteg hinunter wurde er seitwärts geschleudert, und seine Ohren erbebten von dem Geräusch von Brettern, die in tausend Stücke zersplitterten.

Dominic gab sein Bestes, um nicht zu stolpern und zu fallen, während sich der Steg, der plötzlich länger schien als je zuvor, unter ihm noch mehr verdrehte.

Als er den Punkt erreichte, wo das verdrehte Holz des Stegs auf den Betonwellenbrecher traf, waren die quälenden Geräusche bereits abgeklungen. Er drehte sich um, um zu sehen, wie weit es entfernt war, sofort erleichtert. Der schwarze Lastkahn war auf halber Strecke durch den teilweise zerstörten Steg zum Stehen gekommen. Sein Atem wurde unregelmäßig vor Sorge, als er nach einem Zeichen suchte, dass seine Freunde wohlauf waren. Dann näherte sich hinter der Seemauer vorsichtig ein gescheckter Schwanz, der ihm sagte, dass es ihnen gut ging.

Nach einer langen Minute verklang das Rasseln und Quietschen des Schiffs, das von der einlaufenden Flut gegen den zertrümmerten Steg gedrückt wurde. Dominic begann sich zu wundern, warum auf dem Deck des Lastkahns keine Aktivität zu sehen war. Er hatte dieses Schiff schon ein paar Mal in den kleinen Hafen der Stadt einlaufen sehen. In dem Moment, in dem seine Festmacherleinen angenommen wurden, wimmelte die kleine Besatzung normalerweise an Deck herum wie Ameisen bei einem Picknick. Dominic achtete auf diese Dinge, weil er, wenn er groß war, Kapitän eines Schiffes werden wollte.

Er starrte das tote Schiff vor sich an und war überrascht, dass immer noch niemand an Deck kam, um zu sehen, wo sie gestrandet waren. *Wo waren sie? Sie konnten doch nicht schlafen, oder?*

Dominic drehte sich um, um zu sehen, ob jemand anderes den Aufprall gehört hatte, immer noch unsicher, was er als Nächstes tun sollte.

Er war ganz allein.

Das Knarren und Rasseln des Schiffsrumpfes, der gegen den Steg rieb, fühlte sich fast so an, als würde es ihn einladen, an Bord zu kommen.

Er war noch nie an Bord eines so großen Schiffes gewesen.

Da er keiner dieser Jungen war, die nur in Büchern über Dinge lasen, machte sich Dominic wieder auf den Weg den Steg hinunter. Aber durch den Aufprall war der Holzsteg zu einer Schräge hochgedrückt worden und führte nun am anderen Ende direkt zum Deck des wartenden toten Schiffes.

Dominics Haut kribbelte bei dem Gedanken, dass vielleicht alle an Bord aus irgendeinem Grund tot sein könnten. *Vielleicht war der Kapitän an einem Herzinfarkt gestorben: Alte Leute starben immer an Herzinfarkten.* Die kühle Brise reizte seine kribbelnde Haut noch mehr. Seine Fantasie produzierte ein Bild davon, wie der tote Körper des Kapitäns aussehen könnte, über die Speichen des Steuerrads des Schiffes drapiert.

Ein hochstehendes Brett und seine Unaufmerksamkeit ließen Dominic stolpern.

Das hielt ihn jedoch nicht auf. Dominic lehnte sich in seinen Aufstieg und erklomm die steile Steigung des Stegs, die direkt zur Schiffskante zu führen schien. Es sah aus, als könnte er buchstäblich direkt auf das Vorschiff laufen, was auch sein Plan war.

Ohne es überhaupt anzusehen, ging er an der vertrauten Schablonenschrift an der Schiffsseite vorbei, die verkündete: „Ramirez Fuel Services SA, Punta Delgado, Spanien."

Als er am neu entstandenen Ende des Stegs ankam, das nun zusammengedrückt und zerfetzt war, sprang er über die fünf Zentimeter breite Lücke und landete oben auf dem Deck. Er erstarrte und lauschte, ob ihm jemand sagen würde, er solle verschwinden. Irgendjemand.

Er war noch nie auf einem Treibstofftanker gewesen, da er sich nicht wirklich für diese Art von Schiff interessierte: Er wollte Kapitän eines Kreuzfahrtschiffes oder einer großen Luxusyacht werden. Seine einzige Bootserfahrung bisher beschränkte sich auf das Rudern eines kleinen Ruderbootes eines Nachbarn.

Abgesehen von dem Reiben des Schiffes gegen das zerbrochene Durcheinander dessen, was von ihrem Steg übrig war, und einem steifen Wind, der seine eigene Melodie pfiff, hörte Dominic nur Pedros Schnurren direkt unter ihm. *Dieses Schiff ist eine Geisterstadt.*

Er schauderte bei diesem Gedanken.

Sein Blick wanderte zu seinem Kumpel hinunter. Er wollte ihn gerade fragen, ob er bereit sei, das Schiff zu erkunden, als er bemerkte, dass er in einer großen roten Pfütze stand, die sich stark vom weißen Deck des Schiffes abhob.

Es war Blut. Jede Menge Blut.

$\sim\!\!\bullet\!\!\sim\!\!\bullet\!\!\sim\!\!\bullet\!\!\sim$

Salvadore Calderon, der PCP-Polizeichef von Vila de Corvo, knallte die Tür seines Skoda zu. Fast augenblicklich pfiff er übertrieben angesichts des Anblicks vor ihnen. „Na, Tomas, das ist noch etwas, was Sie auf dem Festland nicht sehen würden."

Tomas Novo, der Jüngste seiner beiden Beamten, der ihn angefleht hatte, ihn in eine größere, aufregendere Polizeieinheit auf dem portugiesischen Festland versetzen zu lassen, sagte nichts. Der junge Mann rückte seine Mütze zurecht und wartete auf seinen Vorgesetzten. Als Sal sich neben ihn stellte, starrte auch er auf den zerstörten hundertjährigen Steg und das Schiff, das den Schaden verursacht hatte und mitten darin steckte. Tomas fragte: „Glauben Sie, es wird Leck schlagen?"

„Ich mache mir mehr Sorgen darüber, warum ich keine Besatzung sehe und was den Unfall verursacht hat", sagte Sal. Seine Stimme verlor sich im Wind, als er auf den Steg stapfte. Es fühlte sich an, als würde er sich mit der Flut bewegen.

Sal dachte über seine eigenen Fragen nach und fragte sich dann, ob dieser Tag noch seltsamer werden konnte. Er und sein Beamter waren gerade von der Untersuchung zweier separater Tierangriffe und dann eines Berichts über eine verrückte Frau, die ihren Mann getötet hatte, zurückgekehrt. Und jetzt das. Ihre kleine Wache war kaum zwei Kilometer entfernt. Als sie den Knall gehört hatten, schien es, als wäre die ganze Stadt aus ihren Häusern und Geschäften geströmt, um zu sehen, was all der Lärm zu bedeuten hatte.

„Tomas, nehmen Sie Ihr Funkgerät und lassen Sie Val Ramirez Shipping in Puento Delgado anrufen. Sehen Sie nach, ob sie wissen, dass ihr Schiff an unserer Küste gestrandet ist."

Sein Juniorbeamter begann, unverständlich in sein Funkgerät zu brüllen, während Sal den geneigten Steg bestieg, der am Steuerbord-Bug des Schiffes endete.

Sal versuchte, Tomas' Stimme auszublenden, um auf andere Geräusche zu lauschen. Außer dem Wind und dem Knarren des Schiffes gegen den zerbrochenen Steg hörte er nichts.

Als Sal auf das Deck der Barge sprang, wusste er sofort, dass etwas ganz und gar nicht stimmte, und zog als Reaktion darauf seine Dienstwaffe, eine Beretta.

Tomas brüllte noch etwas ins Funkgerät und erstarrte neben ihm, als er die gezogene Waffe seines Vorgesetzten sah.

Sal gestikulierte, ohne etwas zu sagen. Eine Blutlache und die blutigen Turnschuhspuren eines Kindes führten zu der offenen Tür ein paar Meter voraus.

Als sie den Schrei eines kleinen Jungen hörten, rannten beide los.

Sie folgten der Blutspur, aber mit jedem ihrer Schritte fühlte Sal, wie seine Angst zunahm. Zweimal blickte er zu Tomas zurück, um sich zu vergewissern, dass es keine Halluzination war. Er hatte in letzter Zeit das Gefühl, Dinge zu sehen, also bildete er sich vielleicht auch das hier ein. Jedes Mal, wenn Tomas seinen Blick mit demselben „Das ist echt verrückter Scheiß"-Ausdruck erwiderte, wusste er, dass es real war. Er wollte ihm jedes Mal sagen: „Na, Sie wollten doch Aufregun g… hier haben Sie sie." Aber er hielt sich zurück, bis sie die wahnsinnig lange Strecke vom Bug zur Tür zurückgelegt hatten.

Es war ein Eingang in die Eingeweide des Schiffes, wo die Blutspur endete. Die Tür schwang leicht durch die Schaukelbewegung des Schiffes, die von der einlaufenden Flut verursacht wurde.

Sal war etwas außer Atem und war erleichtert, als er zurückblickte und sah, dass sein junger Beamter es auch war.

„Für mich klang es nach einem männlichen Kind", stellte Tomas fest, offensichtlich bemüht, seine eigene wachsende Unruhe zu glätten.

Er hatte Recht, es war ein Junge, und der Schrei kam ihm ebenfalls bekannt vor. Er kannte dieses Kind wahrscheinlich, denn er kannte jeden in ihrer Stadt. „Folgen Sie mir", sagte er und starrte dann seinen Stellvertreter an. „Schießen Sie nur, wenn es unbedingt sein muss." Er wollte nicht von dem nervösen jungen Mann in den Rücken geschossen werden.

Tomas nickte und hielt seine Dienstwaffe mit beiden Händen nach unten.

Der Eingang führte in ein dunkles Treppenhaus, das fast sofort in eine feuchte Schwärze abfiel. Ein blinkendes Licht unten gab für einen Moment den Blick auf die Leere frei.

Ein Tier kreischte hohl, als wäre es verletzt und wütend.

Es war nah.

Sal hatte eine schlimme Vorahnung, dass dies ein weiterer Tierangriff sein könnte, obwohl er keinen Grund hatte, die beiden Angriffe auf seiner Insel mit diesem Unfall in Verbindung zu bringen. Sein Herz begann, reichlich Adrenalin in seinen Körper zu pumpen. Irgendetwas anderes schien falsch zu sein.

War er es?

In all seinen Jahren bei der Polizei war er unversehrt geblieben, weil er umsichtig riskante Situationen vermied. Nur wenn einer seiner Männer in Gefahr war, begab er sich selbst in Gefahr, und auch dann erst, nachdem er bis zum letzten möglichen Moment gewartet hatte. Jetzt fühlte er sich anders. Er hatte das Gefühl, dass es ihm egal war, auch wenn es riskant war. Schlimmer noch, er freute sich auf das, was da unten war. Sein Herz pumpte fröhlich; seine Brust hob sich freudig. Er hätte erschrocken sein sollen, genau wie sein Beamter es war.

Dann hörte er ein weiteres Brüllen, jetzt viel näher. Eine Gestalt erschien im gelblichen Licht des blinkenden Stroboskops. Es war kein Tier. Es war ein Mann. Es war der alte Ramirez, der Kapitän und Besitzer dieses Schiffes. Ramirez hob seinen Blick das Treppenhaus hinauf, um Sals Blick zu begegnen, und kreischte ihn an. Da erkannte Sal, dass Ramirez die Tierlaute von sich gegeben hatte, die er gehört hatte, als wäre er das Tier. Ramirez' Augen leuchteten mit jedem Aufblitzen des Lichts rot wie zwei Blinker; sie schienen ihn anzublinzeln. Dann drehte sich Ramirez um und verschwand.

Sal zögerte nicht. Er trat in die Dunkelheit.

Teil III

SYMPTOMATISCH
„Dein Auge ist das Licht deines Körpers.
Wenn dein Auge klar ist, ist dein ganzer Körper licht.
Wenn es aber böse ist, dann ist auch dein Körper
finster."
Lutherbibel, Lukas 11,34

Chapter 01

Die Abstimmung (Elf Tage später)

„Es sind ihre verdammten Augen", brüllte Boris. Sein Gesicht verzog sich zu einer Grimasse, die Chloe Barton in der Dunkelheit nicht sehen konnte. „Ihre verdammten roten Augen. Daran erkennt man, dass sie Tiere sind."

„Aber sie sind keine Tiere, sie sind immer noch Menschen...", flehte Chloe. „Sie sind mit einer Krankheit infiziert und haben einfach keine Kontrolle über das, was sie tun."

„Vermutlich würdest du das Gleiche über Pädophile sagen: Es ist nicht ihre Schuld, sie wissen nicht, was sie tun. Na und? Sollen wir Mitleid mit ihnen haben, weil sie krank sind?" Das kam von einem Offizier auf der anderen Seite der Gruppe. Sie kannte ihn nicht.

Chloe seufzte und fühlte sich, als würde sie gegen den Strom in einem Fluss voller Piranhas schwimmen. „Das sage ich nicht. Ich sage nur, dass es keine Lösung ist, sie alle zu töten. Und das entspricht nicht dem, wer wir als Menschen sind."

Boris sprang von seinem Aluminiumstuhl auf und stieß ihn dabei fast um. „Schätzchen, ich sage dir, genau das sind wir. Je schneller wir alle Parasitären töten, desto besser. Für uns alle."

„Pssst. Da kommt jemand", keuchte einer aus ihrer Gruppe.

Alle in der Gruppe hielten den Atem an. Alle Köpfe drehten sich, um zu sehen, wer es war. Ein einzelnes Paar Schritte, kaum hörbar über der steifen Meeresbrise, wurde mit jedem Schritt lauter. Jemand kam definitiv in ihre Richtung.

Chloe zog sich in die Gruppe zurück und wollte von niemandem gesehen werden, besonders nicht von einem weiteren Offizier. Als Leiterin der Schiffsklinik fühlte es sich nicht richtig an, bei einem Treffen des Widerstands gegen Parasitäre zu sein. Sie blickte in die Gesichter, die meisten in Schatten gehüllt. Sie kannte viele von ihnen; das war schwer zu vermeiden, da nur noch so wenige der ursprünglichen Besatzung übrig waren. Einige kannte sie nicht, weil sie entweder in Bereichen arbeiteten, die sie einfach nie besucht hatte, oder weil sie ursprünglich Passagiere waren, wie Boris.

Sie war erstaunt von Leuten wie Boris, von dem sie wusste, dass er mit dem Parasiten infiziert war, der viele Männer in Monster verwandelt hatte. Er war einfach noch nicht symptomatisch geworden. Aber das konnte jederzeit passieren. Was würde er dann tun, seinen eigenen Tod befehlen? Höchst unwahrscheinlich. Es war einfach nur seine Angst, die aus ihm sprach.

Sie alle hatten Angst, besonders vor dem, was vor ihnen lag. Es schien, als hätten sie eine gewisse Kontrolle über die Dinge, aber diese Kontrolle fühlte sich bestenfalls unbeständig an. Also wollten alle Sicherheit und waren bereit, alles dafür zu opfern, einschließlich jedes Gefühls von Moral, das sie hatten. Nun, sie würde kein Teil davon sein. Sie hatte noch keine Antwort für ihre Parasitären, aber sie würde keinen Massenmord dulden. Es war einfach nicht richtig.

Die Schritte waren jetzt fast bei ihnen und hallten vom Pooldeck wider.

Einige der gestreckten Hälse zogen sich vom Rand der Freilichtkinoleinwand zurück, anscheinend zufrieden mit dem Besitzer der Schritte.

„Es ist nur Bohdan. Er gehört zu uns", sagte jemand, den sie nicht sehen konnte.

Bohdan Oliynyk war ein verabscheuungswürdiger Mann niederster Ordnung. Ein Tscheche aus der Technik, er war vor zwei Tagen da gewesen und hatte über Halsschmerzen geklagt. Als Chloe sagte, dass sie für dieses medizinische Zentrum verantwortlich sei, weigerte er sich zu gehen, bis ein männlicher Arzt ihn untersuchen würde, und sagte, dass er den Worten einer Frau, die nicht einmal Ärztin sei, nie vertrauen würde.

Glücklicherweise für Chloe sah ihn ein männlicher Krankenpfleger, der ein freiwilliger Passagier war, untersuchte ihn, diagnostizierte eine akute Pharyngitis, gab ihm Antibiotika und schickte ihn weg.

Sie hatte gehofft, er wäre in der Technik versiegelt geblieben. Sie zog sich weiter in die Dunkelheit zurück.

„Gutes Timing, Bohdan." Paulo von der Sicherheit und Organisator dieses Treffens meldete sich zu Wort. „Wir haben gerade darüber diskutiert, ob wir die Verrückten wie gute, missverstandene Menschen behandeln oder sie einfach töten sollen. Wir waren kurz davor abzustimmen. Willst du-"

„Lasst uns abstimmen. Keine weiteren Diskussionen", erklärte Bohdan.

„Okay, alle, die nichts gegen die Verrückten unternehmen wollen, die in unserer Lounge eingesperrt sind, wo sie eines Tages ausbrechen und uns alle auffressen könnten, sagen ‚Aye'."

Nur eine andere Person, ein schüchtern klingender Mann, sagte zusammen mit Chloe „Aye".

„Alle, die diese Abscheulichkeiten beseitigen wollen, bevor sie uns alle töten, sagen ‚Nay'."

Ein überwältigendes „Nay" ertönte aus der Gruppe.

„Die Nays gewinnen. Nun lasst uns besprechen, wie wir das durchführen sollten."

Chloe stand von ihrem Stuhl auf und konnte gar nicht schnell genug von diesem Ort verschwinden. Als sie sich entfernte und versuchte, sich an die Schatten zu schmiegen, hörte sie Bohdan sprechen.

„Ich weiß einen Weg, das zu tun, und ich kann es morgen früh erledigen."

Chapter 02

Ted

Sie stand über ihm, während er schlief. Seine Kabine war völlig dunkel, und doch beobachtete sie ihn und hörte ihm zu, wie er etwas aus einem anhaltenden Albtraum murmelte.

Sie schlüpfte aus ihrem langärmeligen Sporttrikot und dann aus ihrer Shorts. Sie zog die Decke zurück, glitt in sein Bett und schob sich langsam zu ihm hin. Ihre Hand fand ihn, sie wusste, was er mochte.

Nach ein paar Sekunden stöhnte er leise. Sie lächelte darüber.

Sie kroch auf ihn und bewegte ihre Hüften langsam. Sein Stöhnen wurde als Reaktion lauter und er begann, sich mit ihr zu bewegen.

„Du gehörst jetzt ganz mir", flüsterte sie.

Seine Augen öffneten sich abrupt und er starrte sie an. Ihr Grinsen war breit wie der Grand Canyon und ebenso ekstatisch. Er kannte ihr ansteckendes Lächeln nur zu gut. Aber dieses war anders. Es fühlte sich falsch an.

Er wusste nicht warum, bis es offensichtlich wurde.

Es war stockfinster in der Kabine, und doch waren die Züge ihres Gesichts und ihres Körpers absolut klar zu erkennen. Sie sah perfekt aus: zu gleichen Teilen zart und stark und entzückend sexy.

Sie grinste bei seiner Erkenntnis noch breiter, falls das überhaupt möglich war. Sie bewegte ihre Hüften schneller, und er sah, dass er ihre Bewegungen erwiderte. Sie waren eins. Sogar ihre Augen – jetzt beide rubinrot – pulsierten in perfekter Synchronität zu ihren Bewegungen und ihren Herzschlägen. Sein Atem wurde schneller, ebenso wie ihrer, als ob er für sie atmete.

Oder atmet sie für mich?

Die logische Seite seines Gehirns war damit beschäftigt herauszufinden, wie er sie in der Dunkelheit sehen konnte. Er konnte das nicht auflösen, selbst wenn er alles andere akzeptierte. Und doch war ihr geisterhafter Umriss so klar, als würde ein Vollmond irgendwie sein unheimliches Licht auf sie werfen. Einige ihrer Details schienen sogar so klar zu sein, wie sie es bei Tageslicht wären.

Aber wie?

„Du fragst dich, wie du mich sehen kannst", stellte sie fest, als könnte sie auch seine Gedanken lesen.

Er erstarrte.

Das abgrundtiefe Lächeln verschwand von ihrem Gesicht. „Hör nicht auf, Liebling, wir fangen gerade erst an."

Er spürte, wie sein Mund sich öffnete, nun klaffend.

Sie beugte sich über ihn, presste ihre nackte Brust gegen seine und nahm sanft seine Lippen mit ihren auf. Sie küsste ihn leidenschaftlich, zog sich dann aber abrupt zurück. „Du bist jetzt einer von uns."

Sie driftete weiter von ihm weg, aber ihre Beine und Oberschenkel blieben um ihn geschlungen. Ihre Hände umklammerten noch immer seine Hüften und schlossen sich dann noch fester um ihn. Sie wollte, dass er wusste, dass sie die völlige Kontrolle über ihn und seine Bewegungen hatte.

Sie war jetzt so stark, so viel stärker, als er gedacht hätte, dass sie sein könnte. Und er wusste, dass sie ihn zerquetschen, in zwei Teile brechen konnte, wenn sie wollte. Aber das tat sie nicht; sie wollte nur, dass er wusste, dass sie diese Art von Macht über ihn hatte.

Er akzeptierte es.

Sie löste eine Hand von seiner Hüfte. Sie erhob sich langsam in die Luft über ihm, als würde sie schweben, ihre Faust und ihr Zeigefinger wurden zu einem Zeiger. Sie lenkte seinen Blick auf die andere Seite des Bettes, auf das, was eigentlich ihre Seite sein sollte.

Er drehte seinen Kopf in diese Richtung, begierig darauf zu erfahren, was sie ihm zu sagen versuchte. Der Schock darüber, dass er seine Kabine in völliger Dunkelheit klar sehen konnte, war verschwunden, weil er wusste, dass das, was sie gesagt hatte, stimmte. Er war irgendwie wie sie geworden, und das erschreckte ihn zutiefst.

Obwohl jedes ihrer Merkmale und viele Details seiner Kabine kristallklar waren, konnte er die sich bewegende Form neben ihm nicht ganz ausmachen. Als er die Dunkelheit wegblinzelte, konnte er nicht erkennen, was es war, nur dass etwas unter der Decke lag, auf ihrer Seite des

Bettes. Dann, basierend auf seiner Größe und Form, wusste er, dass es kein Etwas war; es war ein Jemand. Sie waren jetzt nicht mehr allein.

Abgestoßen davon versuchte er, sich von der sich windenden Masse wegzubewegen, die er jetzt deutlicher sehen und deren Rascheln er sogar hören konnte. Aber sie hielt ihn fest, kontrollierte ihn immer noch und verlangte, dass er es sah. Er gab auf.

„Öffne deine Augen, Liebling", befahl sie, ihre Stimme verführerisch, aber ernst.

In diesem Moment wurde ihm klar, dass seine Augen geschlossen gewesen waren. Er wollte nicht sehen, wer oder was mit ihnen im Bett war. Und was auch immer es war, raschelte jetzt noch mehr. Und es stöhnte.

Er riss seine Augen auf und durchbohrte erneut die Dunkelheit. Und er sah, dass die Gestalt unter den Laken hervorgekommen war und in ihrem Bett saß.

Die Erkenntnis traf ihn wie ein Schlag ins Gesicht.

Es war Jean Pierre, ihr amtierender Kapitän. Derselbe Mann, mit dem sie früher an einer FBI-Untersuchung gearbeitet hatte, kurz bevor sie sich verändert hatte. Jean Pierre war hier, in ihrem Bett.

Als ob das nicht schon Schock genug für sein System war, wurde ihm klar, dass etwas schrecklich falsch mit diesem Mann war.

Jean Pierre rang nach Luft. Würgte. Gleichzeitig waren seine Hände um seinen Hals geklammert. Dicke Blutströme sickerten durch die Lücken zwischen seinen Fingern. Eine dunkelrote Flüssigkeit floss über seine formelle Kleidung und sammelte sich um ihn herum.

Sein Gesicht war eine surreale Todesmaske des Terrors. Er versuchte, um Hilfe zu rufen, aber es kam nur als leises Wimmern heraus. „Hilfääää."

„Oh mein Gott, was hast du getan?", bellte Ted, während seine Augen sich in ihre bohrten.

Sie brach in schallendes Gelächter aus. „Das hast du getan, Ted. Du bist jetzt ein Mörder, genau wie ich."

Er hustete, weil sein Mund voller etwas Weichem war... Kaubarern. Er spuckte es aus; ein fleischiger Klumpen platschte in eine Pfütze neben ihm. Die Pfütze war Blut... Jean Pierres Blut. Und seine klebrige Wärme bedeckte seinen Mund, seinen Körper und jetzt... ihren.

In diesem Moment war Ted sowohl aufgeregt erregt als auch völlig verängstigt. „Neiiiin!"

Sie kicherte als Antwort, bis ihr Lachen brach und in eine fast kratzig klingende Stimme überging, die verlangte: „Ted, sind Sie da?"

Ihre Stimme wurde entfernter, fast von ihr losgelöst, als wäre sie eine Bauchrednerin, die ihre Worte in die Dunkelheit warf, wo sie von der Nacht verschlungen wurden.

Wieder ein kratziger Ruf zu ihm von der anderen Seite des Raumes, nur diesmal lauter: „Ted, sind Sie da?"

Die statische Stimme ertönte noch einmal: „Ted, sind Sie da?"

Er öffnete und schloss seine Augen mehrmals und dann wieder, weil er sie in der Dunkelheit nicht mehr sehen konnte. Er konnte überhaupt nichts sehen.

Seine rechte Hand schoss unter der Decke hervor und er tastete verzweifelt an der Wand entlang, auf der Suche nach dem Schalter.

Als er ihn betätigte, explodierte grelles weißes Licht in seiner Kabine. Er richtete seinen Blick nach vorne, wo seine Frau gewesen war. Sie war nicht mehr da. Er riss seinen Kopf nach links, in der Erwartung, den blutigen Mann zu sehen – wer war es noch mal? Auch er war verschwunden.

Es war Jean Pierre. Der war dort gewesen.

Es war alles nur ein schrecklicher Albtraum. Nichts weiter.

„Ted, sind Sie da?", ertönte es aus dem Funkgerät auf seinem Nachttisch. „Hier spricht Kapitän Jean Pierre; bitte antworten Sie, wenn Sie mich hören können."

TAG ZWÖLF

WIE FÜR DIE MEISTEN MENSCHEN AUF DER WELT BEGANN DIESER TAG NACH EINEM ALBTRAUM. FÜR MICH ENDETE DER ALBTRAUM, ALS ICH AUFWACHTE; FÜR FAST ALLE ANDEREN GEHT ER WEITER.

VIELE AN BORD UNSERES SCHIFFES SIND VORSICHTIG HOFFNUNGSVOLL, DASS WIR UNSEREN ALBTRAUM HINTER UNS GELASSEN HABEN. IN DER ZWISCHENZEIT IST DER REST DER WELT NOCH IMMER IN ENDLOSEN TOD UND ZERSTÖRUNG GEHÜLLT. SELBST WENN WIR DIE KOMMENDEN TAGE ÜBERLEBEN, WIRD DER ALBTRAUM NOCH IMMER UM UNS HERUM SEIN, WIE DIE DUNKLEN, UNHEILVERKÜNDENDEN WOLKEN, DIE JETZT DEN GANZEN HIMMEL BEDECKEN. WIR SIND UNS NICHT SICHER, OB DIES NORMALES AZURIANISCHES WETTER IST ODER EIN ZEICHEN FÜR NOCH MEHR KOMMENDE DUNKELHEIT.

DENNOCH GIBT ES GRUND ZUR HOFFNUNG.

ALS DIE RAGE UNS WIE EINE FLUTWELLE TRAF, SCHIEN ES, ALS WÜRDEN WIR DAS GLEICHE SCHICKSAL ERLEIDEN WIE DER REST DER WELT. ICH GEBE ZU, ZEITWEISE DIE HOFFNUNG VERLOREN ZU HABEN, ZUNÄCHST ALS SO VIELE PASSAGIERE UND BESATZUNGSMITGLIEDER IHR LEBEN VERLOREN

UND DIE ÜBRIGEN SICH IN EINE NEUE ART VON MONSTER VERWANDELTEN, ALLE SCHEINBAR VON EINEM EINFACHEN PARASITEN KONTROLLIERT. DANN BESTÄTIGTEN WIR, DASS DIES ÜBERALL GESCHAH.

AUS DEN LAUFENDEN NACHRICHTENMELDUNGEN, BIS WIR KEINE MEHR EMPFINGEN, ERFUHREN WIR, DASS DIE GLEICHE FLUTWELLE DES WAHNSINNS ÜBER DIE WELT HINWEGFEGTE UND FAST NIEMANDEN UNBERÜHRT LIESS. MILLIARDEN VON WUTERFÜLLTEN TIEREN UND MILLIONEN VON BLUTDURSTIGEN MENSCHEN GRIFFEN ALLES AN, WAS EINEN HERZSCHLAG HATTE UND NOCH NICHT INFIZIERT WAR. IN DER TAT SAHEN DIE AUSSICHTEN FÜR DAS ÜBERLEBEN AUCH NUR EINES EINZIGEN DÜSTERER AUS ALS JE ZUVOR IN DER MENSCHLICHEN GESCHICHTE.

DENNOCH IST ES ALS WISSENSCHAFTLER SCHWER, NICHT MIT EHRFURCHT UND WERTSCHÄTZUNG AUF DAS ZU BLICKEN, WAS MÖGLICHERWEISE DIE DÄMMERUNG EINER NEUEN SPEZIES IST. DIESE PARASITÄREN (SO NENNEN WIR DIEJENIGEN, DIE VOLLSTÄNDIG VON DER RAGE-KRANKHEIT KONTROLLIERT WERDEN) WERDEN SICHERLICH DIE NEUE SPITZE AUF DER ERDE SEIN, DER PLATZHIRSCH IN DER NAHRUNGSKETTE. ALS LEBENSLANGER ATHEIST BEGANN ICH, DAS SCHICKSAL ZU AKZEPTIEREN, DAS UNS MENSCHEN ZUGETEILT WURDE: DAS AUSSTERBEN STAND WAHRSCHEINLICH KURZ BEVOR.

UND DOCH KANN ICH DIE THEORIE NICHT AUSSCHLIESSEN, DASS HIER EINE PROVIDENTIELLE HAND AM WERK WAR, SO UNLOGISCH DAS AUCH KLINGEN MAG.

WIE SONST KANN ICH MIR ERKLÄREN, DASS MEINE FRAU UND ICH AN EINEM DER WENIGEN

ÜBERLEBENSFÄHIGEN ORTE GELANDET SIND, UM DIESE ART VON APOKALYPSE ZU ÜBERSTEHEN? AUF EINEM KREUZFAHRTSCHIFF ZU SEIN, ERMÖGLICHTE UNS DIE KONTROLLE ÜBER UNSERE UMGEBUNG, WAS UNS ERLAUBTE, DIE EVOLUTIONÄREN WAAGEN WIEDER ZU UNSEREN GUNSTEN ZU KIPPEN. MAN SPRICHT DAVON, DASS DIE WAHRHEIT SELTSAMER ALS DIE FIKTION IST. ICH HÄTTE DIESE GESCHICHTE SICHERLICH NICHT SCHREIBEN KÖNNEN: EIN AUTOR, DER EIN BUCH ÜBER GENAU DIESE APOKALYPSE GESCHRIEBEN HAT, UND EINE PARASITOLOGIN (EINE EXPERTIN FÜR DAS, WAS GERADE PASSIERT) TAUCHEN ZUFÄLLIG AUF DEMSELBEN SCHIFF AUF, GERADE ALS DIE WELLEN DER ANGRIFFE AUF DEM FESTLAND BEGINNEN.

AUF EINEM IN SICH GESCHLOSSENEN SCHIFF ZU SEIN, TRENNTE UNS VON DEM RÄUBER-BEUTE-UNGLEICHGEWICHT AUF DEM FESTLAND, WO ZEHNTAUSEND SÄUGETIERE – DIE MEHRHEIT DAVON INFIZIERT – AUF JEDEN MENSCHEN KAMEN. DOCH WEIL WIR NUR WENIGE TIERE AN BORD HATTEN, KONNTEN WIR DAS, WAS WIR VON IHNEN GELERNT HATTEN, NUTZEN, UM DIE WELLE DER MENSCHLICHEN PARASITÄREN ANGRIFFE ZU ÜBERLEBEN, DIE ALS NÄCHSTES FOLGTEN. WIR FANDEN GANZ ZUFÄLLIG HERAUS, DASS WIR DIE PARASITÄREN KONTROLLIEREN KONNTEN, INDEM WIR IHRE KÖRPERTEMPERATUR SENKTEN, UND DIES KONNTE DURCH DAS SENKEN DER AUSSENTEMPERATUR MITHILFE DER KLIMAANLAGE DES SCHIFFES ERREICHT WERDEN. KONNTE ALL DIES EINFACH NUR GLÜCK SEIN?

DANN GIBT ES DIE UNBESTREITBAREN WAHRHEITEN ÜBER MEINE FRAU, DIE NICHT EINFACH ALS ZUFÄLLE ERKLÄRT WERDEN KÖNNEN.

TJ HAT SICH VOR JAHREN BEI EINEM TIERAN-
GRIFF MIT GENAU DEM PARASITEN INFIZIERT, DER AN
DER WURZEL DIESER WELTWEITEN APOKALYPSE STE-
HT. UND DOCH WÄRE SIE SICHERLICH GESTORBEN,
WENN SIE IHN NICHT GEHABT HÄTTE, ALS SIE VON
DIESER SEILRUTSCHE FIEL. UND WEIL SIE SYMPTO-
MATISCH WURDE, HAT JEDER EINZELNE DER ÜBER-
LEBENDEN DES SCHIFFES IHR UND IHREN NEUEN
FÄHIGKEITEN ZU VERDANKEN, DASS WIR ES SO
WEIT GESCHAFFT HABEN. ES STIMMT, DASS IHRE
„FÄHIGKEITEN" NICHT OHNE KOSTEN KAMEN – MEIN
HERZ BRICHT IMMER NOCH BEI UNSERER UNBES-
TIMMTEN TRENNUNG.

ABER DAS IST EINE SORGE FÜR EINEN ANDEREN
TAG.

UND WIE ERWARTET HABEN WIR EINE WEITERE
HERAUSFORDERUNG VOR UNS, ABER GLEICHZEIT-
IG EINE MÖGLICHE LÖSUNG. GLÜCKLICH ODER
PROVIDENTIELL? ICH ÜBERLASSE ES IHNEN, DAS ZU
BEURTEILEN.

ALS DIE HÄLFTE DER BEVÖLKERUNG UNSERES
SCHIFFES ANSCHEINEND VERRÜCKT WURDE UND AN-
FING ANZUGREIFEN, GELANGTEN ZWEI DER PARA-
SITÄREN AUF DIE BRÜCKE UND ZERSTÖRTEN EINIGE
UNSERER KONTROLLEN. DABEI ENTLEERTE UNSER
SCHIFF DEN GRÖSSTEN TEIL SEINES TREIBSTOFFS IN
DEN OZEAN. WIR BEMERKTEN DIES ERST, NACHDEM
WIR DIE KONTROLLE ÜBER DAS SCHIFF ZURÜCKGE-
WONNEN HATTEN.

NOCH EINMAL, DIES WÄRE WAHRSCHEINLICH
UNSER ENDE GEWESEN: WIR BRAUCHTEN DIE KLI-
MAANLAGE, UM DIE KÖRPERTEMPERATUREN DER
PARASITÄREN NIEDRIG GENUG ZU HALTEN, DAMIT SIE
IN EINEM SEMI-HIBERNATIVEN ZUSTAND BLIEBEN.

*UND WIR BRAUCHTEN TREIBSTOFF, UM DIE KLI-
MAANLAGEN UND DEN REST DER SCHIFFSSYSTEME
ZU BETREIBEN. UND BEI DEM CHAOS IN DER WELT,
EINSCHLIESSLICH ALLER GROSSEN HÄFEN, WÄRE
ES BESTENFALLS FAST UNMÖGLICH GEWESEN, DEN
BENÖTIGTEN TREIBSTOFF SICHER ZU FINDEN. DANN
SCHIEN ES, ALS OB DIE HAND DER VORSEHUNG UNS
EINE LÖSUNG ANBOT.*

*INMITTEN DER LAUTEN STILLE DER NUN LEEREN
ÄTHERWELLEN DER WELT FAND ICH EINE ÜBER-
TRAGUNG VON EINER INSEL, AUF DER SIE SAGEN,
DASS DIE RAGE NICHT ZUGESCHLAGEN HAT UND
IHRE BEWOHNER DEN TREIBSTOFF HABEN, DEN WIR
BRAUCHEN, IM AUSTAUSCH FÜR EIN WENIG VON UN-
SEREM ESSEN. SICHER, ES KLINGT ZU GUT, UM WAHR
ZU SEIN. UND VIELLEICHT IST ES DAS AUCH.*

*ANGENOMMEN, IHRE ABSICHTEN SIND
AUFRICHTIG UND WIR HABEN, WAS SIE WOLLEN,
SOLLTE WOHL EIN DEAL GEMACHT WERDEN. WER
WEISS, VIELLEICHT WIRD DIESE INSEL AM ENDE
UNSER NEUES ZUHAUSE.*

*SICHERLICH OHNE DIESE EINZIGE OPTION WERDEN
WIR IN EIN PAAR STUNDEN MANÖVRIERUNFÄHIG
SEIN. UND DAS BEDEUTET, DASS WIR JEGLICHE KON-
TROLLE ÜBER DIE PARASITÄREN VERLIEREN WÜRDEN.
GAME OVER.*

*DANN IST DA NOCH DIE NEUESTE HERAUS-
FORDERUNG: DIE EINGLIEDERUNG ALLER PAS-
SAGIERE IN DIE BESATZUNG. ES WAR EIN MUTIGER
SCHRITT UNSERES KAPITÄNS. UND JETZT SIND WIR
KEINE VERGNÜGUNGSKREUZFAHRT MEHR: WIR SIND
ZU EINEM FRACHTER DER HOFFNUNG GEWORDEN,
DER FÜR EIN GEMEINSAMES ZIEL KÄMPFT, DAS ÜBER-
LEBEN. ES GIBT NICHT LÄNGER ZWEI KLASSEN VON*

MENSCHEN: DIE BESATZUNG, DEREN AUFGABE ES WAR ZU DIENEN, UND DIE PASSAGIERE, DIE ERWARTETEN, BEDIENT ZU WERDEN. JEDER BEKAM EINE AUFGABE ZU ERLEDIGEN, UND VON JEDEM WIRD ERWARTET, DASS ER SIE ERFÜLLT, ODER ER WIRD IM NÄCHSTEN HAFEN ABGESETZT WERDEN.

ZUSAMMEN MIT UNSEREM RATIONIERTEN ESSEN IST DIES ALLES DIE NEUE NORMALITÄT. WIR ALLE ARBEITEN VIELE STUNDEN, UM ALLEN AN BORD ZU HELFEN, BIS ZUM NÄCHSTEN TAG ZU ÜBERLEBEN, UND DAS LÄSST UNSERE TAGE SCHNELL VERGEHEN UND LÄSST UNS WENIG ZEIT, UNS SORGEN DARÜBER ZU MACHEN, WAS AUSSERHALB DIESES SCHIFFES VOR SICH GEHT.

WENN ICH MIR DIE ZEIT NEHME, ÜBER UNSERE WELT NACHZUDENKEN, WAS EIGENTLICH TEIL MEINER PFLICHTEN IST, KANN ICH NICHT ANDERS, ALS AN MEINE FRAU, TJ, ZU DENKEN UND WANN ICH SIE WIEDERSEHEN KANN. DAS IST ES, WORAUF ICH MICH FREUE.

UND HEUTE, NACH MEINEM REGULÄREN TREFFEN MIT MOLLY, DIE SAGT, SIE HABE EINE „UNGLAUBLICHE OFFENBARUNG", DIE SIE MIR UNBEDINGT ERZÄHLEN MÖCHTE, WERDE ICH TJ KURZ SEHEN KÖNNEN. DANN WERDEN SIE UND DIE ANDEREN VERSUCHEN, EINEN HANDEL ZU MACHEN. ICH WERDE DABEI ÜBER FUNK HELFEN.

ABER DER BESTE TEIL DES GANZEN TAGES WIRD SEIN, MEINE FRAU ZU SEHEN.

ICH SCHÄTZE, DAS LEBEN HAT SICH DARAUF REDUZIERT, SICH AUF DIESE KLEINEN DINGE ZU FREUEN... KLEIN FÜR MANCHE, ABER RIESIG FÜR ANDERE.

Chapter 03

TJ

Sie erwachte mit einem erschrockenen Ruck. Nicht wegen der Kühle des Raumes, sondern aus Schock, sich auf der Kante ihres ungemachten Bettes sitzend wiederzufinden, in der Dunkelheit dieser fremden Hütte. TJ hatte das seit ihrer Wiedergeburt häufig erlebt: sich an Orten wiederzufinden, von denen sie sich nicht erinnern konnte, wie sie dorthin gekommen war.

Sie blickte auf ihre Orion-Halskette hinab, die momentan jeglichen Glanz vermissen ließ. *Es gab kein Licht in der Hütte, das sich darin spiegeln konnte*, sagte sie sich. Aber sie war dennoch deutlich genug zu erkennen, als wäre sie von hellem Mondlicht beleuchtet. Sie hielt sie in ihren offenen Händen und beobachtete, wie sie sich mit dem schnellen Heben und Senken ihrer Brust bewegte.

Sie drückte ihre Handflächen und damit auch ihre Halskette zurück auf ihre Brust und ließ ihre Augen zufallen, in einem verzweifelten Versuch, sich an den wunderbaren Traum von Ted zu erinnern, den sie gerade gehabt hatte, bevor das Böse in ihr in diese seltene Ruhepause mit ihrem Mann eingedrungen war und sie aufgeweckt hatte.

Die Züge seines Gesichts kamen ihr in den Sin
n...

Er hatte keinen Schnurrbart mehr!

Sie lächelte darüber.

Dann erinnerte sie sich an das Blut.

Ihre Augen öffneten sich blitzartig und sie schob die Bilder beiseite. Als sie wieder nach unten blickte, erschauderte sie, als ihr auf einmal bewusst wurde, dass sie viel zu fest auf das zarte Geschenk drückte, das an ihren 20. Hochzeitstag erinnerte und ihr erst vor wenigen langen Tagen überreicht worden war. Sie hatte Angst, eine der letzten greifbaren Verbindungen zwischen ihr, ihrem Mann und ihrem alten Leben zu zerbrechen. Aber es gab weit beängstigendere Dinge als das.

Sie zog am Gummiband ihrer Kompressionshose und ließ die Kette hineingleiten. Sie fand Trost darin, dass sie auf ihrer Haut ruhte – seit die Kette zerbrochen war, war dies die einzige Möglichkeit, sie bei sich zu behalten. Sie sprang vom Bett auf, ihre Füße fanden wieder den Weg, von dem sie sicher war, dass sie ihn mittlerweile in den Teppich einlief.

Das Auf- und Abgehen in der Hütte war eine der wenigen Handlungen, über die sie Kontrolle zu haben glaubte; es war ihre Art, die tobenden geistigen Fluten in ihr physisch zurückzudrängen, die alle danach trachteten, auszubrechen und das Wenige zu verschlingen, das von ihrem alten menschlichen Selbst übrig war.

Ihr Verstand war ein fortwährendes Schlachtfeld, auf dem ein Krieg zwischen den Armeen guter Gedanken oder Erinnerungen und bösen Bestrebungen oder Begierden ausgetragen wurde. Welche Seite auch immer gewann, würde ihre Seele für sich beanspruchen.

Manchmal gelang es ihr, sich an das zarte Rieseln der lieblichen Erinnerungen an Ted, ihre Familie, ihr Zuhause und sogar ihre Arbeit zu klammern. Nur in diesen Momenten konnte sie tatsächlich etwas Frieden finden und damit auch Schlaf. Doch der Schlaf war, wie der Trost ihrer alten Erinnerungen, flüchtig und kurz.

In den übrigen Momenten – der meisten Zeit – waren ihre Gedanken eine windgepeischte mentale Seelandschaft der Sünde, ein Sturm des Zorns, ein Platzregen des Hasses, ein Hurrikan mörderischer Wut, ein zerstörerisches Verlangen nach Blut. Und wenn diese Gedanken in ihren Verstand gelassen wurden, fühlte sie sich auf einen unaufhaltsamen Kurs gesetzt, zu töten, zu verstümmeln oder zumindest jeden zu verletzen, der ihr in die Quere kam. In solchen Zeiten, Zeiten wie jetzt, fand sie sich hellwach wieder. Hyperventilierend. Obwohl sie immer so atmete, als würde sie hyperventilieren. Eins der vielen Dinge, die sich an ihr verändert hatten.

Und es waren all diese Veränderungen, die sich in ihr manifestiert hatten und immer noch geschahen, die sie dazu veranlassten, sich von Ted zu trennen. Er verstand es nicht. Aber wie konnte er auch? Sie selbst verstand nicht wirklich – versuchte zu verstehen –, was in ihrem Gehirn und Körper vor sich ging.

Sie hatte ihm gesagt, dass sie getrennt bleiben müssten, weil sie nicht glaubte, dass er in ihrer Nähe sicher wäre. Und das stimmte teilweise, denn sie fürchtete, dass ihr erschreckendes Verlangen nach Menschenfleisch in engen Räumen nicht zu stoppen sein würde. Und wenn entweder Leidenschaft oder Wut hervorbrachen, brachten sie ein überwältigendes Gefühl, ja sogar einen unstillbaren Durst nach Mord und Blut mit sich. Diese Begierden konnten allein durch den Geruch ihrer nächsten Mahlzeit aufkommen, alles wegen ihrer neuen Fähigkeit, alles zu riechen...

Wie ein verdammter Hund... Nein, wie ein verdammter Höllenhund.

Toll, ausgerechnet ich musste eine Hundefähigkeit entwickeln.

Die meisten Dinge rochen einfach schlecht, wie der Körpergeruch eines anderen Infizierten. Aber der Geruch eines Nicht-Infizierten war erschreckenderweise das komplette Gegenteil. Deswegen befürchtete sie, dass schon der bloße Duft der Nicht-Infizierten sie in Rage versetzen könnte. Und deshalb trug sie eine Schwimmnasenklemme: um die Gerüche derer zu unterdrücken, die nicht infiziert waren, wie ihr Mann.

Aber waren das nicht alles nur Ausreden?

Schließlich glaubte ein Teil von ihr – ein immer kleiner werdender Teil –, der noch menschlich war und ihn noch liebte und dringend brauchte, nicht wirklich, dass sie es diesem bösen Teil von ihr erlauben würde, die totale Kontrolle zu übernehmen und ihm zu schaden. Obwohl sie so argumentierte, war sie sich mit jeder inneren Schlacht zwischen Gut und Böse und mit jeder bemerkbaren körperlichen Veränderung etwas weniger sicher darüber.

Die größte Sorge, die sie bezüglich ihres Zusammenseins hatte, war, dass er die Veränderungen an ihr sehen würde. Und nicht nur die körperlichen.

Es waren ihre inneren Kämpfe, die sie am meisten vor ihm verbergen wollte. Sie fürchtete – eine der wenigen Ängste, die sie noch besaß –, dass er irgendein schreckliches Böses in ihr sehen könnte. Sie konnte den Gedanken nicht ertragen, dass er von ihr abgestoßen sein würde, weil sie zu einer Art Monster wurde. Das war es wirklich, was sie fernhielt. So sagte sie sich und ihm, dass diese Trennung nur so lange dauern würde, bis sie diese Sache verstehen könnte. Und sie unter Kontrolle bekäme.

Das machte für beide Sinn, da sie immer die Kontrolle über die Dinge hatte. Selbst als sie schreckliche Angst vor Tieren gehabt hatte, hatte sie die Kontrolle behalten, indem sie Situationen vermied, in denen die Angst ihr hässliches Haupt hätte erheben können. Auf diese Weise ließ sie nicht zu, dass die Angst sie kontrollierte. Inmitten all der neuen Veränderungen in ihr hatte sie ihre Angst vor Tieren verloren, zusammen mit all den anderen normalen menschlichen Ängsten. Ironischerweise fühlte sie sich umso mehr außer Kontrolle, je weniger Angst sie empfand.

Etwas außerhalb ihres Bewusstseins kämpfte um den Besitz ihres Verstandes und Körpers, verführte sie mit euphorischen Geschmäckern und Begierden und lockte sie mit fantastischen Fähigkeiten. Aber sie würde weiter um ihre Menschlichkeit kämpfen, auch wenn sie nicht wusste, was es als nächstes mit ihr anstellen würde. Sie würde es nicht gewinnen lassen. Was auch immer es war.

„Ja, ich weiß, was du bist", sagte sie laut, damit es sie hören konnte. Als ob es so funktionieren würde.

Sie vermutete, dass sie ursprünglich mit diesem Parasiten infiziert worden war, als sie von diesem tollwütigen Hund brutal angegriffen wurde. Ted hatte gesagt, der Speichel des Hundes konnte den Parasiten in ihren Blutkreislauf eingeschleust haben. Er hatte auch erwähnt, dass dieser Parasit schon seit Jahrhunderten existierte; er war nur bis vor kurzem nicht so weit verbreitet gewesen. Und als die Thermo-Bazillen in die Atmosphäre geschleudert worden waren, war das der Auslöser für diese ganze Apokalypse gewesen, die über sie hereingebrochen war.

Erneut war sie überrascht, sich mitten in ihrer Wanderung gestoppt zu finden, vor dem großen Spiegel der Kabine stehend. Dort musterte sie sich selbst.

TJ fand Trost in der Dunkelheit während solcher Momente, obwohl sie in diesem Spiegel die Details ihres eigenen Gesichts und Körpers sehen konnte. Die Farben waren alle anders ohne Licht. Sie war sich nicht sicher, ob es überhaupt Farben in der Dunkelheit gab, während ihr Verstand die Farben ergänzte, wenn auch mangelhaft.

Wieder einmal staunte sie über die körperlichen Veränderungen, die stattgefunden hatten, als sie sich auf das Heben und Senken ihrer Brust konzentrierte.

Sie musste zugeben, dass sie begeistert war, die Fähigkeit erlangt zu haben, nicht nur weit entfernte Dinge, sondern auch im Dunkeln sehen zu können. Ihr ganzes Leben lang – zumindest so lange sie sich erinnern konnte – war sie von einer grotesken Kurzsichtigkeit geplagt gewesen, kaum in der Lage, über ihre eigenen zwei Füße hinauszusehen. Sie trug immer eine Brille, die ihr während der Pubertät ein bücherwurmhaftes Aussehen verliehen hatte. Später im Leben hatte sie die Freiheit von Kontaktlinsen entdeckt, und das war der Zeitpunkt, als die Jungs anfingen, sie mehr zu beachten. Noch später, als sie älter wurde, konnte sie etwas besser in die Ferne sehen, während gleichzeitig ihre Fähigkeit nachließ, Dinge in der Nähe zu erkennen. Aber all das hatte sich mit ihrer Wiedergeburt geändert. Doch mit ihren neuen Sehfähigkeiten kamen ihre unheimlichen roten Augen. Oder zumindest ein rotes Auge.

Sie beugte sich zum Lichtschalter, schaltete ihn ein und blendete sich komplett.

Nachdem sie die geisterhaften weißen Blitze weggeblinzelt hatte, nahm sie wieder ihren Platz vor dem Spiegel ein, wo sie erneut ihre Augen untersuchte. Sie musste sich zwingen, nicht gegen das grelle Licht der Kabine zu blinzeln.

Sowohl Dr. Molly Simmons als auch Ted hatten erklärt, dass es etwas mit dem Verlust von Melanin zu tun hatte. Ihre blauen Augen waren verschwunden. Eines war jetzt rosa-blau und das andere leuchtend blutrot. Die gleiche Farbe wie die ihrer symptomatischen Brüder und Schwestern, die nach ihrer eigenen Wiedergeburt verrückt geworden zu sein schienen. Sie sagten ihr, dass der Melaninverlust ihr die Farbe entzogen hatte. Aber es waren nicht nur ihre Augen; es war auch ihre Haut.

In der grellen Beleuchtung dieser Kabine sah sie jetzt aus wie der Tod auf Urlaub. Und mit jedem Tag verlor ihre Haut mehr von ihrem Leben. Sie wurde zu einer Art Albino. Obwohl nie dunkel-häutig – weit davon entfernt – hatte sie zumindest ein wenig Pigment gehabt, besonders im Kontrast zu ihrem blonden Haar. Sie hatte sogar gehofft, auf dieser Kreuzfahrt etwas Farbe zu bekommen, indem sie Zeit in der Wärme der Sonne ver-brachte.

Aber ich kann wenigstens etwas an meinem äußeren Erscheinungsbild ändern.

Sie entkleidete sich und trat in den kühlen Sprühnebel der Dusche – der Hebel auf der käl-testen Einstellung – und wusch den Schmutz ab, der natürlicher als zuvor an ihr klebte.

Nach dem Abtrocknen schlüpfte sie in einen frischen Satz Sportkleidung, ihre jetzige Standar-duniform. Das Material atmete und erlaubte ihr, kühl zu bleiben, was jetzt von größter Wichtigkeit war. Und da es so eng anlag, hatte sie das Gefühl, sich frei bewegen zu können, was sich ebenfalls wichtig anfühlte, falls sie ihre neuen Fähigkeiten einsetzen musste.

Nachdem sie ihre Haare zu einem straffen Pferdeschwanz zusammengebunden hatte, griff sie nach der Flasche mit Selbstbräuner vom Waschbeckenrand. Sie hatte diese am selben Ort besorgt, wo sie auch die Schwimmernasenklem-men gefunden hatte: im Geschenkeladen des Schiffes. Nach kräftigem Schütteln drückte sie eine ordentliche Portion auf ihre Handfläche und verteilte sie dann auf einem Arm und dann auf dem anderen.

Nicht schlecht, dachte sie, nachdem sie ihr Werk begutachtet hatte.

Sie trug die Lotion auf ihre Schultern auf, um die freiliegende Haut ihrer Brust herum, und fühlte sich dann geschickt genug, um etwas davon auf ihr blasses Gesicht aufzutragen.

Sie musterte sich kritisch im Badezimmerspiegel.

Das konnte tatsächlich funktionieren.

Nachdem sie sichergestellt hatte, dass sie gut abgedeckt war, trug sie ein wenig Make-up auf und wählte einen rosigeren Lippenstift, als sie normalerweise getragen hätte: Wie der Rest ihrer Haut brauchten ihre Lippen alle Hilfe, die sie bekommen konnten.

Schließlich trat sie zurück und analysierte sich selbst gegen ein geistiges Bild dessen, was vorher „normal" gewesen war, drehte und neigte ihren Kopf in verschiedene Winkel zur Bestätigung. Sie hatte das Gefühl, bereit zu sein.

Chapter 04

Molly

D r. Molly Simmons nahm ihre Brille ab und versuchte, die Müdigkeit aus ihren Augen zu reiben. Bei ihrem letzten Blick waren ihre Augäpfel so rot wie die Iris ihrer parasitären Untersuchungsobjekte. Es half nichts. Sie war am Ende.

Sie gab es auf, sich aufrecht zu halten, und ließ ihren Körper nun in den Liegestuhl zurücksinken, den der Kapitän ihr gegeben hatte. Dieses Geschenk sollte ihr helfen, besser zu arbeiten. „Arbeiten? Ha!", schalt sie sich selbst.

Ich sollte eine pensionierte Parasitologin sein. Das Schlüsselwort ist pensioniert.

Mit geschlossenen Augen und zum ersten Mal seit Stunden gestütztem Rücken dachte Molly darüber nach, was zu diesen späten Arbeitsstunden auf einem ehemaligen Luxuskreuzfahrtschiff geführt hatte.

Vor ihrer Pensionierung, als sie noch regelmäßige Arbeitszeiten gehabt hatte – ein weiteres widersprüchliches Konzept für eine Wissenschaftlerin jeden Alters –, hatte sie nur geforscht, meist für Unternehmenslabore, deren einziges Interesse darin bestand, das nächste große Heilmittel für die verschiedenen parasitären Krankheiten zu finden. Nach ihrer Pensionierung schrieb sie einige Artikel über einige der potenziellen kommenden Krisen, die aus den größeren parasitären Herausforderungen entstehen konnten, einschließlich des Themas ihrer aktuellen Forschung, Toxoplasmose. Es waren ihre futuristischen Vorhersagen, die ihr einen Teil ihrer Bekanntheit einbrachten.

Mit dieser Bekanntheit kamen Angebote für Vorträge, die sie jedoch selten annahm. Schließlich war sie im Ruhestand. Sie nahm ein paar Angebote an, auch damit sie ihre Tochter in Nordflorida besuchen konnte. Zuletzt war es die Gelegenheit, ihre Enkelin in Frankreich zu sehen, die sie seit vor deren Hochzeit nicht mehr gesehen hatte. Also reiste sie über den Atlantik, um eine Rede vor einem Haufen verstaubter alter Männer zu halten – es gab nur wenige Frauen in ihrem Fachgebiet in Europa. Und das war das Ausmaß ihrer „Arbeit" gewesen, zumindest vor dieser Kreuzfahrt.

Als sie gearbeitet hatte, hatte es kaum Druck gegeben, außer dem selbst auferlegten Termindruck. Sie hatte jeden Moment dessen geliebt, was sie tat, selbst die langen Stunden in ihrem Labor. Jetzt hasste sie ihre Arbeit.

Der selbst auferlegte Druck, Antworten für ihren Kapitän, ihren neuen Autorenfreund Ted Williams und alle Menschen auf ihrem Schiff zu finden, war fast lähmend.

Sie stieß ein langes Stöhnen aus, eine Mischung aus Frustration darüber, in dieser Lage zu sein, und der extremen Erschöpfung, die sie spürte. Der Schlafmangel war die Wurzel all dessen.

Sie hatte auf diesem Schiff wenig geschlafen. Wie konnte sie auch, wenn sie jeden wachen Moment damit verbrachte, auf ein kolossales Problem nach dem anderen zu reagieren? Das war der Kern der Sache. Richtige Forschung wurde nie während einer Krise durchgeführt. Sie sollte im Vakuum der Entdeckung stattfinden, mit viel Zeit. Egal, was das Problem war, sie wusste, dass sie eine Antwort finden konnte, wenn ihr genug Zeit gegeben wurde. Und oft war es die Motivation, die sie antrieb. Das und ein gutes Labor.

Sie kicherte darüber, da ihr Labor jetzt ein Videoband-Raum und ein paar Videokameras waren, die auf ihre Versuchsobjekte gerichtet waren.

Molly ließ ihre Gedanken wandern, als sie das Gewicht ihrer Augenlider spürte und diese seltenen Momente des Friedens und der Selbstreflexion genoss... *Und keine Rückenschmerzen*, dachte sie.

Es musste an dem Winkel liegen, in dem sie in diesem Stuhl ruhte, und den Kissen, die sie darum herum gestopft hatte. Ihr von Krankheiten geplagter Rücken schrie sie oft an, alle paar Minuten die Position zu wechseln. Selten konnte sie sich bewusst daran erinnern, diese schreienden Schmerzen nicht zu spüren. Nicht einmal in den weichen Betten, die das Schiff zur Verfügung stellte. Sie hätte hier fast einschlafen können. Aber ihr Geist raste zu sehr.

Also nutzte sie diese Gelegenheit, um über etwas Erfreuliches nachzudenken: ihre Reise ins Ausland und den Besuch bei der neuen Familie ihrer Enkelin. *Kaum zu glauben, dass das alles vor drei Wochen begonnen hatte. Es fühlte sich länger an.*

Mollys Enkelin Lola und ihr französischer Ehemann Claude hatten sie ermutigt, den Vortrag anzunehmen und auf diese Kreuzfahrt zu gehen. Genau das hatte Molly getan, hatte zuerst Zeit mit Lola und Claude auf dem Weingut seiner Familie in der Loire-Region Frankreichs verbracht.

Sie hielt den Atem an, als ihr Verstand sich über ihr aktuelles Schicksal Gedanken machte. Sie dachte nun unlogisch, dass sie dort sicher wären; dass sie von dieser Apokalypse unberührt blieben. Sie konnte es nicht ertragen, anders zu denken.

Nach ihrem Besuch war Molly Gast der Universität Barcelona in Spanien gewesen und hatte zu einigen der weltweit führenden Parasitologen auf einer jährlichen Konferenz gesprochen. Sie hatte sie alle vor einer bevorstehenden Krise gewarnt und gesagt, dass alle Anzeichen dafür vorhanden seien, mit vermehrten Tierangriffen sowie weit verbreiteter Paranoia und schizophrenem Verhalten bei Menschen. Sie schüttelte den Kopf darüber, wie recht sie damit gehabt hatte.

Danach war sie nach Malaga gefahren, um das Kreuzfahrtschiff zu besteigen, mit dem einzigen Ziel, sich während der Fahrt über den Atlantik zu entspannen. Sie hatte ein paar Bücher zum Lesen mitgebracht, aber hauptsächlich hatte sie das Vergnügen genießen wollen, von jemandem bedient zu werden, der nicht eines ihrer Familienmitglieder war. Die ganze Reise hätte damit enden sollen, dass Molly sich mit ihrer Tochter in Florida traf.

Aber dann war die Welt zusammengebrochen.

Sie sprang in ihrem Stuhl nach vorne und schleuderte ihre aufkommende Wut in Richtung ihres Schreibtisches, um sich dem Verursacher dieser Apokalypse zu stellen. Sie starrte auf ihre Schreibtischplatte; ein Ausdruck des riesigen Protozoons blickte zurück. „Das ist alles wegen dir!" Sie schlug auf die farblich verstärkte Fotografie, eine Nahaufnahme eines Toxoplasma-Gondii-Parasiten. „Du bist der Grund für dieses ganze Durcheinander." Ihr Zeigefinger stach auf das Bild des Parasiten ein, als wäre es so einfach, diesem mikroskopischen Monster Schaden zuzufügen.

Ihre Wut legte sich schnell, und mit ihr schwand auch der Rest ihrer Energie. Durch dies und ihre schnellen Bewegungen waren die chronischen Schmerzen in ihrem Rücken mit voller Wucht zurückgekehrt. Sie versuchte erneut, sie zu lindern, indem sie wieder in ihren Stuhl zurückfiel und den Komfort, den er bot, genoss. Es gab einen Grund, warum sie in den Ruhestand gegangen war: Sie war zu verdammt alt für diese nächtlichen Forschungsveranstaltungen. *Aber es brachte nichts, sich darüber zu beschweren, oder?* tadelte sie sich wieder.

Diesmal setzte sie sich vorsichtiger auf und lehnte sich an ihren Schreibtisch, um die Papiere zu ordnen, die derzeit dessen Oberfläche bedeckten.

Die kürzlich von Mr. Buzz für sie gefundenen Online-Forschungsarbeiten auf Universitätsdatenbanken hatten sich für ihre Forschung als unschätzbar wertvoll erwiesen. Er hatte es irgendwie geschafft, eine Verbindung zu ihren

Servern herzustellen, obwohl er sagte, dass der größte Teil des Internets ausgefallen sei. Sie verstand nicht genau, wie das alles funktionierte, nur dass Mr. Buzz sagte, er benutze eine Art Mesh-Netzwerkverbindung, um digitalisierte Texte, Studien und andere nützliche Informationen zu suchen und zu finden, basierend auf einigen ausgewählten Schlüsselwörtern, die Molly ihm gegeben hatte. All das hatte er für sie ausgedruckt.

Sie hatte gerade den Großteil der jüngsten Forschungsberichte durchgelesen. Mit diesen konnte sie die aktuellsten T-Gondii-Studien mit dem vergleichen, was sie und Mr. Deep beobachtet hatten. Sie setzte sich aufrechter hin und betrachtete nun ihre seitenlangen Notizen, die dokumentierten, was sie aufgrund ihrer eigenen empirischen Beobachtungen inzwischen wussten.

In den sechs Tagen, in denen sie die im größten Aufenthaltsraum des Schiffes eingesperrten Parasitären beobachtet hatten, hatte sich ihr Wissensstand erheblich verändert.

Anfangs wirkten sie nicht anders als wilde Tiere, die sich einzig auf Zerstörung und Mord konzentrierten. Zumindest dachten das zunächst alle, sogar Molly. Sie hatten so ziemlich alles auf ihrem Weg zerstört. Noch immer waren sie damit beschäftigt, große Teile des Schiffes aufzuräumen und zu reparieren, wobei einige Reparaturen voraussichtlich Wochen oder länger dauern würden. Der Aufenthaltsraum, in dem sie festgehalten wurden, war ein Paradebeispiel dafür: Die meisten Sitze waren zerfetzt; die Polsterung bedeckte alles wie dichter Schneefall. Und so sehr sie auch von Zerstörungswut übermannt schienen, waren sie vielleicht noch mehr von ihrem Appetit getrieben.

Den begrenzten Beweisen zufolge, die sie bisher hatten, aßen sie im Verhältnis zu ihrem Körpergewicht mehr als in ihrem menschlichen Zustand. Molly vermutete sofort, dass dies an ihrem stark erhöhten Stoffwechsel lag, der auf Hochtouren laufen musste, um ihre gesteigerte Aktivität und die erhöhte Körpertemperatur aufrechtzuerhalten.

Und trotz der Inaktivität, zu der die kalten Temperaturen auf dem Schiff sie zwangen, verlangte der physische Bedarf der Parasitären, ihren beschleunigten Stoffwechsel zu versorgen, immer noch viel mehr Nahrung. Das erklärte ihren anfänglichen Amoklauf und das Verspeisen von Mitreisenden und Besatzungsmitgliedern.

Natürlich konnten sie ihnen keine lebenden Menschen zum Fraß vorwerfen... Sie kicherte bei dem Gedanken, einige der problematischeren Passagiere wie Hans an sie zu verfüttern. Also griffen sie auf rohes Fleisch zurück, was die einzige Nahrung zu sein schien, die sie zu sich nahmen. Aber das änderte sich recht schnell nach dem ersten Tag. Und es ergab völlig Sinn.

Wie bei Säugetieren in freier Wildbahn, wenn ihre Körperwärme bedroht war und nachdem sie sich gesättigt hatten, waren sie gezwungen, Wege zu finden, ihre Körpertemperatur aufrechtzuerhalten, und gingen oft in einen winterschlaffähnlichen Zustand über. Und genau das hatten ihre Parasitären getan.

Aber ihre Parasitären waren weit mehr als wilde Tiere. Sie waren Menschen, und jetzt Menschen mit zusätzlichen Fähigkeiten.

Sie blätterte durch ihre sauber handgeschriebenen Seiten, um ihre Notizen von gestern Abend erneut zu überprüfen.

Es war ihre schlimmste Befürchtung gewesen, dass diese Parasitären, die zunächst nur wie irrationale Tiere erschienen, anfangen würden, ihre kognitiven Fähigkeiten zu nutzen und sie zusammen mit ihren neuen Fähigkeiten anzuwenden.

Und jetzt hatten sie den Beweis dafür, dass dies geschah, zusammen mit einer weiteren neuen Fähigkeit, die sie gestern Abend entdeckt hatten. Sie musste diese Erkenntnisse mit Ted teilen.

„Oh nein!", rief sie aus und drehte sich um, um auf die Uhr neben ihrem Bett zu schauen. Sie würde zu spät zu ihrem Treffen mit Ted kommen.

Als sie sich auf den Weg ins Badezimmer machte, um sich frisch zu machen, erschauderte sie bei dem Gedanken, was diese neuen Entdeckungen für sie alle bedeuten würden.

Chapter 05

In der Luft - Flavio & Vicki

„Und als alles drunter und drüber ging, ist Sean völlig durchgedreht auf die Zombies losgegangen. Und Liz hat ihn einfach nur angelächelt, als wäre es das Niedlichste, was sie je gesehen hat." Vicki schnaubte bei ihrer Geschichte. Doch dann geschah etwas Bemerkenswertes: Ihr Lachen explodierte förmlich und schien fast unkontrollierbar. Aber genauso schnell, wie ihr fröhlicher Quell hervorgebrochen war, unterbrach sie sich selbst. „Tut mir leid, ich liebe diese Stelle einfach..."

Flavio konnte nicht anders, als selbst breit zu grinsen, während sie ihre Erzählung über irgendeine Szene aus ihrem Lieblingsfilm *Shaun of the Dead* fortsetzte, den er nie gesehen hatte. Er achtete nicht wirklich auf ihre Szenenbeschreibungen, geschweige denn, dass er versuchte, den Film zu verstehen, den sie ihm beschrieb. Er war zu verzaubert von ihrer Darbietung und ihrer echten Begeisterung. Es war einer der schönsten Anblicke, die er in letzter Zeit erlebt hatte. Nicht dass er sich an viele schöne Dinge erinnern konnte. Aber er hätte sie stundenlang anstarren können.

Es war nicht nur, dass sie attraktiv war – das war sie zweifelsohne. Es waren ihre Leidenschaft und ihr Lachen. Es war so echt und ansteckend. Er fühlte, wie die Sorgen seiner Welt verschwanden, wenn sie lachte. Und sie lachte die ganze Zeit.

Er hatte noch nie jemanden getroffen, der immer so gut gelaunt war, während er selbst es so selten war. Sicher, sie hatte auch ihre Tiefpunkte, wie jeder andere und besonders in letzter Zeit. Aber ihre dauerten nie lange an, bevor sie wieder irgendeine lustige Anekdote aus ihrer Vergangenheit oder aus einem Film erzählte, die ihr eine Lebenslehre erteilt hatte; etwas, das Bedeutung hatte und zeigte, warum die Welt ein besserer Ort war, als alle dachten, aufgrund dieses kleinen Schnipsels menschlichen Verständnisses, den sie in etwas sonst so Trivialem entdeckt hatte.

Flavio wusste, wenn die Welt ein besserer Ort war, dann nur, weil sie darin lebte. Punkt.

„Hörst du mir überhaupt zu?", fragte sie, ihr Gesicht immer noch in einem glücklichen Grinsen verzogen.

Nein, tat er nicht. Zumindest nicht vollständig, aber er wollte kein Stirnrunzeln auf ihrem hübschen Gesicht hervorrufen. „Warum magst du Film über Zombies so sehr?"

„Es geht nicht wirklich um die Zombies. Ich meine, komm schon, die ganze Zombie-Sache ist ziemlich lahm. Siehst du, es geht nicht um Zombies; es geht um die Freundschaft mit deinen Kumpels und es geht um Liebe in den schlimmsten Zeiten und es geht darum, aufeinander aufzupassen, alles erzählt durch Sean und seine

Freundin Liz und seinen besten Freund Ed. Und daran werde ich oft erinnert… bei dir und mir."

„Das macht mich also zu Sean?" Er blickte sie finster an, meinte es aber nicht so, wie er es sagte, und kannte die unbeabsichtigte Bedeutung dessen, was folgte. Aber es machte ihm nichts aus.

„Nur wenn es bedeutet, dass ich deine Freundin bin." Sie lächelte und streckte die Hand aus, um seine zu berühren.

Zu jeder anderen Zeit in der Vergangenheit, in einem Moment wie diesem, wenn eine Frau versucht hätte, ihm nahe zu kommen, hätte Flavio den Ausgang gesucht. Aber nichts in ihm schrie: „Lauf weg!" Ganz im Gegenteil. Er wollte das auch.

Er erwiderte ihr Lächeln mit seinem eigenen und bedeckte ihre viel kleinere Hand mit seiner. Dann wurde er etwas ernster. „Du weißt, ich habe keine Freundin, seit meine Frau gestorben ist."

Sein Mund wurde etwas trocken. Und er spürte, wie Schweißtropfen seinen Nacken hinunterliefen und sich um seinen Kragen sammelten. Bei jedem normalen erwachsenen Mann wären es die Nerven gewesen, die das verursacht hätten. Sicher, er war ein wenig nervös, aber nicht aus den Gründen, aus denen die meisten Männer in solchen Momenten mit jemandem, zu dem sie sich hingezogen fühlten, schwitzten. Und gleichzeitig fühlte er sich zuversichtlich, dass er genau da war, wo er sein sollte. Er bereitete sich mental darauf vor, einen Weg zu beschreiten, den er lange nicht mehr gegangen war. Er war dabei, eine alte emotionale Landkarte abzustauben, die er vor vielen Jahren zusammengefaltet und zur sicheren Aufbewahrung weggelegt hatte.

Er *würde* sie jetzt entfalten.

Er *war* bereit.

Er war derjenige, der sie zu diesem „Kaffee-Date" eingeladen hatte, obwohl sie ihre eigenen Credits benutzt hatte, um ihre Kaffees im MDR zu kaufen. Jedem Passagier stand eine Tasse Kaffee pro Tag als Teil der täglichen Seerationen zu. Er hatte ihr gesagt, dass es vernünftig wäre, wenn sie ihre zusammen im offenen Bereich des Sonnendecks teilen würden. Es war weit mehr als gesunder Menschenverstand gewesen, der ihn dazu getrieben hatte, sie um dieses Date zu bitten.

„Das weiß ich", sagte sie sanft. „Wir werden es so langsam angehen, wie du es brauchst."

„Brauche nicht langsam. Leben zu kurz." Er lehnte sich abrupt über den Tisch, wobei er fast seine halbvolle Kaffeetasse umstieß, und küsste sie. Es war das erste Mal, dass er eine Frau geküsst hatte, seit seiner Ehefrau.

Er setzte sich wieder hin und wurde von demselben fesselnden Lächeln begrüßt, von dem er nun wusste, dass er sich jeden Tag darauf freuen würde, egal was dieser Tag ihnen bringen würde.

Dann erinnerte er sich daran, wohin er gehen musste, und seine ganze Haltung änderte sich. „Tut mir leid. Muss gehen."

Vicki sah auf ihre Uhr. „Oh ja, dein neuer Job. Weißt du, was es ist?"

„Nein, aber es besser gut sein, oder ich beschwere mich bei Kapitän."

Flavio drückte ihre Hand noch einmal. Sie tauschten ein schnelles Grinsen aus und er eilte davon.

‒‒ ◆ ‒ ‒

Jessica

Ich denke, Sie sind fertig, Jessica", verkündete **„** Deep, sein Grinsen reichte von einem Ohr zum anderen. „Sie haben jetzt alle Videofeeds des Schiffs auf Ihrer Konsole verfügbar." Er trat von ihrer Konsole zurück, um ihr Platz zu machen, damit sie es ausprobieren konnte.

Jessica erwiderte ein schwaches Lächeln und näherte sich ihrer Konsole, bevor sie innehielt. Sie wusste bereits, wie man die Steuerung bediente, und vertraute darauf, dass es repariert war, wenn Deep sagte, es sei repariert. Sie hatte wirklich keine Lust, jetzt damit zu spielen, wie er es wollte. Sie war einfach nicht in der Stimmung dafür.

Sie versuchte erneut zu lächeln. „Vielen Dank, Deep. Ich werde es später testen, wenn es Ihnen nichts ausmacht."

„Oh sicher. Ich weiß, Sie haben viel zu tun. Ich komme morgen wieder und helfe Ihnen mit allem anderen, was Sie vielleicht brauchen."

„Hey, was ist mit der Technik? Wir haben eine lange Liste von Dingen, die repariert werden müssen." Niki runzelte die Stirn, ihre Worte klangen fast wie ein Grunzen.

Deep starrte die Frau an, die viel größer war als er – die meisten nicht-indischen Frauen waren das –, und wirkte ein wenig verblüfft von Nikis Feindseligkeit. „Äh, Bu-Buzz", stotterte er, „...arbe itet daran, glaube ich. Ich werde ihn fragen, wenn ich ihn später heute sehe." Er wandte sich wieder Jessica zu, seine Gesichtszüge wurden wieder weicher.

„Jedenfalls, bis später." Deeps strahlend weißes Lächeln umhüllte erneut sein Gesicht. Es war ein nettes Gesicht, und trotz allem, was gerade passierte, fühlte es sich beruhigend an, jemanden zu haben, der auf sie aufpasste.

„Danke, Deep. Sie sind ein Lebensretter", antwortete Jessica. „Und danke für den Kaffee."

„Klar", sagte Deep leise, während er seine kleine Werkzeugtasche schnappte und schnurstracks zum Brückenausgang eilte. Und genauso schnell, wie er gekommen war, war er zur Tür hinaus. Jessica hatte das Gefühl, als sei ein warmer indischer Wind durch die Brücke geweht und im nächsten Moment wieder verschwunden.

„Weißt du, dass der Junge nur in deine Hose will? Natürlich ist er nicht der Einzige." Niki warf ihrer Kollegin ein schelmisches Grinsen zu.

Jessica funkelte Niki böse an. Deeps Schwärmerei für Jessica war auf dem ganzen Schiff bekannt, und Jessica störte sich nicht daran. Er war süß und ein guter Freund, und sie brauchte jetzt Freunde. Normalerweise machte ihr auch das Necken der anderen, einschließlich Niki, nichts aus. Außer jetzt, wo ihr mit jedem Tag mehr bewusst wurde, dass sie ihre Familie wahrscheinlich nie wiedersehen würde. Sie erinnerte sich daran, dass es nur Niki war; so war sie eben.

Obwohl Jessica selten direkt mit Niki gearbeitet hatte, da Nikis Position sie ursprünglich auf verschiedenen Decks hielt, wurde sie kürzlich daran erinnert, warum sie Niki nicht mochte: Es war ihre ätzende Persönlichkeit.

Das und die Tatsache, dass sie so verdammt butch ist.

In diesem Moment traf es sie, was Niki mit dem zweiten Teil ihrer Aussage meinte. Als sie das wissende Grinsen auf Nikis Gesicht sah, das sich noch verbreiterte, als sie erkannte, dass Jessica gerade ihren Annäherungsversuch verstanden hatte, wurde Jessica knallrot.

„Äh... ich...", stammelte sie. „Du weißt schon, dass ich hetero bin... und *verheiratet*, oder?" Jessica hob ihren Ringfinger, um ihr Argument zu untermauern. Aber der kleine Diamant in ihrem Verlobungsring glitzerte im gedämpften Licht der Brücke kaum als Widerspruch.

„Hey, Sonnenschein, bring deine zarten kleinen Höschen nicht in Aufruhr. Ich höre auf, dich anzumachen. Aber Deep ist eine andere Geschichte. Er bringt dir seine Kaffeerationen und betreibt einen Mordsaufwand, um sicherzustellen, dass deine Konsole funktioniert, während so viele andere Dinge auf dem Schiff Aufmerksamkeit brauchen. Ich sage nur, du wirst etwas wegen ihm unternehmen müssen."

Dankbar, jetzt bei diesem ansonsten unangenehmen Thema zu sein, aber von einem weit unangenehmeren weg, antwortete sie schnell. „Deep ist süß. Er weiß, dass es eine schwere Zeit für mich ist."

„Es ist für uns alle schwer", schnaubte Niki. „Aber ich vermute, am härtesten ist es für die Gäste, die jetzt als Besatzung arbeiten müssen."

Chapter 06

Neue Crew - Hans

„Das ist doch Mist", schnaubte Hans. Er überprüfte seine Liste erneut und zählte noch einmal die Kabinen, die sie noch erledigen mussten. „Vierzig, einundvierzig... Wir haben noch einundvierzig von diesen verdammten Dingern. Und in dieser waren wir schon mal."

„Ja, aber dann sind wir mit diesem Projekt fertig", erwiderte Franz, ein bisschen zu enthusiastisch.

„Schon, aber dann macht uns der Kapitän zu seinen persönlichen Sklaven für irgendetwas anderes. Vergiss nicht, wir sollten eigentlich Gäste dieser Kreuzfahrtlinie sein, keine Arbeiter. Ich wäre nicht auf diese Kreuzfahrt gegangen, wenn ich gedacht hätte, dass wir zur Arbeit gezwungen werden könnten. Und das alles nur, weil wir besondere Gaben haben."

„Du meinst, weil wir infiziert sind."

„Das glaube ich immer noch nicht. Uns wurden besondere Fähigkeiten gegeben. Obwohl ich gerne einige der anderen Fähigkeiten auch hätte. Du weißt schon, wie die übermenschliche Stärke, die diese blonde Frau hat. Dann müssten wir uns vom Kapitän nicht mehr so viel gefallen lassen."

„Klopf einfach an die Tür", sagte Franz, offensichtlich genervt von der ganzen Unterhaltung.

„Na gut", schnaubte Hans zurück. Er ballte seine Faust und klopfte hart gegen die massive Kabinentür. „Wie spricht man den Namen dieses *Schlitzauges* überhaupt aus, kleiner Bruder?"

„Ich glaube, Ja-kO-bus", las Hans es phonetisch vor und nickte teilweise zustimmend zu seiner Aussprache.

Die Tür öffnete sich mit einem leichten Quietschen, und ein einzelnes Auge zeigte sich durch den dunklen Spalt. Dann ein Teil des Gesichts des Mannes.

„Ja?", fragte die verschlafen aussehende Visage mit einem einzelnen blinzelnden Auge, noch immer im Dunkeln hinter der Tür verborgen.

„Sind Sie Yakobus Wahid, derzeit als Zimmersteward auf Deck 7 tätig?"

„Ja... Worum geht es?"

Hans schnüffelte übertrieben, rümpfte sofort die Nase, als hätte er etwas Übelriechendes gerochen, und drehte sich dann um, um Franz anzustarren, der ihm zustimmend zunickte.

„Glückwunsch." Hans reichte Yakobus ein vorgedrucktes Blatt Papier. „Sie haben eine neue Kabine bekommen, eine viel schönere, als jemand Ihres Status normalerweise bekommen würde."

Jaga

Jaga sah noch einmal auf das Stück Papier, um es zu bestätigen. Er hatte das verdammte Ding vielleicht schon hundertmal untersucht. Und jedes Mal, wenn er es tat, ergab es weniger Sinn als beim ersten Mal, als er es angesehen hatte.

„Hier ist es, kleiner Kumpel", sagte er zu Taufan, „unser neues Zuhause."

Er verstand nicht, warum er überhaupt umziehen musste. Es war nichts falsch an der Regelung, die er derzeit hatte. Er mochte es, Mitbewohner zu haben. Und seit Asap völlig verrückt geworden und verschwunden war und Catur weg war, hatten Yakobus und er mehr Platz als je zuvor.

Jetzt wurde er gezwungen, sein Zuhause von mehreren Jahren zu verlassen. Keine Erklärung. Kein Grund. Nur ein großer deutscher Typ und eine kleinere Version – wahrscheinlich Brüder –, die letzte Nacht unangemeldet an seiner Tür aufgetaucht waren. Sie gehörten zur neuen Crew: Gäste, die vom Kapitän in den Dienst rekrutiert wurden.

Jagas erster Gedanke war, dass er gefeuert werden würde, weil er ein Frettchen an Bord hatte und wegen des Ärgers, den er verursacht hatte. Aber davon wurde nie etwas erwähnt. Nur das späte Klopfen an der Tür. Doch das war nicht der bizarrste Teil des Besuchs der deutschen Brüder.

Nachdem sie an seine Tür geklopft und bestätigt hatten, dass er tatsächlich er selbst war, taten sie dann das Seltsamste: Sie beschnüffelten ihn. Die beiden Brüder sahen sich dann an, als hätte er Körpergeruch oder so etwas – obwohl er gerade geduscht hatte – und nickten sich dann zu. Dann sagte der große Kerl zu seinem Bruder: „Nummer 3626", und sein Bruder zog eine SeaCard aus einer Box, reichte sie Jaga und sagte: „Herzlichen Glückwunsch Jaggamashi, Sie sind jetzt in Kabine 3626. Genießen Sie Ihr neues Quartier, aber ziehen Sie bis früh morgen ein."

Es war alles so seltsam.

Und er war nicht der Einzige. Viele der anderen Crewmitglieder – diejenigen, die schon eine Weile dabei waren – wurden ebenfalls umgesiedelt, einige auf diese Seite des Schiffes und andere in eine Kabine weiter vorne.

„Es ergibt einfach keinen verdammten Sinn."

Jetzt würde er hier wohnen, in einer Gästekabine, sehr ähnlich den schönen Gästekabinen, die er reinigte... oder besser gesagt, früher gereinigt hatte, da ihm auch gesagt wurde, dass er einen neuen Job bekommen würde. Anscheinend würden die Gäste, oder besser gesagt die neuen Crewmitglieder, ihre eigenen Kabinen reinigen. Es gäbe wichtigere Aufgaben, die jeder von ihnen erledigen würde. Obwohl er sich nicht vorstellen konnte, was sonst der Kapitän ihn tun lassen würde.

Er fragte sich, wer ihn mitten in der Nacht besuchen würde, um diese Nachricht zu überbringen. Und welchen Sinn machte es, ihn von etwas wegzubeordern, worin er gut war? Und er liebte es auch, seine Gäste während ihres Urlaubs glücklich zu sehen. Er hatte dafür viel Lob von der Unternehmensleitung erhalten, und das war der Grund, warum ihm so viele Kabinen zur Betreuung gegeben wurden.

Er war in nichts anderem gut. Er hatte nie viel für die Schule übriggehabt und er hatte keine besonderen Fähigkeiten, außer sich um seinen Kumpel zu kümmern. „Stimmt's, Taufan?" Er kratzte das Haarbüschel unter dem Kinn des Frettchens, um eine Reaktion zu provozieren. Taufan gab ein kleines Stöhnen von sich. Jaga nahm das als ein „Ja!"

Er zog die neue SeaCard, die er bekommen hatte, aus seiner Tasche und steckte sie in die Tür. Er war fast überrascht, als er sah, wie das Schloss auf Grün umsprang und klickte. Als er die Tür aufdrückte, war er sofort verblüfft. Dies war ein riesiger Raum, viel größer als das, was er und Taufan brauchten. Warum sollten sie ihm diesen großen Raum geben, ohne jeden Grund?

Er sah zu seinem Frettchen hinunter, fast so, als erwarte er Hilfe von ihm bei diesem Rätsel. Taufan sträubte sich in seinen Armen: Sein Kumpel bat darum, losgelassen zu werden. Zweifellos wollte er den Raum selbst untersuchen.

„Und schau mal, Taufan, du hast ein Fenster."

Jaga ließ die Kabinentür zuschlagen und ließ dann sein Frettchen los.

Taufan schoss aus Jagas Armen und flitzte quer durch den Raum zum großen Fenster, sofort fasziniert von der Insel, der sie sich schnell näherten.

Vielleicht sollte er das als etwas Positives betrachten. Vielleicht war ein bisschen Veränderung gut. „Warum sollten sie sich so viel Mühe machen, wenn es keine gute Sache wäre?"

Taufan zwitscherte seine Antwort am Fenster.

Es ergab immer noch keinen Sinn, aber zumindest stimmte Taufan zu.

Chapter 07

Flavio

Er war auf einer schnellen Frühstücksmission für thailändisches Essen, wenn er nur welches finden könnte. Er musste schnell essen, um rechtzeitig für sein Treffen fertig zu sein, an dem, wie er vermutete, auch andere Besatzungsmitglieder wie er teilnehmen würden, um ihre neuen Aufgabenzuweisungen zu erhalten, was auch immer diese sein mochten. „Verdammt", fluchte er leise.

Er fand sich vor dem verschlossenen Eingang zur Crew-Messe wieder. Ein kürzlich ausgedrucktes Schild – definitiv gestern noch nicht da – war an die Tür geklebt, um ihn und andere daran zu erinnern, warum sie ausgesperrt waren:

Vom Kapitän:

Alle, einschließlich der ursprünglichen und neuen Besatzung sowie aller Offiziere, nehmen ihre Mahlzeiten im Hauptspeisesaal ein.

Flavio erinnerte sich, davon gehört zu haben, aber es war ihm erst jetzt bewusst geworden. *Die haben verdammt noch mal besser mein thailändisches Essen*, dachte er. Aber er wusste, dass sich auch das geändert hatte, wie alles andere auf dem Schiff.

Er lächelte bei diesem letzten Gedanken und dachte an Vicki. Nicht alle Veränderungen waren schlecht.

Jemand räusperte sich und Flavio drehte sich von der Tür weg, um einen winzigen Unteroffizier hinter sich stehen zu sehen. Die Schultern des Mannes sackten unter Flavios Schatten zusammen, als er sich über den Offizier beugte. „Entschuldigen Sie die Störung, Sir", sagte der Offizier und blickte fast senkrecht zu Flavio auf. „Ich war gerade auf dem Weg, Sie zu holen. Der Kapitän erwartet Sie im Hauptspeisesaal. Er wartet jetzt gerade auf Sie."

All das kam Flavio seltsam vor.

Er hatte gedacht, er würde sich in einer Gruppe treffen, um von jemandem weit unter dem Rang eines Kapitäns ihre neuen Aufgaben zu erhalten. Er hatte sicher nicht mit einer privaten Audienz beim Kapitän selbst gerechnet.

Und woher wusste dieser Unteroffizier, dass er hier war? Der Offizier hatte gesagt: *„Ich war gerade auf dem Weg, Sie zu holen"*, was bedeuten musste, dass er auf dem Weg zu seiner neuen Kabine war, da er nicht mehr in seiner normalen Kabine auf dieser Ebene war, sondern eine der Gästekabinen mit fantastischer Aussicht und einem großartigen Bett mehrere Decks über ihnen bekommen hatte.

Dann fiel es ihm ein.

Flavio neigte seinen Kopf nach oben und blickte auf eine der hunderten Schiffskameras, die auf den Decken im ganzen Schiff montiert waren. Er nickte verstehend der Kamera zu, die weniger als einen Meter entfernt auf sie herabblickte.

Aber es gab noch eine unerklärliche Merkwürdigkeit, die Flavio einfach nicht begreifen
konnte. Dieser Offizier bezeichnete ihn als „Sir".
Da Flavio kein Offizier war, hätte er eigentlich
nur mit seinem Nachnamen, Petrovich, ange-
sprochen werden sollen. Das war die normale
Etikette auf einem RE-Schiff, es sei denn, das
hatte sich auch geändert.

Flavio richtete seinen Blick wieder nach unten
auf den winzigen Offizier. Der Mann wartete
geduldig auf eine Antwort oder irgendeine Art
von Bestätigung. „Danke. Ich gehe jetzt."

Es war alles, was Flavio zu sagen einfiel. Sein
Verstand hatte Schwierigkeiten mitzuhalten, da
sich so vieles so schnell änderte: Er hatte zum
ersten Mal in seiner Erinnerung tatsächlich eine
ganze Nacht durchgeschlafen, er hatte keine
Kopfschmerzen, er fühlte sich aufrichtig glücklich, und um dem Ganzen die Krone aufzuset-
zen, wartete der Kapitän seines Schiffes auf ihn.

Flavio schüttelte den Kopf, drehte sich um
und machte sich auf den Weg zum Hauptspeisesaal. Er hörte das leise Schlurfen der
Füße des Unteroffiziers hinter sich, als er das
Treppenhaus der Besatzung betrat. Es war offensichtlich, dass der Mann den Auftrag hatte, sicherzustellen, dass Flavio es nach oben
schaffte, um ihren Kapitän zu sehen. Flavio
würde dafür sorgen, dass der Mann ein wenig
arbeiten musste, um seine Aufgabe zu erfüllen.

Manche Dinge ändern sich nicht, dachte er bei
sich, während sich ein Grinsen auf sein Gesicht
schlich.

Es dauerte nicht lange, denn Flavio verdoppelte sein Tempo zum Hauptspeisesaal, seinem Ziel. Ein Teil von ihm wollte sehen, ob sein Schatten an ihm kleben blieb, obwohl er nicht sicher war, warum. Und danach fühlte er sich ein wenig albern, das getan zu haben.

Eine Tür später betrat er den Hauptspeisesaal. Hinter ihm waren die Geräusche des winzigen Offiziers zu hören, der sich die Lunge aus dem Leib hustete. Flavio kicherte in sich hinein.

Wenn ich für das Training der Besatzung verantwortlich wäre, wärst du die erste Person, die Runden laufen müsste, dachte er. Seine Lachfalten wurden tiefer.

Flavio fand den Kapitän sofort. Der Mann, der noch vor wenigen Tagen Erster Offizier gewesen war, bis er in seinem Titel befördert worden war, weil sein Vorgesetzter von den Parasitären brutal ermordet worden war. Jean Pierre stand von seinem Stuhl auf und begrüßte Flavio mit einem breiten und einladenden Lächeln.

„Flavio, danke, dass Sie sich so kurzfristig mit mir treffen. Ich weiß, das mag wie aus heiterem Himmel kommen."

Flavio war sich nicht sicher, was der Kapitän damit meinte, aber er hatte gehört, dass der Kapitän oft Dinge sagte, die keinen Sinn ergaben.

„Ich wollte mich persönlich bei Ihnen für alles bedanken, was Sie in den letzten Tagen geleistet haben. Ihre unermüdliche Arbeit ging weit über das Normale hinaus. Ich hätte dies lieber förmlicher gemacht, aus Respekt vor Ihren jüngsten Beiträgen zur Rettung dieses Schiffes und so vieler

Menschen an Bord. Aber wir haben wenig Zeit. Und ich brauche Sie jetzt."

Flavio war von all dem überrascht, stand immer noch vor seinem Vorgesetzten, als er bemerkte, dass der Unteroffizier, der ihm gefolgt war, immer noch schwer atmend, in sein Blickfeld trat. Der Offizier überreichte Kapitän Jean Pierre eine kleine Schachtel und trat dann zurück.

Der Kapitän wandte sich wieder Flavio zu und hielt ihm das nun geöffnete Kästchen hin. Es enthielt Offiziersabzeichen. Er blickte wieder zum Kapitän auf, dessen Lächeln sich ozeanweit ausgebreitet hatte.

„Flavio Petrovich, Sie wurden mit sofortiger Wirkung zum Zweiten Offizier befördert. Und ich möchte Ihnen die Position des stellvertretenden Sicherheitsdirektors anbieten... vorausgesetzt, Sie wollen sie?"

Flavio war verblüfft. Dies war die vorherige Position von Direktor Wasano Agarwal gewesen, bis sie den damaligen Sicherheitsdirektor vor ein paar Tagen tot aufgefunden hatten.

Ein anderes Besatzungsmitglied erschien hinter ihm – Flavio blieb nie so lange mit dem Rücken zu einer Tür stehen. Zum ersten Mal seit langer Zeit war er erschrocken und zuckte sogar ein wenig zusammen. Der Mann war von der Wäscherei und überreichte Flavio eine frisch gebügelte Offiziersuniform. Flavio nahm die Uniform geistesabwesend entgegen, während er den Kapitän anstarrte, unsicher, was er sagen oder wie er reagieren sollte.

Bevor all das passiert war, als er noch ein einfacher Kellner gewesen war, der von seinen

Vorgesetzten kaum beachtet wurde, hätte er sicher geglaubt, dass diese ganze Präsentation nur eine Möglichkeit für die Firmenleitung war, ihn zu belohnen, ohne ihm die Gehaltserhöhung zu geben, die er für all seine Dienstjahre verdient, aber nie bekommen hatte. Und das lag daran, dass er bereits an der Spitze seiner Rangstufe war, ohne Offizier zu sein. Dann dachte er über die Wahrheit nach, die echte Wahrheit über ihre Situation.

Weder er noch irgendjemand anderes würde jemals wieder bezahlt werden, schon gar nicht von einem Unternehmen, das aus Leuten bestand, die entweder tot waren oder verrückt geworden und im Hauptbüro herumliefen, ihre Kollegen aus der Chefetage ermordeten und auffraßen.

Flavio riss sich aus seinen gedanklichen Abschweifungen und sah, dass der Kapitän auf eine Antwort wartete.

„Scheint, als hätten sich meine Überstunden ausgezahlt", scherzte er.

Der Kapitän gluckste. „Das und Ihre einzigartigen Fähigkeiten, die jetzt viel mehr gebraucht werden als in Ihrer vorherigen Position... Kann ich das als ein Ja verstehen?"

„Ja, natürlich, Sir. Ich fühle mich geehrt, Kapitän." Flavio schüttelte dem Kapitän fest die Hand.

„Das ist wunderbar. Ich entschuldige mich für den Mangel an Zeremonie, aber wir haben einfach keine Zeit für solche Förmlichkeiten mehr."

Flavio war darüber froh. Er hasste Anerkennungszeremonien, von denen er immer gedacht hatte, dass sie mehr dazu dienten, seine Vorgesetzten zu würdigen, die es liebten, sich gegenseitig zu beglückwünschen und sich selbst reden zu hören. Das hier war besser. Viel besser.

Er fragte sich, was er als Nächstes tun sollte, und sein Blick schweifte zum Tisch des Kapitäns, von dem dieser aufgestanden war. Dort an seinem Platz standen eine leere Kaffeetasse und ein halb gegessenes Plunderstück. Es gab noch weitere Gedecke am Tisch. Und er hatte insgeheim gehofft, eingeladen zu werden, sich zu setzen und auch eine Mahlzeit einzunehmen, wusste aber, dass das zu viel verlangt wäre.

„Es tut mir leid, dass ich mich Ihnen nicht zum Essen anschließen kann. Und ich fürchte, Sie werden sich auch kurz fassen müssen. Als Teil Ihres ersten Auftrags ziehen Sie bitte Ihre neue Uniform an und treffen Sie uns um acht Uhr an der Gangway an Backbord auf Deck 1. Das ist in fünfundvierzig Minuten."

Chapter 08

Geschwindigkeit

Ted saß eingehüllt in einer Blase seiner eigenen Unruhe. Er starrte in den großen Raum des Sonnendecks, in Gedanken versunken. Mit seiner Cubs-Baseballkappe fest um den Kopf gezogen, die Krempe alles bis auf den mehr als eintägigen Stoppelbart an seinem Kinn verdeckend, war er kaum wiederzuerkennen, es sei denn, jemand wäre stehengeblieben und hätte ihn genauer angesehen. Inkognito war in diesem Moment vorzuziehen, denn er war zu sehr damit beschäftigt, mit dem zu kämpfen, was sich wie eine immense Last anfühlte, die auf ihm lastete. Es war die Summe aller Sorgen des Schiffes und sein Wissen darüber, wie düster ihre Zukunft momentan aussah. Auch wenn er versuchte, sich vom Gegenteil zu überzeugen.

Angenommen, sie konnten einen Deal für Treibstoff machen, würden sie irgendwann trotzdem ohne dastehen. Was dann? Und Nahrung würde ihr größeres Problem sein, selbst wenn sie nicht viel davon abgeben würden, was sie höchstwahrscheinlich tun müssten, wenn sie einen Deal für den Treibstoff machen wollten.

Und angenommen, sie konnten die unüber-
windbaren Probleme ihres Treibstoffs und ihrer
Nahrung lösen, wie könnten sie in dieser Welt
überleben, die jetzt den Parasitären gehörte?
Er wagte es nicht einmal, seine Gedanken auf
seine Frau TJ zu richten. Jedes Mal, wenn er
diesen Weg einschlug, landete er schließlich im
Straßengraben der Verzweiflung, steuerte in ein
Loch der Hoffnungslosigkeit, wo seine Psyche
regelrecht zerquetscht wurde.

Dann wurde seine Blase des Trübsinns durch-
stochen.

Irgendein tölpelhafter Idiot rempelte seinen
Tisch an, rüttelte die zwei Kaffeetassen darauf
durch und verschüttete etwas von ihrem kost-
baren Inhalt.

Teds Blick schoss nach oben, eine Salve von
Flüchen hinter seiner Zunge geladen, bereit,
auf die Person abgefeuert zu werden, die das
getan hatte. Seine Lippen waren zusammenge-
presst, seine Nase hochgezogen. Dann hielt er
den Atem an.

„Oh je. Tut mir so leid, Ted", keuchte Dr.
Molly Simmons. „Ich werde mit jedem Tag
ungeschickter."

Teds Wut verflog sofort. „Ist schon gut. Bitte
setzen Sie sich. Ich habe versucht, Ihren Kaffee
warm zu halten, aber..." Er zeigte auf die umge-
drehte Untertasse, die auf dem Kaffee am nächsten zum leeren Stuhl ruhte. Schwarze Flüssigkeit tropfte von ihren Rändern.

„Oh, danke. Tut mir so leid, dass ich zu spät
bin – stehen Sie nicht auf."

Ted hielt inne, halb aus seinem Stuhl erhoben, und ließ sich dann wieder in seinen Sitz sinken, gab seinen Versuch auf, ihr in den leeren Stuhl zu helfen, der auf sie wartete.

Er beobachtete, wie sie langsam den Stuhl weiter vom Tisch wegzog, ihn zu sich drehte und dann hineinfiel.

Gerade als sie dabei war, ihren Sitz einzustellen, ging ein Paar an ihrem Tisch vorbei und blickte zuerst zu Molly und dann zu Ted. Ted konnte den Funken der Erkenntnis in ihren Augen sehen, aber er wandte sich ab, bevor er es bestätigen konnte, und sie gingen vorbei, ohne ein Wort zu sagen.

Es war ein weiterer Grund, warum Ted sich nicht gerne auf dem Sonnendeck traf. Dieser Ort war viel zu offen. Er mochte weniger bevölkert sein als an früheren Tagen, seit der Einstellung des Essensservice in allen Restaurants außer dem Hauptspeisesaal. Und da fast jeder Passagier eine Aufgabe bekommen hatte, gab es weniger Zeit, um gemütlich in einem Bereich zu sitzen und zu ruhen, der allein für die Erholung gedacht war. Mehr als alles andere fürchtete Ted, dass ihre offenen Gespräche von anderen gehört werden könnten. Aber Molly mochte diesen Raum. Also trafen sie sich hier jeden Tag.

Sie argumentierte, dass es warm war und das Glasdach den Raum hell erleuchtete, selbst wenn ihre letzten Tage stark bewölkt gewesen waren.

„Oh, das ist so gut", sagte Molly und trank ihren kühlen Kaffee in kurzen Schlucken, als wäre er heiß. Tatsächlich hatte er vor einer halben Stunde den Großteil seiner Wärme verloren, als er ihre

Kaffees aus dem Hauptspeisesaal für ihr tägliches Treffen heruntergebracht hatte.

„Sie trinken Ihren nicht – sagen Sie mal, Sie sehen müde aus... Geht es Ihnen gut, Ted?" Ihre uralt aussehenden Züge waren vor Sorge verzerrt.

„Ja, mir geht's gut. Und ja, ich brauche mehr Schlaf. Apropos Schlaf, was ist mit Ihnen, Molly?"

„Ich? Machen Sie sich keine Sorgen um mich. Ich werde allen Schlaf bekommen, den ich brauche, wenn ich tot bin. Ich bin zu beschäftigt zum Schlafen." Sie nahm einen großen Schluck ihres Kaffees, ihre Augen immer noch unangenehm auf ihn gerichtet.

„Na gut. Wie schlafen also unsere Monster?"

Ihre Augen senkten sich von seinen zu der Tasse, die sie hielt. „Nun... das ist der Grund, warum ich zu spät bin." Sie stellte ihre Tasse ab und sah dann wieder zu Ted auf. Ihre Haltung änderte sich augenblicklich von enthusiastisch zu etwas Ernsthafterem. „Als Wissenschaftlerin muss ich Ihnen sagen, dass ich sowohl begeistert als auch erschrocken bin von dem, was wir beobachten. Ich kann es nicht erklären, außer zu sagen..."

Sie blickte wieder nach unten, holte tief Luft und atmete dann aus. Sie hob ihren Blick wieder zu Ted.

„Ich denke, wir sehen die nächste Stufe der menschlichen Evolution. Angenommen, ich würde an Makroevolution glauben, wie sie heutzutage in Schulen gelehrt wird... Streichen Sie das, wie sie in Schulen gelehrt *wurde*."

Angesichts seiner eigenen düsteren Stimmung hätte Ted fast ihren Punkt über Evolution debattieren müssen, da er eine weitere Predigt von ihr über Gottes fürsorgliche Hand spürte und brauchte, die die Ereignisse um sie herum zu Seinen und ihren Gunsten veränderte. Er war einfach zu müde, um sich in eine weitere gewichtige metaphysische Diskussion zu begeben. Er entschied sich stattdessen, seine eigene Hoffnungslosigkeit zu untermauern: „Gut, also ist es das Überleben des Stärkeren. Wer wird also am Ende der Stärkste sein, wir oder sie?" Er kannte die Antwort.

Sie lächelte ein wenig über seine Frage. Er war sich ziemlich sicher, dass sie es genoss, jemanden zu haben, der sie intellektuell herausfordern konnte, besonders jemanden, der eine ähnliche Liebe zur Wissenschaft besaß wie Ted. „Kurzfristig könnten wir das überleben, wenn die Vorsehung weiterhin ihre Hand über uns hält, wie sie es bisher getan hat."

Ted konnte nicht anders, als darüber zu lächeln, wissend, dass sie darauf hinauswollte. *Vielleicht wollte ich diese Diskussion doch.*

„Aber langfristig gehört die Zukunft wahrscheinlich unseren Parasitären." Sie senkte ihren Blick wieder, fast als wäre sie verlegen, gerade eine so gottlose Zukunftsprognose gegeben zu haben, denn sicherlich konnte Gott diese bösen Kreaturen nicht über sein geliebtes Volk stellen.

Und obwohl er wusste, dass sie dies sagen musste, wenn sie der Wissenschaft treu bleiben wollte, schockierte es ihn trotzdem. Er hatte Molly als jemanden kennengelernt, der eine felsenfeste Hoffnung auf morgen hatte, gestützt durch ihren Glauben an einen Gott, der seine Kinder liebte.

Ted war sich bei der ganzen Schöpfersache nicht so sicher.

Er hatte ihr gegenüber zugegeben, dass er eher agnostisch als atheistisch war. Bis vor Kurzem hatte er immer an die menschliche Natur geglaubt und daran, dass die Menschheit durch Wissenschaft und den guten Willen vieler einen Weg aus diesem Schlamassel finden würde, bevor etwas anderes sie auslöschte. Sogar in seinen Geschichten bot er seinen Charakteren Hoffnung. Aber es wurde immer schwieriger, an die Menschen zu glauben, wenn es nicht mehr viele von ihnen gab.

Ihm wurde bewusst, dass Molly jetzt seine Reaktion auf ihre Worte beobachtete. „Ich habe mich dasselbe gefragt. Welche neue Entdeckung lässt Sie das glauben?"

„Ach ja, ich hatte es Ihnen noch nicht erzählt. Wie Sie wissen, lernen wir jeden Tag so viel, während wir sie untersuchen.

„Wir wissen bereits, dass Parasitäre die Fähigkeit haben, ihre Muskeln und Sehnen wie die eines Schimpansen zu nutzen, was ihnen, nach unseren Beobachtungen, die zwei- bis zehnfache Kraft eines normalen Menschen verleiht."

„Ich glaube, Sie hatten mir gesagt, es hätte damit zu tun, dass unser Gehirn unsere latente Kraft blockiert, um unseren Körper zu schützen."

„Ja, denken Sie an all die Berichte, die Sie gelesen haben, von einer schüchternen Hausfrau, die ein Auto von ihrem verletzten Ehemann hebt, oder der Tochter, die den Traktor von ihrem Vater hebt, und so viele andere Fälle, die diesen Punkt beweisen: Es sind Zeiten extremen Stresses oder Zorns, in denen wir am stärksten sein können."

„Und bei den Parasitären ist das die ganze Zeit so, außer wenn sie in Hibernation sind", fügte Ted hinzu, um zu zeigen, dass er folgte.

„Genau."

„Okay, was ist also die neueste Erkenntnis?"

„Ja, entschuldigen Sie. Sie erinnern sich, dass wir beobachtet haben, wie die Parasitären in zylindrischen Gruppen hibernieren, die sich periodisch drehen und diejenigen am Rand in die Mitte schicken, um ihre Körpertemperatur über der Umgebungstemperatur in der Lounge zu halten."

Ted erinnerte sich daran und fand es faszinierend. „Ja, das tue ich. Es schien seltsam, machte aber Sinn, als Sie es zum ersten Mal berichtet haben. Ich war besorgt, dass wenn genug von ihnen zu warm würden, unsere Bemühungen, ihre Körpertemperatur zu senken, scheitern könnten."

„Und bis gestern Nacht schienen sie in diesem rotierenden Hibernationszustand zu bleiben, wobei sie effizient ihre Körperwärme an die anderen weitergaben-"

„Als ob sie uns aussitzen würden, in dem Wissen, dass die niedrigen Außentemperaturen nicht von Dauer sein würden", fügte Ted hinzu. Seine düstere Stimmung kehrte wieder zurück.

„Vielleicht."

„Sie sagten, ‚Bis gestern Nacht'. Was ist gestern Nacht passiert?"

„Zwei aufgezeichnete Ereignisse, die mich beunruhigen. Das erste geschah gestern Morgen.

Jeder zylindrische Parasiten-Pod hat einen Parasitären in der Mitte gehalten, um dessen Temperatur noch höher zu treiben. Wir haben das nur
bemerkt, weil gestern einer der Parasitären aus
der Mitte eines Pods herausschoss und versuchte,
einen unserer Wachen bei der Morgenfütterung
anzugreifen. Es war knapp, aber unser Wachmann
zog sich gerade noch rechtzeitig hinter die Tür
zurück."

„Das zeigt Strategie. Nichts, was wir von ihnen
erwarten", warf Ted ein.

„Genau. Das zweite Ereignis, das mir ein wenig
Angst macht, hängt tatsächlich mit dem ersten
zusammen. Letzte Nacht, zu Beginn der zweit-
en Fütterung, passierte es wieder. Wie beim ersten Angriffsversuch sprang ein Parasitärer aus
der Mitte seines Pods. Auch wie beim ersten war
er ein wenig ungeschickt und nicht besonders
schnell. Aber diesmal schoss er auf halber Strecke
den Gang hinauf wie ein Gepard. Ich habe noch
nie einen Menschen sich so schnell bewegen sehen. Ich ließ Mr. Deep diesen Teil immer wieder
zurückspulen und abspielen, weil ich einfach nicht
glauben konnte, was ich da sah."

„Sie sagen also, sie werden nicht nur stärker
als wir, sondern auch schneller?" Teds Magen war
jetzt ein brodelnder Säurekochtopf.

„Genau. Natürlich ist das nur ein Vorfall, aber
ich denke, Sie verstehen, warum ich jetzt so besorgt bin."

Ted dachte über die Auswirkungen nach, die
das für sie alle bedeutete. Es war zu schrecklich, um es jetzt zu bedenken. Parasitäre mit
Blitzgeschwindigkeit?

TJ klopfte mit zwei Knöcheln an die Scheibe und erzeugte ein Geräusch, das auf der anderen Seite laut genug war, um den Ladenbesitzer zu erschrecken. Der Mann zuckte selbst von seinem Sitz hoch und ließ dabei das Klemmbrett fallen, das er gehalten hatte.

Er riss seinen Kopf in TJs Richtung und brüllte dann unhörbar: „Wir haben geschlossen."

Sie wusste, was er sagte, auch wenn seine Stimme fast vollständig vom Glas gedämpft wurde. Aber sie akzeptierte kein Nein als Antwort. Also tat sie so, als könnte sie ihn nicht hören.

Sie formte mit den Lippen „Was?" und hob ihre Arme, als wüsste sie nicht, was er sagte.

Der Mann schüttelte heftig den Kopf und wandte sich abrupt wieder seiner Arbeit zu, riss sein Klemmbrett vom Boden und fuhr fort, es und sein Inventar zu überprüfen. Zumindest vermutete sie, dass er das tat.

Ihre Wut wuchs. Sie schlug diesmal härter gegen das Glas, sodass der ganze Rahmen wackelte. Sie war sich ziemlich sicher, dass sie, wenn sie nur ein bisschen stärker zugeschlagen hätte, es hätte zerbrechen können. *Das will ich nicht mehr als einmal machen*, dachte sie, während sie auf die zerbrochene Fensterscheibe links neben der Tür blickte, die jetzt mit Sperrholz abgedeckt war.

Der Verkäufer erhob sich diesmal von seinem Sitz und stampfte in ihre Richtung, seine Schultern steif und aggressiv auf sie gerichtet. Als ob er diesen Showdown gewinnen würde.

Sie hätte fast laut aufgelacht.

Der Verkäufer steckte seinen Metallschlüssel ins Schloss, drehte ihn um und öffnete die Tür einen Spalt. „Wir geschlossen. Nicht sicher, wann wieder offen, aber Sie-"

Es war reiner Reflex, denn ohne nachzudenken schoss ihre Hand durch den Türspalt – viel schneller, als sie es sich selbst zugetraut hätte – und packte den Unterarm des Mannes.

Seine Augen weiteten sich und er blickte auf seinen Arm hinab, zuckte zusammen, als er sah, dass sie ihn festhielt, fast so, als wüsste er nicht, dass sie es war, die seinen Arm im Griff hatte. Er versuchte sich loszureißen, sein Gesicht verzog sich zu komischen Proportionen, als er mit seinem ganzen Körper zog. Ihre Hand blieb ein unbeweglicher Schraubstock, der sich um seinen Arm klammerte.

Dann drückte sie fester zu, nur um zu demonstrieren, dass sie die Kontrolle hatte. Aber sie spürte, wie seine Sehnen unter ihrer Hand nachzugeben drohten, also lockerte sie ihren Griff.

„Aua. Warum Sie das machen?" jammerte er, sein Gesicht wurde rot.

TJ hatte einen viel diplomatischeren Ansatz geplant, aber als dieser Kerl zur Tür stampfte, machte es sie wütend. Also gab sie die Diplomatie zugunsten von etwas Dramatischerem auf. Und jetzt war ihre Zeit knapp und sie wollte einfach nur das, wofür sie hergekommen war.

Mit ihrer freien Hand nahm sie ihre Sonnenbrille ab und starrte den Mann mit ihren beängstigenden Augen an. „Wenn du mich nicht reinlässt und mir gibst, was ich will, reiße ich dir den Arm ab und esse ihn zum Frühstück." Sie sagte dies mit unbewegter Miene, ohne es wirklich zu meinen. Sie hatte wirklich keine Lust, den Arm dieses Mannes zu essen.

Die riesigen weißen Augäpfel des Mannes füllten sich mit Tränen, und er versuchte noch einmal erfolglos, seinen Arm zu befreien.

Dann ließ sie los.

Der Mann fiel hart zu Boden und versuchte verzweifelt, von ihr wegzuwatscheln.

TJ setzte ihre Sonnenbrille wieder auf, glitt in den Laden, schloss die Tür und verriegelte sie mit dem noch steckenden Schlüssel. Dann starrte sie den Mann an, der sich in eine Ecke unter einer Auslage von edlen europäischen T-Shirts verkrochen hatte.

„Hör zu, ich habe nur Spaß gemacht, dir wehzutun. Ich brauche nur eine Sache. Gib sie mir und ich verschwinde. Ich verspreche es." Sie schenkte ihm ein Lächeln, um zu zeigen, dass sie es ernst meinte.

Der Mann funkelte sie hinter den T-Shirts hervor an, zögernd, diesem Angebot zu vertrauen, und suchte Trost hinter der Kleidung.

„Sie-sie-sie versprechen zu ge-ge-gehen, wenn ich Ihnen gebe, was Sie wollen."

„Absolut." Sie schenkte dem Mann ein noch breiteres Lächeln, als ob sie es ernst meinte. Tatsächlich tat sie das sogar: Sie war fertig mit diesem kleinen Mann. Wenn er ihr nicht half, würde sie einfach selbst suchen und nehmen, was sie wollte.

Sie sah sich im Laden um und entdeckte schnell die Auslage. „Genau da, das ist alles, was ich brauche. Bitte hol mir das. Ich bin spät dran, und dann werde ich den Kapitän begleiten, um den Treibstoff für unser Schiff zu besorgen. *Bitte.*"

Der Mann versuchte sich aufzurichten, begann aber wieder umzukippen.

Wieder reagierte sie blitzschnell, stürzte vor und riss ihn hoch, sie überraschte sogar sich selbst. Der Mann quiekte erstaunt auf und bohrte wieder seine tränengefüllten Augen in sie, als wäre sie eine Art Freak. Jetzt tat es ihr wirklich leid, diesem Mann so einen Schrecken eingejagt zu haben. „Tut mir leid, ich dachte, du würdest gleich fallen. Wollte nur helfen."

Sie ließ los, als er fest auf den Füßen stand. Er wich vor ihr zurück und bewegte sich auf die Auslage zu, auf die sie gezeigt hatte.

„Ja, das ist es, was ich will." Sie deutete an ihm vorbei, ihr Lächeln bahnte den Weg.

Er drehte sich zur Auslage, begierig darauf, von dieser verrückten Frau wegzukommen.

Als er an der Vitrine ankam, passte er nicht auf und stieß mit seinem Knie dagegen, wodurch zwei andere Tischaufsteller zu Boden fielen. „Verdammt!", stieß er aus und blickte zu TJ, die an ihrem Platz blieb.

„Welche Farbe?", fragte er fast unhörbar.

„Blau."

Der Verkäufer griff hinein, schnappte sich zwei Schachteln unter dem Glas und marschierte zu ihr, wobei er die Schachteln wie einen

Schutzschild vor sich hielt. „Hier sind zwei Sets. Bi-bitte gehen Sie jetzt."

Sie nahm die Schachteln an, schloss auf und trat dann rückwärts aus der Tür.

„Danke für deine Hilfe."

Chapter O9

Treffen

Ted stand mit verschränkten Armen an die Achterwand des Raumes gelehnt und tippte nervös mit dem Fuß auf den Boden. Sie war zu spät.

Er sah auf seine Uhr – die er bis vor ein paar Tagen nie getragen hatte – um dies zu bestätigen. Es war zehn Minuten nach ihrer vereinbarten Zeit. Das ärgerte ihn wirklich, denn es bedeutete, dass ihm weniger Zeit mit ihr blieb, bevor sie beide ihren Pflichten nachgehen mussten. Sie hatten in letzter Zeit so wenig Zeit füreinander.

Er bohrte seinen Blick durch die gläserne Konferenzraumtür und erhaschte Blicke von Menschen, die das hintere Treppenhaus wenige Meter entfernt hinauf- und hinabeilten.

Sie war früher nie zu spät...

Das war, bevor all ihre Veränderungen eingetreten waren. Er war derjenige, der normalerweise zu spät kam. Es war seine Frau, die ihn ständig an seine Termine erinnerte. Es war einer der Gründe, warum er angefangen hatte, seine Uhr zu tragen, ein Geschenk von ihr vor einiger Zeit. Als sie ihm empfohlen hatte, sie auf diese

Reise mitzunehmen, hatte er sie danach gefragt. „Wer trägt heutzutage noch Uhren?"

„Denk daran, du wirst dein Handy nicht überall bei dir haben, und ich möchte nicht, dass wir zu spät zu Shows oder unserem Essen mit dem Kapitän kommen."

„Dafür habe ich dich doch", hatte er ihr gesagt. Er hatte nur halb gescherzt.

„Aber ich bin vielleicht nicht immer in der Nähe … Ich könnte am Pool liegen, während du schreibst. Bitte nimm sie mit."

Es war ihm damals wie eine Kleinigkeit erschienen, vor gerade mal ein paar Tagen. Jetzt fühlte sich jede Entscheidung, die sie getroffen hatten und von nun an treffen würden, doppelt wichtig an.

Eine attraktive Blondine, etwa so groß wie TJ, eilte zur Tür, und er hielt den Atem an. Aber sie war es nicht. Wie um dies zu bestätigen, ging die Frau schnell an der Tür vorbei.

Als er sie heute Morgen auf ihrem Haustelefon angerufen hatte – er genoss gewisse Privilegien als Mitglied des Offizierskreises, einschließlich der Nutzung der Haustelefone, die immer noch für Notfälle vorgesehen waren – hatte sie zunächst nicht interessiert an einem Treffen geklungen. Er erinnerte sich an dieses Gespräch… „Guten Morgen, wie geht es dir?"

„Gut", hatte sie gesagt, völlig emotionslos.

„Schläfst du?"

„Ein wenig."

„Können wir uns treffen?"

„Ich muss bei den Treibstoffverhandlungen helfen."

„Du weißt, dass ich das weiß. Bitte, ich muss dich sehen."

Sie hatte einen Moment gezögert, dann hatte sich ihr Ton geändert. „Ja, das würde ich gerne."

Er hatte sich daran erinnert, dass dieser Konferenzraum für wichtige Schiffsangelegenheiten freigehalten wurde und dass er kurz vor dieser Unterredung mit diesem Typen auf einer Insel, der Treibstoff hatte, nicht genutzt werden würde. Also hatte er es hier eingerichtet.

Endlich sah er sie langsam die Treppe hochkommen und ein paar Meter vor der Tür anhalten, wo sie hineinschaute und ihn zurückblicken sah. Es war schwer, sie klar zu sehen, weil die Tür mit Schmierflecken bedeckt war, wahrscheinlich von Leuten, die hineingeschaut hatten, und einem kürzlich angebrachten Schild auf der anderen Seite, auf dem stand: „Dieser Raum ist auf unbestimmte Zeit für die Brückencrew reserviert."

Sie näherte sich der Tür und öffnete sie, und da konnte er sie ganz sehen.

Sofort hatte er einen Flashback des sexuellen Traums, der heute Morgen zum Albtraum geworden war, und erinnerte sich gleichzeitig an seine Erregung und seinen Schrecken. Sein Herz raste wieder.

Sie sah in ihrer üblichen Kleidung absolut strahlend aus: Kompressionshose und kurzärmeliges Laufshirt, ergänzt durch farblich abgestimmte Laufschuhe; blondes Haar zu einem straffen Pferdeschwanz zurückgebunden; Nasenklammer um ihre Nasenlöcher gespannt und deren hautfarbene Schnur locker um ihren Hals gelegt. Sie trug ihre Halskette nicht, aber sie hatte gesagt, der Verschluss sei kaputt und sie habe Angst, sie jetzt zu verlieren.

Er bemerkte sofort zwei monumentale Veränderungen in ihrem Aussehen seit dem letzten Mal, als er sie gesehen hatte.

Erstens glänzte ihre Haut in einem strahlenden Braun; sie hatte rapide Melanin verloren, was ihre Haut mit jedem Tag blasser und totenähnlicher hatte aussehen lassen. Aber die größte Veränderung war ihre Augenfarbe.

Sie waren blau.

Nicht ihr normales Blau, aber auch nicht rot oder rosa.

Ihr Lächeln ließ sein Herz schmerzen. Sie schien sich wirklich zu freuen, ihn zu sehen.

Und dann tat sie etwas Unerwartetes: Sie trat auf ihn zu, schlang ihre Arme um ihn und drückte ihn fest.

„Ich habe dich vermisst", sagte er in ihr Ohr.

„Ich dich auch." Ihre Stimme klang näselnd. Sie war auch verschwitzt, als hätte sie gerade einen Lauf beendet.

Er blickte ihr nur für einen Moment in die Augen und küsste sie. Da wurde sie steif und zog sich zurück.

„Mensch, man sollte meinen, wir könnten es uns leisten, hier die Klimaanlage einzuschalten", scherzte sie, wahrscheinlich um ihre Veränderung zu überspielen. Aber auch ihre Stimme klang angestrengt.

„Du weißt ja, die ganze Treibstoffsituation..." Da bemerkte er ihre Vertuschungen.

Ihre Augen waren nicht wirklich blau; sie waren lila: Sie trug blaue Kontaktlinsen, die ihre roten

Augen nicht vollständig überdecken konnten. Und ihre Bräune kam aus der Flasche und war nicht echt. Er konnte jetzt sehen, dass sie eher goldfarben als braun aussah, wie er ursprünglich gedacht hatte. Er blickte auf seine Hand, die ihre Schulter umfasst hatte, und bemerkte, dass etwas von der Bräunungscreme abgegangen war. Er rieb sie zwischen seinen Fingern zur weiteren Bestätigung.

Er sah wieder zu ihr auf, aber sein Blick schweifte höher und erfasste, was er für ein paar weiße Haare hielt, die sich hinter den blonden Strähnen in ihren gut gepflegten Augenbrauen versteckten.

„Ich schätze, ich konnte dich nie täuschen, Ted. Sieht es so schlimm aus?"

„Nein... Ich denke, ein Teil von mir wollte glauben, dass du noch dieselbe bist. Du weißt schon, vor deinen Veränderungen."

„Ja, ich auch. Aber wir wissen beide, dass ich es nicht bin. Ich bin völlig anders als das, was ich vor all dem war."

Die Wahrheit war eine bittere Pille, die er nicht schlucken wollte, aber jetzt wurde er dazu gezwungen.

Sie schwiegen für eine unangenehm lange Zeit. Sie hatten nie zuvor einen unangenehmen Moment der Stille zwischen ihnen gehabt, da sie die Gegenwart des anderen so sehr genossen, dass Perioden ohne Gespräch genauso herrlich waren wie jene, die mit schnellem Dialog gefüllt waren. Das hatte sich auch geändert.

„Ich liebe dich, weißt du", sagte er.

„Aber das reicht nicht mehr."

Da war es. Die Tatsache, die er nicht zugeben wollte, aber sie sprach es aus. Es war wie ein Messerstich direkt in sein Herz. „Gib uns einfach nicht auf."

„Das habe ich nicht. Tatsächlich hat mich das Wissen, dass du da bist... menschlich gehalten."

Endlich etwas, woran er sich festhalten konnte. Sie waren noch nicht verloren. Er konnte noch hoffen, dass sie durchhielt, solange sie „menschlich" blieb.

Es ertönte ein lauter Piepton, gefolgt von einem weiteren. Dies war der Auftakt zu einer Durchsage. Vor der Apokalypse waren diese oft ignoriert worden, weil sie meist gerade außerhalb der Hörweite waren und man wusste, dass es sich um irgendeine lustige Ankündigung über das Tagesgetränk-Spezial oder eine bevorstehende Show handelte. Jetzt bereiteten ihm die Durchsagen Angst, selbst die, von denen er bereits wusste.

„Das ist der Kapitän, der allen sagt, dass sie reingehen und dort bleiben sollen, bis wir den Handel abgeschlossen haben und den Hafen verlassen haben."

„Das ist auch der Grund, warum ich gehen muss", sagte sie.

Das wusste er auch, aber er wollte nicht, dass ihre gemeinsame Zeit endete, besonders nicht nach ihrem letzten hoffnungsvollen Kommentar. Dann dachte er darüber nach, was sie im Begriff war zu tun.

„Bitte sei vorsichtig." Er dachte an Mollys Kommentare darüber, dass die Parasitären vielleicht Supergeschwindigkeit hatten. „Du hast vielleicht neue Fähigkeiten, aber du kannst nicht schneller als eine Kugel sein."

Dieser Kommentar ließ sie innehalten – sie war schon auf dem Weg zur Tür. „Erwarten wir Ärger?"

„Ähm..." Das taten sie nicht, aber er war immer noch skeptisch gegenüber der ganzen Sache. „Nein. Versprich mir einfach, dass du vorsichtig sein und keine unnötigen Risiken eingehen wirst."

Sie blitzte mit ihren lilafarbenen Augen in seine Richtung und schenkte ihm ein leichtes Lächeln. Es wirkte echt. „Ich verspreche es. Tschüss."

Sie drehte sich um und war zur Tür hinaus. Weg.

Chapter 10

Die Parasitären

Whaudeep Reddy schwebte zur Tür und öffnete sie nur eine Sekunde nach Mollys leisem Klopfen auf der anderen Seite. Er wollte sie nicht lange ohne Schutz warten lassen. Der Bereich um den Überwachungsraum auf Deck 8 war, wie die meisten Teile des Schiffs, sicher. Aber nach allem, was er gesehen hatte, wollte er bei dieser netten, älteren Dame kein Risiko eingehen. So viele Bilder gewaltsamer Morde waren permanent in seinem Kopf eingebrannt und spielten sich Tag und Nacht immer wieder ab.

„Oh mein Gott, Sie sind so freundlich. Danke, dass Sie so schnell reagiert haben, Mister Deep."

Deep bot ihr seinen Arm an, um ihr hineinzuhelfen, aber sie lehnte ab und humpelte mit Hilfe ihres seltsam geformten Stocks hinein. Sobald sie drinnen war, steckte er seinen Kopf zur Tür hinaus, um sicherzugehen, dass niemand sonst da war. Seine Haut kribbelte bei dem Gedanken, dass einer dieser Parasitären den Gang hinunterstürmen könnte, nur weil er nicht an seinem Platz saß, um sie zu beobachten und das Schiff zu warnen. Er hatte aus Sorge, den nächsten Angriff zu verpassen, kaum geschlafen.

Und mit allem, was er aus Dr. Mollys und seinen eigenen Beobachtungen gelernt hatte, wuchs seine Angst mit jedem Tag. Etwas stand bevor. Und es würde bald kommen.

Er schaute in beide Richtungen: Natürlich war der Gang leer.

Nachdem er die Tür gesichert und sich vergewissert hatte, dass sie richtig verschlossen war, drehte er sich um, um zu beobachten und darauf zu warten, dass Dr. Molly Platz nahm. *„Schlurf-rumpel, schlurf-rumpel"*, arbeitete sie sich zu dem Stuhl neben seinem vor. Dem mit den zwei aufgeplusterten Kissen, um ihre schmerzenden Knochen zu entlasten.

Deep dachte, dass sie wirklich eine Begleitung haben sollte, wenn sie sich über die Länge des Schiffs zum Überwachungsraum begab. Da sie die Aufnahmen meist viermal am Tag und stundenlang überprüfte und Notizen über die Parasitären machte, machte er sich Sorgen um die Gesundheit und Sicherheit der Frau: Es wäre so leicht für sie, auf dem Weg zum Überwachungsraum zu stolpern und zu fallen.

Aber all seine Vorschläge für Unterstützung wurden von ihr abgelehnt, oft mit der nachdrücklichen Erklärung, dass sie keine Hilfe brauche und es auch nicht richtig fände, jemand anderen mit einer solchen Bitte zu belästigen. Selbst als er anbot, sie selbst abzuholen und zu begleiten, sagte sie: „Nein!" Und dass es ihre Entscheidung sei, nicht die eines anderen. Er brachte sie zumindest dazu, zuzustimmen, ihn zuerst anzurufen, wenn sie sich auf den Weg zum Überwachungsraum machte. So konnte er sie wie ein Falke von seinem

Stuhl aus beobachten, wenn sie ihre Reise zum Überwachungsraum begann, genauso wie er es auch tat, wenn sie den Überwachungsraum verließ. Das konnte er wenigstens für sie tun.

Deep konnte nicht anders, als die Arbeitsmoral dieser Frau zu bewundern, die wahrscheinlich älter als seine eigene Großmutter war. Und es war nicht so, dass sie große Ausdauer hatte, denn er sah oft Anzeichen ihrer Erschöpfung, besonders jetzt. Bei jedem Treffen sah sie mehr und mehr wie die ältere Dame aus, die sie war. Er wusste, dass es ihr wissenschaftlicher Drang war, ihre Monster zu verstehen, gepaart mit einem allgemeinen Gefühl der Besorgnis, dass sie nur ein sehr begrenztes Zeitfenster dafür hatten. Unabhängig von ihren Gründen war Dr. Molly Simmons jemand, den er ins Herz geschlossen hatte und sehr bewunderte.

Er schenkte ihrem Rücken ein unsichtbares Schmunzeln, während sie sich in ihrem Sitz einrichtete. Er wollte sie nicht drängen. Also würde er warten, bis sie mit dem Herumhantieren an ihrem Stock fertig war, auch wenn er eine wachsende Unruhe verspürte, von seinen Monitoren weg zu sein.

Es war fast acht Uhr, ihre normale Fütterungszeit. Aber nach den gestrigen zwei Vorfällen versuchter Angriffe, genau zu den Fütterungszeiten, hatten sie die heutige Fütterungszeit um etwa eine halbe Stunde vorverlegt, um zu sehen, ob die Parasitären um 8:00 Uhr etwas versuchen würden oder ob sie auf das Eintreten der Wache und des Fütterers gegen 8:30 Uhr warten würden. Und mit den neuen Informationen von letzter Nacht, die er Dr. Molly noch nicht mitgeteilt hatte, gab es keine Möglichkeit zu wissen, was sie als Nächstes tun würden.

Er konnte sehen, dass sie mit dem Herumfummeln an den Kissen in ihrem Sitz fertig war.

„Sind Sie nah genug an den Monitoren, gnädige Frau?", sagte er sanft hinter ihr.

Sie drehte ihren Kopf und ihre Schultern zu ihm zurück und warf ihm einen Blick zu, der sagte: „Ich bin nicht so gebrechlich, dass ich meinen verdammten Stuhl nicht selbst bewegen kann!"

Er nickte und wirbelte um sie herum, ließ sich in seinen eigenen Sitz fallen. Er tippte ein paar schnelle Befehle auf seiner Tastatur und wartete darauf, dass sie mit der Überprüfung einiger der wichtigsten Videoausschnitte begann, die er zusammengestellt hatte. Er hatte die Live-Übertragungen, die auf vier der Monitore liefen, einschließlich des Hauptbildschirms, bereits gesehen.

Bevor sie sich das Video ansah, wollte sie seine Notizen auf dem Klemmbrett untersuchen, das er vor ihr liegen gelassen hatte: eine detaillierte Zusammenfassung aller interessanten Entwicklungen seit ihrer letzten Überprüfung, die Bewegungen der Parasitischen und alle Gedanken zu dem, was er gesehen hatte. Sie hatte ihm Anweisungen gegeben, wie man Forschungsnotizen über ihre empirischen Beobachtungen schrieb. Und er versuchte, ihre Anweisungen buchstabengetreu zu befolgen.

Er wartete ungeduldig darauf, dass sie zur neuesten Entwicklung am Ende seiner Notizen kam, die ihn sowohl überraschte als auch erschreckte. Aber sie machte immer zuerst eine Überprüfung ihrer vorherigen Notizen, um sicherzugehen, dass sie nichts verpasst hatte, bevor sie sich zum aktuellen Punkt vorarbeitete. Er fieberte darauf hin, dass sie an diese Stelle kam, studierte ihre Gesichtszüge, während seine Gedanken abschweiften und er darüber nachdachte, wie viel passiert war und was sie bisher in den wenigen kurzen Tagen gesehen hatten, in denen sie ihre Parasitären beobachteten...

Sobald sie die Kontrolle über sie gehabt hatten, war Dr. Molly vom Kapitän beauftragt worden, alle Live- und aufgezeichneten Übertragungen der vier Kameras zu untersuchen, die sie in und um die Wayfarer Lounge eingerichtet hatten, wo die Parasitären festgehalten wurden: zwei innerhalb der Lounge, eine, die den Haupteingang abdeckte, und eine auf der Hinterbühne – dort war es stockdunkel, sodass es war, als hätten sie dort keine Kamera. Keine der Übertragungen hatte Ton, sodass sie sich nur auf das Video und die Berichte aus erster Hand von den Wachen, die die Türen bewachten, und den Freiwilligen, die diese Monster fütterten, verlassen konnten.

Seit sie die Türen für die Parasitären verschlossen und die Klimaanlage heruntergedreht hatten, um es eiskalt zu halten und sie in eine Art Winterschlaf zu versetzen, hatten sie viel Wissen über sie von den beiden Kameras gewonnen.

Deep war fast die ganze Zeit auf Wache gewesen und hatte jeden Moment des Bandes selbst überprüft, einschließlich der von Fishs kurzen Schichten. Er las auch jede einzelne von Dr. Mollys Notizen. Er wusste also genau, was vor sich ging.

Bis vor einer Stunde hatten die meisten Parasitären geschlafen und waren nackt gewesen. Aber es war nicht immer so gewesen.

Am ersten Tag, nachdem die Temperatur in der Lounge gesunken war, hatten die Parasitären meist an ihren Plätzen gelegen und waren in eine Art Quasi-Schlaf gefaallen. Dr. Molly hatte erklärt, es sei ähnlich wie bei Bären im Winter. Sie hatte gesagt, es sei ein semi-hibernativer Zustand, in dem sie sich sehr bewusst waren, was um sie herum vorging, aber solange sie keine Bedrohung wahrnahmen, blieben sie, wo sie waren.

Sie hatte gesagt, dies geschehe aus mehreren Gründen: Sie brauchten die Ruhe, um ihre Energie aufzufüllen; ihre Körper mussten reparieren, was gebrochen oder beschädigt war; und sie mussten warten, bis es wärmer wurde, damit ihre Körpertemperaturen auf ihr neues normales Niveau steigen konnten, das erheblich höher war als ihr eigenes normales Niveau.

Nach den ersten Stunden des ersten Tages war etwas Unerwartetes, aber völlig Erklärbares, geschehen: Sie hatten begonnen, sich in Gruppen zusammenzuschließen, wobei sie Arme und Beine ineinander verschlangen, als würden sie zu einem einzigen Wesen verschmelzen.

Am zweiten Tag hatten sie alle ihre Kleidung abgelegt, offenbar aus zwei Gründen – einem sehr seltsamen und einem vernünftigen.

Deeps Wangen erröteten immer, wenn er daran dachte, und es war ihm unglaublich peinlich, wenn er mit Dr. Molly zusammen war, während sie dies mit ihm beobachtete.

Fast alle hatten miteinander kopuliert, oft mit demjenigen, der gerade neben ihnen war. Dr. Molly vermutete, dass es meistens nicht der übliche Partner war, mit dem sie auf dem Schiff zusammen gewesen waren. Zunächst, sagte Dr. Molly, habe sie gedacht, dies sei Teil ihres angeborenen Verlangens, sich ihrem primitiven Verhalten hinzugeben, basierend darauf, wer biologisch den stärksten Sexualtrieb hatte. Aber je länger sie das Verhalten der Parasitären studierte, desto mehr vermutete sie, dass es einen Zweck für dieses Verhalten gab: Die Parasiten in jedem Wirt wollten, dass sich ihre Wirte fortpflanzten.

Sie sagte, dies sei besonders seltsam, da es nicht zum normalen Lebenszyklus von T-Gondii passe, der darauf abziele, im Darm von Katzen zu landen, wo er sich natürlich vermehren konnte. Ihre Hypothese – er liebte dieses Wort – war daher, dass die vulkanischen Bakterien, die sich weltweit verbreitet hatten, irgendwie die Parasiten mutiert oder genetisch verändert hatten, die ihre Parasitären kontrollierten, zusammen mit dem Großteil der menschlichen und tierischen Bevölkerung der Welt.

Aber das Verhalten ihrer Parasitären bestand nicht nur aus Schlafen und Sex. Sie hatten auch mehrere Morde beobachtet.

Wie beim Sex hatte Dr. Molly zunächst gedacht, dies sei Teil der Grundbedürfnisse jeder Person, die durch den Parasiten gesteigert wurden. Und dass dies nur die Phase der Wut des Parasitären war, die sich durch die Ermordung eines anderen Parasitären ausdrückte, der ihm im Weg war.

Wenn es passierte, ging es schnell und gewaltsam.

Was Dr. Mollys Meinung, zumindest teilweise, änderte, war, dass sie sah, was sie mit den Leichen machten: Jede wurde gegessen.

Obwohl Parasitäre zweifellos dazu getrieben wurden, nicht infizierte Menschen zu töten und ihr Fleisch zur Ernährung zu verzehren, waren sie also nicht abgeneigt, sich gegenseitig zu verzehren, wenn es nötig war. Dr. Molly sagte später, dass sie glaubte, sie würden die Schwächeren ihrer Gruppe auswählen, vielleicht diejenigen mit tödlichen Verletzungen.

Was auch immer die Gründe waren, es war zu grausam, um zuzuschauen. Und wie bei den Sex-Szenen wandte Deep oft den Kopf ab oder schloss teilweise die Augen, damit er es nicht mitansehen musste. Seine eigene Befürchtung war, dass diese Bilder für ihn alltäglich werden würden und er sie irgendwann nicht mehr als störend empfinden würde.

Zu Deeps Glück schienen diese beiden Verhaltensweisen fast genauso abrupt aufzuhören, wie sie begonnen hatten, aber sie konnten es auch nicht wirklich sagen.

Das lag daran, dass die Parasitären am Ende des zweiten Tages begannen, ihre bereits abgelegte Kleidung zu benutzen, um sich zu bedecken, wie mit einer großen Decke. Da wurde ihnen klar, dass die Parasitären sowohl ihre Körpertemperatur schützten als auch möglicherweise versuchten, sie zu erhöhen. Mehrere andere interessante Entwicklungen folgten unmittelbar darauf.

Die Gruppen wurden deutlicher definiert, wobei 20 bis 30 Parasitäre in einem fast perfekten Kreis zusammenkamen. Es war schwer, die genaue Anzahl zu zählen, da die meisten von ihnen unter dem Schleier ihrer abgelegten Kleidung waren. Und die beiden Kameras in der Lounge konnten nicht alles sehen.

Am dritten Tag war offensichtlich, dass jede Gruppe ihre eigene Struktur hatte. Und da bemerkten sie, dass die Gruppen periodisch diejenigen von außen nach innen und die von innen nach außen rotierten.

Erst letzte Nacht hatten sie beobachtet, dass ein einzelner Parasitärer in der Mitte der Gruppe gehalten wurde. Dr. Molly vermutete, dass es alles damit zu tun hatte, die höhere Körpertemperatur dieses Parasitären zu erhalten, damit er seine neuen Fähigkeiten für etwas nutzen konnte, das sie noch nicht kannten. Am Anfang des fünften Tages ihrer Gefangenschaft hatten sie herausgefunden, was das war. Da kamen die Angriffe.

Dr. Molly hatte gedacht, die Angriffe seien zufällig; zumindest schien es zu der Zeit so. Die beiden Angriffe richteten sich gegen die Wachen, die dort waren, um die Fütterung und den Schutz dieses Bereichs zu überwachen. Beide Wachen wurden während der Fütterungszeiten angegriffen, als sie die Lounge betraten. Der erste Angriff schien fast angekündigt, der Parasitäre hatte seine Absicht gegrunzt, bevor er sich in Bewegung setzte. Die Wache hatte kaum die Tür geöffnet, als er den Parasitären hörte und dann sah, wie er in seine Richtung rannte. Er schlüpfte einfach zurück hinter die Tür und schloss sie, bevor der Parasitäre ihn erreichen konnte.

Der zweite Angriff war viel überraschender. Die Wache betrat mit einem anderen Fütterungsfreiwilligen – einem frisch aus den Gästen, die sich für diese Aufgabe gemeldet hatten, rekrutierten Besatzungsmitglied, das das Essen trug – den Raum. Der angreifende Parasitäre stürmte aus seiner Gruppe hervor, die auch näher am beabsichtigten Ziel war. Und er tat dies, wie die Wache berichtete, ohne jeglichen Laut. Der Fütterer reagierte schnell und rannte zurück zur Tür, obwohl er an der Türschwelle über seine eigenen Füße stolperte und gerade außerhalb des Türrahmens fiel. Die Wache war zwei Sekunden langsamer, da sie demselben Weg folgte, aber sie sah den Fütterer nicht zu ihren Füßen, was dazu führte, dass sie noch härter stürzte. Glücklicherweise konnte eine andere Wache die Türen sichern, bevor der Parasitäre sie erreichte. Aber die gestürzte Wache erlitt ein gebrochenes Bein und einen lädierten Knöchel. Es hätte viel schlimmer sein können.

Der Angriff heute Morgen, der dritte, war der seltsamste...

„Faszinierend...", sagte Dr. Molly, offensichtlich am Ende seiner Notizen angelangt. Sie wandte sich ihm mit einem leichten Lächeln zu. „Danke, Mr. Deep, für eine so prägnante Wiedergabe der Ereignisse der letzten Stunden. Können Sie mir bitte die Aufnahmen des letzten Angriffs abspielen?"

Er hatte die Aufnahmen der beiden Haupt-
kameras bereits vorbereitet und klickte auf
einen Knopf, um die Aufzeichnungen zu starten.

„Das ist die Gruppe, Dr. Molly." Deep tippte
auf den Bildschirm, auf die Gruppe, die besonders aktiv schien und sich unter ihrem Klei-
derzelt bewegte.

Es kam von der Gruppe, die am weitesten
vom Haupteingang entfernt war. Der Parasitäre
sprang aus seiner Gruppe heraus, diesmal
in Richtung des backbordseitigen Loungeaus-
gangs. Und wie die anderen beiden angreifend-
en Parasitären wankte er zunächst, als er aufstand, während er seinen Schritt fand. Aber
noch mehr als der letzte bewegte er sich auf
halbem Weg zur Tür mit atemberaubender
Geschwindigkeit. Das hieß, bis er mit dem Kopf
zuerst gegen die Tür prallte. Sowohl die Tür als
auch der Parasitäre erlitten schwere Schäden.
Der Parasitäre fiel mit anscheinend gebrochen-
em Genick zu Boden und bewegte sich nicht
mehr. Die Tür hielt stand, aber der Rahmen war
in einem seltsamen Winkel verbogen und die
Tür selbst war teilweise nach innen verdreht;
genug, um Licht von der anderen Seite durch-
scheinen zu lassen.

Dies war für Deep aus mehreren Gründen sehr beängstigend. Vor allem, weil
es eine Feuerschutztür war: eine massive
Stahlschutzbarriere, und es brauchte nur einen
ehemaligen Menschen, um sie fast zu zerstören.

Sie ließ ihn das Band zweimal zurückspielen und
jedes Mal „hmmm'te" sie laut und schien einen
neuen Gedanken oder ein neues Beweisstück zu

finden, um ihre neueste Theorie zu unterstützen, die er unbedingt hören wollte.

„Haben Sie die Tür gemeldet?", fragte sie.

Ihre Frage erschütterte ihn ein wenig, denn er hatte das Offensichtliche aus den Augen verloren: Wenn diese Tür nicht undurchdringlich war, dann konnten diese Parasitären entkommen.

Er zögerte nicht, schaltete einen Schalter um, griff nach dem Mikrofon und öffnete es: „Achtung Wartung. Hier spricht Deep von der MR. Wir brauchen ein Wartungsteam am backbordseitigen Mannschaftseingang der Wayfarer Lounge. Es könnte ein Leck in der Seitenloungetür geben, die die Parasitären zurückhält.

Deeps Auge bemerkte eine Bewegung auf einem seiner Monitore und er ließ den Mikrofonknopf los. Der Hauptmonitor war auf den Livestream der Kamera direkt über dem Haupteingang eingestellt, in Richtung Heck gerichtet. Derselbe Pod, der den toten Parasitären geschickt hatte, um die Tür anzugreifen, wimmelte vor neuer Aktivität. Und dann sprang einer von ihnen aus dem Pod.

„Schauen Sie, Dr. Molly, es passiert schon wieder."

Chapter 11

Ágúst

D er Mann, der früher als Zweiter Offizier Ágúst
Helguson bekannt gewesen war, gab dem
Schwarm einen Befehl: ein kurzes, aber schnelles
Würgegeräusch, von dem er wusste, dass es für
den Schwarm, den er befehligte, mehrere Bedeu-
tungen hatte. Und wie bei allen Entscheidungen
und Gedanken überlegte er auch bei diesem, was
dazu geführt hatte.

Wie zuvor war er jetzt eher ein Manager als
ein Anführer, und damit war er zufrieden. Als er
noch ein bloßer Mensch gewesen war, hatte er
viele Leute befehligt, aber nur nachdem er seine
Befehle erhalten hatte. Es hatte Zeiten gegeben,
in denen er als Sicherheitsdirektor der *Intrepid*
Entscheidungen getroffen hatte, aber selbst diese
waren das programmierte Ergebnis eines Prob-
lems, dem er bereits begegnet war oder für das
er ausgebildet war.

Und in den wenigen Fällen, in denen er die
Antwort nicht wusste, hatte er sich auf die Menschen um ihn herum verlassen. Er hatte keine
Angst davor, die ihm übertragenen Aufgaben
an andere zu delegieren, die diese kompetenter
erledigen konnten als er selbst.

Sein Leben jetzt war wirklich nicht anders, auch wenn er sich sehr verändert hatte. Genau wie früher reagierte er auf äußere Reize und leitete ab, was passieren könnte, und sein Verstand – aufgrund seines Wissens – generierte automatisch das Ergebnis. Aber es war nicht nur sein erlerntes Wissen am Werk. Da war noch etwas anderes.

Ein anderes Wesen in seinem Kopf gab die Befehle. Aber es war nicht so schlimm, denn dieses andere Wesen verlieh ihm auch bestimmte Fähigkeiten, die er als bloßer Mensch nie genossen hatte.

Abgesehen davon, dass er keine Magenverstimmungen oder Reizdarmprobleme mehr hatte – Probleme, die ihn früher ständig geplagt hatten –, hatte er alle seine Ängste verloren. Er hatte jetzt keine mehr. Zum Beispiel hatte er sich früher Sorgen darüber gemacht, was andere von ihm dachten, und manchmal schlaflose Nächte damit verbracht, über das nachzudenken, was er gesagt oder getan hatte oder was er sagen oder tun würde. Das war jetzt vorbei.

Neben dem Fehlen von Sorgen hatte er blitzschnelle Reflexe, die doppelte Kraft, einen gesteigerten Intellekt und ausgezeichnete Sehkraft. Und er musste nie an sich zweifeln, denn die Parasiten in ihm sagten ihm, was er zu tun hatte und wann. Das tat auch Eloise.

Die Frau, die ihre toten Verwandten und einige an Bord dieses Schiffes als Eloise Carmichael kannten, hatte jetzt eine Macht über ihn, der er nicht widerstehen konnte. Und er wollte es auch gar nicht.

Eloise hatte das erste Mal zu ihm gesprochen, direkt nachdem seine Veränderungen begonnen hatten. Es war eine verwirrende Zeit für ihn gewesen, da sein Kopf von solchem Aufruhr erfüllt war. Das Schiff war im Chaos, seine Kollegen in Panik, und er wusste einfach nicht, was in seinem Gehirn und Körper vor sich ging.

Es war die reflexartige Natur seiner früheren Persönlichkeit, die Angst davor hatte, was sie von ihm dachten. Er fürchtete es nicht wirklich, nur das, was in ihm vorging. Aber als sie seine roten Augen sahen und mit solchem Entsetzen reagierten, dachte er, er müsse etwas tun, um sein Schiff in Sicherheit zu bringen. Das war schließlich seine Aufgabe.

Als die Aufgabe, die Ankerfreigabe zu sichern, angeboten wurde und sich niemand meldete, tat er es. Er konnte ihnen beweisen, dass er immer noch der Ágúst Helguson war, dem sie vertrauten, und seine Arbeit machen. Aber dann rief sie ihn.

Er konnte es sich jetzt immer noch nicht erklären, wenn er darüber nachdachte, aber als er losrannte, um zur Ankerfreigabe zu gelangen, konnte er sie in seinem Kopf spüren. Je näher er kam, desto stärker wurden die Gefühle. Und als er sie sah, ignorierte er alles, was er wusste und gelernt hatte, und gab es ihr hin. Sie sagte ihm, was er tun sollte, und er tat es, obwohl ein kleiner Teil von ihm ihm sagte, dass es falsch war.

Aber dann war sie weg und mit ihr ihre Anziehungskraft. Und seine menschliche Seite, auch wenn sie kaum noch da war, rief ihn zurück zu seinen Pflichten. Es war eine schreckliche Zeit für ihn, weil er von zwei Seiten gleichermaßen zerrissen wurde und nicht wusste, was er tun sollte. Er fühlte sich krank und gequält von Gut und Böse. Und er war so erschöpft. Also suchte er Ruhe und landete irgendwie in dieser Lounge.

Das war der Moment, in dem alles wieder klar für ihn wurde.

Es war vielleicht zuerst seine Erschöpfung, dann sein Bedürfnis, die Verwirrung zu beseitigen – das Wesen in ihm bot die Antworten an –, aber sobald er in der Lounge war, mit all den anderen, hatte er sich ihm unterworfen. Und er hatte Eloise wiedergefunden.

Vor seinen Veränderungen hatte er sich mit Frauen unwohl gefühlt, hatte nur einmal Sex gehabt, und es war schlecht gelaufen. Er hatte geglaubt, dass Sex etwas war, das man nur mit einem Ehepartner teilte; es war nichts, das man mit jemandem tat, den man zufällig traf.

Doch als sie ihre Kleidung ablegten – er konnte sich nicht erinnern, wer ihm gesagt hatte, dies zu tun, sein inneres Wesen oder ihres –, fand er sie und sie ihn, und er hinterfragte es nie. Wie es bei jedem Teil seines Werdens zu etwas Neuem war, wusste er instinktiv, dass er dazu berufen war, dies zu tun, also musste es richtig sein.

Sofort spürte er eine noch stärkere intuitive Verbindung zu Eloise. Er schien ihre Gedanken zu kennen und sie seine. Dies war der Zeitpunkt, an dem die größten Veränderungen in ihm stattfanden, als er alles akzeptierte, was die Parasiten in ihm und sie ihm sagten. Dazu gehörte auch sein Befehl über die anderen.

Er lernte automatisch eine neue Sprache und sie hörten auf ihn und befolgten seine Befehle ohne Frage. Im Gegensatz zu seinem menschlichen Leben, wo er jede Entscheidung hinterfragt und sich Sorgen gemacht hatte, dass andere es auch taten, stellte er nie etwas in Frage. Es war das, was ihm befohlen wurde, und daher war es das, was er tun sollte.

Heute hatte er einen neuen Befehl, einen neuen Zweck für ihr Volk. Er wusste, was sie tun mussten und wie sie es tun sollten. Und so hörte er, bevor sie erwarteten, dass einer der Menschen die Lounge zum Füttern betreten würde, in seinen Kopf und befahl dann, dass einer ihrer Stärksten seine Kraft an der Feuertür auf der anderen Seite der Lounge testen sollte. Er wusste aus seiner Zeit davor, dass dies schwierig sein würde. Aber er wusste auch, dass, wenn der richtige Druck auf den richtigen Punkt in der Tür ausgeübt würde, sie nachgeben würde. Und so wurde der Befehl erteilt und perfekt ausgeführt.

Sie wussten, dass sie durch diese Tür hinausgehen konnten, und so mussten sie nur auf ihre nächste Fütterung warten, um den nächsten Teil ihres Plans zu beginnen. Das war jetzt.

Eloise stieß ein langes einzelnes Grunzen aus, das Ágúst aus seinen Überlegungen riss. Ihm wurde mitgeteilt, was sein nächster Befehl sein sollte.

Ágúst gab sofort eine Reihe kurzer Grunzlaute von sich, die wie das Bellen einer Robbe klangen.

Der Empfänger des Befehls brach aus dem Schwarm aus, der ihn physisch darauf vorbereitet hatte. Er stürmte zur Tür.

Ágúst sah nicht einmal hin, ob er seinen Befehl ausführte. Er wusste, dass er es tun würde. Es war

Zeit für den nächsten Teil ihres Plans. Er brüllte seinen nächsten Befehl, wissend, dass dies bald zu ihrer Freiheit führen würde.

Chapter 12

Schiffsvertreter

Als Flavio um die Ecke auf Deck 2 bog, waren sie alle da und warteten. Sie reagierten auf seine Ankunft, ihre Blicke hoben sich, um ihn zur Kenntnis zu nehmen. Sofort fühlte er sich fehl am Platz.

Vor all dem war er um Gottes willen ein Kellner gewesen. Und ein verdammt guter noch dazu. Aber durch eine Laune des Schicksals war er jetzt der zweite Mann in der gesamten Schiffssicherheit. Schlimmer noch, er war jetzt ein verdammter zweiter Offizier, Teil jener Clique, die er früher verabscheut hatte, weil sie sich bei der Unternehmensführung anbiederten, um all die Beförderungen und Gehaltserhöhungen zu ergattern, die normalerweise anderen Crewmitgliedern wie ihm nicht zustanden. Aber das war vorher gewesen; jetzt war er sich nicht mehr sicher, ob seine früheren Wahrnehmungen der Realität überhaupt zutrafen.

Er wusste nur, dass er jetzt eine Aufgabe zu erfüllen hatte und dass sein Kapitän ihn gebeten hatte, hier zu sein und diesen Job zu machen. Und weil er angenommen hatte, würde er, so wahr ihm Gott helfe, es auch tun. Und er würde ein ebenso guter stellvertretender Sicherheitsdirektor sein, wie er ein Oberkellner gewesen war.

Ich werde besser sein!

Zumindest sagte er sich das, bis alle Augen auf ihn fielen.

Er nestelte an den Knöpfen seiner neuen Uniform herum, während er die Distanz zwischen ihnen schloss. Seine neue Uniform saß gut, sogar perfekt. Es fühlte sich nur seltsam an, sie zu tragen, mit den Balken, die so auffällig auf jeder Schulter zur Schau gestellt werden mussten.

Auf ihn warteten der Kapitän, Mrs. Williams und sein neuer Chef, Sicherheitsdirektor Agarwal, der jetzt drei Balken auf seiner Uniform trug.

Der Kapitän sprach zuerst: „Ich weiß, dass Vorstellungen nicht nötig sind, da wir alle wissen, was Mr. Petrovich in der vergangenen Woche für uns geleistet hat. Aber ich wollte Mr. Flavio Petrovich dafür anerkennen, dass er die Rolle des stellvertretenden Sicherheitsdirektors übernommen hat und uns heute hier beigetreten ist."

Es gab einen kurzen Applaus von allen, während jeder ihn genau musterte.

Das war absolut das Letzte, was er wollte.

„Gut gemacht, Flavio", verkündete TJ mit einem Lächeln hinter ihrer Sonnenbrille. Er war überrascht zu sehen, dass sie ihm weniger blass erschien, als wäre sie vorher tot gewesen und heute wieder zum Leben erwacht.

„Danke, Mrs. Williams", sagte Flavio und nickte ihr zu. „Und danke, Kapitän und Mr. Agarwal. Es ist mir eine Ehre, Ihnen und meinem Schiff zu dienen."

„Ich nehme an, Sie wissen, wie man mit dieser Waffe umgeht", Wasano reichte ihm ein M4-Gewehr. Flavio konnte sehen, dass Wasano ein weiteres über den Rücken geschlungen hatte.

Flavio nahm das Gewehr an, griff mit einer Hand nach dem Schaft und mit der anderen an die Schiene; der Kolben fand einen vertrauten Platz unter seiner Achsel. Er richtete es auf eine Kiste am Boden, weg von der Gruppe. „Es ist nicht wie meine zuverlässige AK-74." Er zog den Spannhebel zurück und untersuchte, ob eine Patrone im Lauf war. Es war eine drin. Er ließ los, sodass er wieder an seinen Platz glitt, und schaltete die Sicherung wieder ein. „Aber das wird es tun."

Flavio schwang die Waffe auf seinen Rücken, genau wie sein Vorgesetzter es mit seiner gemacht hatte. „Was ist unser Auftrag, Sir?"

Kapitän Jean Pierre sah aus, als wollte er antworten, hielt dann aber inne und deutete auf die Bewegung, die vom Treppenhaus kam. Es waren fünf weitere Sicherheitsleute, die sich ihnen offenbar anschlossen.

„Sehr gut. Jetzt, da wir alle hier sind", erhob der Kapitän seine Stimme und wandte sich an die ganze Gruppe, „warten wir auf die Freigabe unseres Offiziers vom Dienst auf dem backbordseitigen Schwenkdeck sowie von Ted Williams, der unser Basisoperator auf der Brücke sein wird. Bisher haben wir keine Aktivität am Dock beobachtet. Wir können nicht sagen, ob jemand am Leben ist. Es ist möglich, dass die Radiosendung sich einfach wiederholt und die Leute, die das Signal gesendet haben, entweder tot sind oder gegangen sind. Und tatsächlich scheint es, als hätte diese Stadt nicht das Chaos, die Brände oder den Tod erlebt, den alle anderen erfahren haben. Es sieht aus, als wäre die Stadt einfach verlassen worden."

„Vielleicht haben sie gehört, dass der britische Koch Jon hier ist, um ihnen Essen zu servieren." Flavio wollte das sofort zurücknehmen, während er krampfhaft ein Kichern unterdrücken musste, das herauskommen wollte. Er war schockiert, dass dieser Kommentar aus seinem eigenen Mund kam. Es war, als würde sich sein altes Ich auflehnen und sich weigern, sich seiner neuen Position zu fügen.

„Offizier Petrovich, haben Sie eine Frage an den Kapitän?", fragte Wasano mit finsterer Miene.

„Entschuldigung, Sir. Wollte nur wissen, ob Waffen für Menschen oder Verrückte?", hustete Flavio einmal in seine Hand und hoffte, dass sein fehlplatzierter Kommentar ihn nicht in allzu große Schwierigkeiten brachte.

„Vielleicht beides. Wir wissen es einfach nicht. Noch weitere Fragen?"

„Nein, Sir. Danke."

Während sie mehrere lange Minuten auf die Freigabe warteten, musterte Flavio jeden Einzelnen in ihrer Gruppe von Schiffsvertretern, beginnend mit Teresa Jean Williams.

Normalerweise wäre sie aus einer Menge herausgestochen, besonders in der einzigen Kleidung, die sie jetzt zu tragen schien, sehr enger Sportkleidung. Im Vergleich zu den drei Offizieren in ihren formellen weiß-blauen Uniformen und dem anderen Sicherheitspersonal in ihren Standarduniformen wirkte sie fehl am Platz. Allerdings wusste er, dass Mrs. Williams vom FBI war, und er hatte sie in Aktion gesehen. Und obwohl er ihr wegen ihrer jüngsten Veränderungen immer noch nicht vollständig vertraute, schien sie einzigartig qualifiziert zu sein, um Teil dieser Gruppe zu sein.

Er vermutete, dass der Sicherheitsdirektor fähig war. Wasano hatte sich unter Druck bereits als ziemlich solide erwiesen. Andererseits wusste er nichts über das andere Sicherheitspersonal, aber er vermutete, dass keiner von ihnen extremen Druck erlebt hatte, geschweige denn in einem Feuergefecht gewesen war. Welche Art von Druck erlebt Sicherheitspersonal auf einem Kreuzfahrtschiff schon, außer mit Betrunkenen und kleinen Regelbrechern umzugehen?

Da bemerkte Flavio, dass jeder aus dem Sicherheitsteam seine lange Taschenlampe als einzige Waffe hielt. Der Größte von ihnen hatte einen Taser an seiner Hüfte im Holster. Flavio hatte schon immer vermutet, dass es nicht viele Schusswaffen an Bord gab. Die Tatsache, dass er nur zwei Gewehre sah, schien seinen Verdacht zu bestätigen. Er vermutete auch, dass niemand außer vielleicht Wasano und sicherlich Teresa Jean – die selbst keine Waffen trug – irgendeine Ausbildung an Schusswaffen hatte.

Zumindest werde ich nicht versehentlich von meinen eigenen Leuten erschossen, dachte er. Dies war kein ungewöhnliches Problem bei Truppen in ihrer ersten Schlacht.

Er vermutete dann, dass ihre eigentliche Mission darin bestand, Stärke zu zeigen und, was noch wichtiger war, den Kapitän zu schützen. Das würde er, wenn nötig, mit seinem Leben tun, das wusste er.

Flavio verstand, dass sie hier waren, um einen Deal mit den Einheimischen dieser Stadt zu machen, vorausgesetzt, sie waren noch am Leben, indem sie etwas Nahrung gegen deren Treibstoff tauschten. Aber er vermutete auch, dass diese Leute wahrscheinlich die örtlichen Schläger waren, die während des Chaos die Kontrolle übernommen hatten. Sie hatten wahrscheinlich alle Beweise für ihre Taten beseitigt, um ein ahnungsloses Schiff unter dem Versprechen eines Treibstoffhandels anzulocken.

Wie sagen die Amerikaner... Das ist nicht mein erstes Rodeo.

Flavio dachte an seine Zeit in der rumänischen Armee zurück. Obwohl die Russen in aller Munde waren, war es normalerweise die örtliche Mafia oder die Bratva, oder „Bruderschaft", wie die Russen sie nannten, die am ehesten auf sie geschossen hätten, selbst wenn man ihnen gab, was sie wollten. Flavios Befürchtung war, dass diese Gruppe nicht die Absicht hatte, einen Deal mit ihnen zu machen. So sehr er seinen Kapitän auch respektierte, der Mann war nicht an solche Situationen gewöhnt. Der Sicherheitsdirektor ebenso wenig.

Flavio war zunehmend froh, dass er gebeten worden war, diese Position anzunehmen, da er vielleicht der Einzige mit der Erfahrung war, um mit dem umzugehen, was zu einer schlimmen Situation werden konnte.

Ihre Funkgeräte piepsten gleichzeitig. Eine weibliche Stimme knisterte durch. „Ich sehe jemanden kommen. Ich schlage vor, Sie setzen Ihre Ohrstöpsel auf."

Flavio hatte keinen, aber er beobachtete, wie der Kapitän, der Sicherheitsdirektor und Frau Williams ihre Ohrstöpsel in ihre Ohren und in ihre Funkgeräte steckten und so das Rauschen dämpften.

Er war froh darüber, denn er wollte sich vollkommen auf das konzentrieren, was um ihn herum geschah. Er hatte das ungute Gefühl, dass er heute all seine Erfahrung und Fähigkeiten würde einsetzen müssen.

Chapter 13

Die Insel

Salvadore „Sal" Calderon marschierte allein den Steg entlang – seinen Steg. Für diesen Anlass trug er seine Ausgehuniform und seine verspiegelte Sonnenbrille, obwohl der Himmel dunkler als gewöhnlich war.

Er hielt auf halber Strecke des Stegs an und blickte zu dem riesigen Kreuzfahrtschiff auf, das vor ihm im Hafen lag. Er konnte nicht anders, als zu lächeln. Er war erstaunt, wie gut sein Plan funktioniert hatte. Er hatte gehofft, vielleicht einen Frachter oder zumindest ein oder zwei kleinere Kreuzfahrtschiffe in seine Falle locken zu können. Nie in seinen kühnsten Träumen hatte er erwartet, dass ein solches Kreuzfahrtschiff in seine Falle tappen würde.

Das Nahrungsmittelproblem wurde immer schlimmer, und wenn das hier nicht klappte, würden sie aggressivere Maßnahmen ergreifen und eine der Nachbarinseln angreifen müssen. Natürlich war das mit großen Risiken verbunden, da sie nicht wussten, was sie von den anderen Bevölkerungsgruppen zu erwarten hatten, ob sie von der Krankheit betroffen waren oder nicht. Er hatte nur wenige Männer und kaum Waffen zur

Verfügung. Das bedeutete, dass seine Leute selbst in einer kleinen Schlacht ausgelöscht werden konnten, unabhängig von ihren Fähigkeiten. Das Letzte, was er wollte, war, den Schutz seiner Insel zu verlassen, über die er zumindest die Kontrolle hatte. Er musste einfach seine hungrigen Leute zufriedenstellen, bevor die Lage verzweifelt wurde. Also musste er alle Optionen ausloten.

Mit nur wenigen Männern, denen er vertrauen konnte, seine Befehle auszuführen, hatte er mit der Planung eines Überfalls auf Ponta Delgada auf Ilha das Flores begonnen, der ihnen am nächsten gelegenen Insel. Sie war weniger als eine halbe Stunde mit dem einzigen Boot entfernt, das die Reise bewältigen konnte. Sie würden im Hafen anlegen und mit ihrer großen Waffe jede Konkurrenz wegblasen. Wenn dann alles klar wäre, würden sie den Hafen plündern und frische Vorräte zu seiner Insel zurückbringen. Wenn keiner seiner Pläne funktionierte, war der letzte Ausweg, seine Insel ganz aufzugeben. Auch wenn es der schlimmste Fall war, musste er trotzdem dafür planen.

Aber dann kam die Antwort.

Ein paar Tage nachdem Sal die vollständige Kontrolle über die Insel übernommen hatte, erfuhr er, dass die Welt um ihn herum völlig auseinandergefallen war. Also kam er auf die brillante Idee, ein Leuchtfeuer einzurichten; eine sich wiederholende Radiosendung, die die eine Ressource anbot, die sie nicht brauchten, aber reichlich hatten: Schweröl. Nur große Schiffe wie Frachter und natürlich Kreuzfahrtschiffe verbrauchten das Zeug. Das P-114 Militärpatrouillenboot, das sie übernommen hatten, verbrauchte

Marinediesel. Davon hatten sie bereits genug. Also richtete er mit seiner Funkanlage in der Polizeistation seine Sendung ein und ging auf Fischfang, wobei er sein Schweröl als Köder benutzte.

Nachdem die Flutwelle viele Küstengemeinden auf dieser Seite des Atlantiks sowie viele der bereits auf See befindlichen Schiffe zerstört hatte, war er sich nicht sicher, was noch da draußen war. Er ging davon aus, dass es andere halb geschützte Häfen oder Buchten wie ihre geben musste, die nicht allzu stark beschädigt waren, samt ihrer Schiffe. Und er wusste, dass es möglich war, eine große Welle auf See zu überleben.

Als er seinen ersten und einzigen Biss erhielt, der angeblich von einem Kreuzfahrtschiff kam, dachte er, es könnte vielleicht ein Scherz sein. Oder ein Täuschungsmanöver von jemand anderem. Aber zu hören, dass ein riesiges Kreuzfahrtschiff auf ihren Ruf geantwortet hatte, war einfach mehr, als er erwartet hatte. Obwohl er dieses bestimmte Schiff nicht kannte, hatte er andere Regal European Schiffe im Hafen von Sao Miguel gesehen, und er hatte genug darüber gelesen, um zu wissen, dass mindestens 1000 Passagiere und Besatzungsmitglieder an Bord sein mussten. Und das bedeutete jede Menge Nahrung für seine Leute.

Als er mit dem Kapitän der *Intrepid* sprach, tat Sal sein Bestes, um es wie einen einfachen Handel klingen zu lassen. „Wir brauchen nur ein bisschen Nahrung für unsere hungernde Insel, und Sie können so viel Treibstoff haben, wie Sie wollen." Sal vermutete, dass ein Kapitän eines Luxuskreuzfahrtschiffs naiv sein und nichts anderes erwarten würde als das, was er gehört hatte. Trotzdem würden sie bereit sein, falls die Besatzung der Intrepid Widerstand leisten sollte.

Er hörte Schritte hinter sich und wusste sofort, wer es war. Sal drehte sich um und sah Tomas den Steg in seine Richtung entlangeilen, und er war froh zu sehen, dass Tomas seine Anweisungen buchstabengetreu befolgte: Sein junger Agent trug seine sauberste Uniform und verzichtete auf seine Dienstwaffe. Sal wusste, dass er sich darauf verlassen konnte, dass Tomas alles andere wie gewünscht vorbereitet hatte. Er war ein kluger Junge, der die Strafe für Ungehorsam sehr gut verstand.

„Alles ist bereit, Sir", erklärte Tomas wie ein Gefreiter zu seinem Ausbilder, nur ohne jegliche Begeisterung.

„Braver Junge", antwortete Sal, während er sich wieder dem Kreuzfahrtschiff zuwandte und darauf wartete, dass sich die Luke öffnete und die Fliege sich vollständig in seinem Netz verfing. Er leckte sich voller Vorfreude die Lippen und genoss in Gedanken, wie seine nächste Mahlzeit schmecken würde.

„Glauben Sie wirklich, dass sie darauf eingehen werden?", fragte Tomas, seine Stimme wie immer stoisch und professionell.

„Sie sind hier, oder?"

„Ja, aber was lässt Sie denken, dass sie einen Deal mit Ihnen machen werden?"

Sal hatte Tomas das Hauptziel seines Plans noch nicht offenbart, geschweige denn die Mechanik dahinter. Es war nicht notwendig, und er war ziemlich sicher, dass Tomas sich ihm widersetzen würde, wenn er ihr ultimatives Ziel verstünde. Sein bester Agent musste nur Befehle befolgen. Und darin war er gut. Er hatte andere, mit weit weniger moralischen Grenzen und einzigartigen Fähigkeiten wie ihn, um seine Drecksarbeit zu erledigen. „Ganz einfach. Ich werde alles akzeptieren, was sie anbieten, im Austausch für all den Treibstoff, den sie wollen."

„Ist das nicht irgendwie verr-" Tomas hielt inne, offensichtlich erkannte er die Weisheit darin, seinen vermeintlich machthungrigen Vorgesetzten nicht zu verärgern. „Ich meine, wäre es nicht besser, etwas von dem Treibstoff zurückzuhalten, in der Hoffnung, ein weiteres Schiff hierher zu locken?"

Der arme Junge war genauso naiv wie alle anderen in dieser Welt. Also, alle, die früher in dieser Welt waren.

Sal hatte schon vor langer Zeit gelernt, aber es wurde in letzter Zeit noch offensichtlicher, dass die ganze Welt von naiven Menschen bevölkert war, die sich nie hätten vorstellen können, dass etwas wie die Rage-Krankheit auftauchen und alles und jeden verändern würde. Die Menschen waren wie Schafe, nie in der Lage, über ihren nächsten Latte, ihr nächstes sexuelles Abenteuer oder sogar ihren nächsten Gehaltsscheck hinauszudenken. Die Weltbevölkerung war schwach und reif für die Eroberung gewesen. Und jetzt würde sie von besonderen Menschen wie ihm kontrolliert werden – jenen, die die Fähigkeiten hatten und nicht durch moralische Verstrickungen gehemmt waren, sie für ihre eigenen Zwecke zu nutzen.

So sehr er sich auch wünschte, dass Tomas die gleiche Denkweise hätte wie er, leider war dem nicht so. Und während Sal den Jungen noch brauchte, musste er vorsichtig sein, ihn nicht über die Grenze zu treiben, indem er ihm ihre ultimativen Pläne offenbarte. Er wusste, dass Tomas damit nicht umgehen könnte. Außerdem würde Tomas früh genug herausfinden, was sie mit dem Kreuzfahrtschiff vorhatten. Und wenn das geschah, würde er entweder mitmachen oder Sal würde ihn töten. Es spielte keine Rolle.

„Schau, da ist jemand auf diesem Balkon, neben der Brücke. Sie beobachtet uns durch ihr Fernglas."

Sal hatte die Frau bereits gesehen. Seine Sehkraft war viel besser als die des jüngeren Mannes.

Er blickte in ihre Richtung und winkte der Frau freundlich zu.

Chapter 14

Wayfarer Lounge

Sie waren beide sprachlos gewesen, als der Parasitäre aus seinem Pod gesprungen war.

Es war 08:15 Uhr und genau wie beim letzten Angriff stürmte ein einzelner Parasitärer aus demselben Pod, der der leicht beschädigten Hintertür am nächsten war. Aber im Gegensatz zu seinem toten Vorgänger verlangsamte er sich, bevor er die Tür erreichte, und hielt direkt vor seinem gefallenen Bruder an, der leblos einen Meter vor der beschädigten Tür lag. Mit einem Arm packte er mühelos den toten Parasitären und schleifte ihn zurück zu ihrem Pod, wo er den Körper am Rand ablegte und sich entfernte. Was als Nächstes geschah, war grauenhaft.

Die Amerikaner hatten in einem ihrer Fernsehsender etwas, das sie „Shark Week" nannten und das Deep und einige andere Crewmitglieder faszinierte. Es sollte echt sein, auch wenn vieles davon professionell bearbeitet wirkte – etwas, das er sehr gut verstand. Was nicht bearbeitet war, waren die Videos von Haischulen, die mit frischem Blut und Eingeweiden angelockt wurden. Es war so ähnlich, aber schlimmer. Und in gewisser Weise wirkte das, was sie beobachtet hatten, weniger real.

Fast unmittelbar nachdem der Körper an seinem Rand abgelegt worden war, summte der Pod, als wäre er ein wütender Bienenstock. Der Pod zuckte und wackelte nach oben, bewegte sich zunächst amöbenartig langsam als eine einzige Form auf den Körper zu. Dann zerfiel die Form in ihre vielen einzelnen Teile, die über ihren gefallenen Parasitären herfielen. Alle hämmerten und rissen wie wild an dem Körper, trennten Gliedmaßen ab und zerlegten ihren Kameraden in mehrere Stücke.

Deep wagte es nicht zu blinzeln, aus Angst, die tornadoartigen Verwischungen auf dem Bildschirm zu verpassen. Sekunden später erhoben sich alle Parasitären wieder von der Stelle, an der der Körper gelegen hatte, und gruppierten sich dann schnell wieder, bis der Pod wieder vollständig war. Der neu geformte Pod beruhigte sich schließlich, obwohl er immer noch in fast ängstlicher Erwartung einer weiteren Fütterung zu gestikulieren schien.

Vom toten Körper war nichts übriggeblieben, außer einem kaum wahrnehmbaren Fleck, der leicht mit einem normalen Teil des lauten Teppichs hätte verwechselt werden können.

Sowohl Deep als auch Dr. Molly saßen in fassungslosem Schweigen da und waren so völlig auf den grausigen Anblick in der linken Ecke des Hauptbildschirms fokussiert, dass sie den Parasitären vergessen hatten, der die Fütterung eines der ihren eingeleitet hatte und dann aus dem Weg gegangen war.

Doch dann erhaschten sie einen Blick auf den einzelnen Parasitären, der erneut nach rechts stürmte. Er war so schnell, dass die Kamera sein geisterhaftes Bild nicht auflösen konnte, bis er mit der Schulter zuerst gegen die beschädigte Tür prallte. Er prallte ab und fiel zu Boden.

Sowohl Deep als auch Molly warteten atemlos darauf zu sehen, was der Parasitäre als Nächstes tun würde, ohne den neuen Schaden an der Tür zu beachten.

„Schauen Sie, Mister Deep. Er ist ziemlich schwer verletzt."

Deep sah das auch; sein rechter Arm war gebrochen und in einem seltsamen Winkel verbogen. „Aber das ist auf der anderen Seite, wo er die... Was macht er jetzt, Dr. Molly?"

Deep sah nicht, wie sie den Kopf schüttelte, da er seine Augen auf dieselbe Szene gerichtet hielt, die sie beobachtete.

Der Parasitäre erhob sich vom Boden, scheinbar unbeeindruckt von seinen Verletzungen, und brauchte nur eine Sekunde, um sein Ziel zu betrachten. Dann ging er weiter zurück und sprang dann los. Er bewegte sich noch schneller als zuvor.

Diesmal konnten sie nicht sehen, welcher Teil seines Körpers zuerst aufprallte. Deep wusste instinktiv, dass er die Tür an ihrer schwächsten Stelle angriff, und das erschreckte ihn zutiefst. Er traf die Tür mit so viel mehr Kraft, dass die Wand darum herum erzitterte.

Ohne den Ton konnten sie den Aufprall nicht hören, aber sie konnten ihn sich vorstellen. Die Tür war jetzt so weit nach innen gebogen, dass sie das Notlicht sehen konnten, das an der Wand auf der anderen Seite befestigt war.

Wie der erste brach auch dieser Parasitäre auf dem Boden zusammen, vielleicht erlitt er ein ähnliches Schicksal, nachdem er seinen Zweck für seine Mitparasiten erfüllt hatte.

„Wurde ihm befohlen, das zu tun?", fragte Deep, aber er wollte die erschreckende Antwort nicht hören. Es war eine Sache, einen Haufen wilder Tiere zu haben, die auf genetisch angeborene Wünsche und innere Dämonen reagierten. Wenn sie nur wie andere wilde Tiere wären, könnten sie sie kontrollieren, weil Menschen immer klüger waren als wilde Tiere. Aber wenn die Parasitären dachten, kalkulierten und in der Lage waren, jeden aus ihrer Gruppe aufzurufen, um ihre übermenschliche Stärke einzusetzen und sich ohne Furcht oder Bedenken zu opfern, waren die Menschen dem Untergang geweiht.

Deep starrte Molly an und sah, wie ihre Augen über den Bildschirm des Monitors huschten, als wäre sie ein alter Computer, der seine gesamte Rechenleistung nutzte, um zu berechnen, was zum Teufel vor sich ging.

Sie war offensichtlich noch nicht bereit, eine Antwort zu geben, denn sie schwieg immer noch.

„Schauen Sie", flüsterte sie.

Das tat er, seine Augen suchten zuerst den Monitor ab und fanden sie dann.

„Madam, was machen sie da?"

Molly kniff die Augen zusammen, um die beiden Gestalten besser zu sehen, die ganz hinten in der Lounge standen. Eine war die ältere Frau, die Deep als diejenige erkannt hatte, die nackt auf dem Schiff herumgelaufen war und viele Passagiere und Crewmitglieder angegriffen hatte. Sie war diejenige, die sie Eloise nannten. Neben ihr stand Ágúst Helguson, ihr vermisster Sicherheitsdirektor.

Gekleidet in das, was wie Schichten schlecht sitzender Kleidung anderer Leute aussah, standen sie an der hintersten Eckwand der Lounge, fast vollständig in den Schatten verborgen. Eloise sagte Mr. Helguson etwas, als würde sie ihm befehlen, etwas zu tun.

Mr. Helguson nickte. Dann öffnete der ehemalige Sicherheitsdirektor seinen Mund und schien etwas zu schreien.

„Mister Deep. Warnen Sie sofort unsere Sicherheit." Sie rutschte von ihrem Stuhl hoch. „Sagen Sie ihm, er soll nicht hineingehen!"

Es war zu spät.

Chapter 15

Ted

Ted schaltete den Kanalwähler auf Sicherheitskanal zwei, oder SK2, um sicherzugehen, dass niemand von ihrem Außenteam oder Jessica sprach. Er meinte, die Lippen des Kapitäns sich bewegen gesehen zu haben. Sein Funkgerät gab nur statisches Schweigen von sich. Mit seinen Augen fest auf den Videomonitor gerichtet, spannten sich sein Daumen und Zeigefinger über dem Kanalwähler. Seine Aufmerksamkeit war woanders.

Er wollte zurück zu SK1 schalten, um die Gespräche zwischen den Wachen zu belauschen, gerade als sie sich auf die Fütterung ihrer Parasiten vorbereiteten. Molly hatte ihm gesagt, dass sie dies später als gewöhnlich tun würden, wegen der beiden versuchten Angriffe auf ihre Fütterungsteams gestern. Da es ein paar Minuten nach acht war, war er gespannt darauf zu hören, was passieren würde oder was gerade passierte.

Der geteilte Bildschirm vor ihm zeigte zwei Videoströme, die sich kaum zu verändern schienen: einer aus dem Inneren des Backbord-Seitengangs auf Deck 2 und einer von direkt davor. Die Außenansicht zeigte vielleicht ein Drittel des Inseldocks, direkt außerhalb ihrer Luke. Dort bewegte sich nichts, außer dem gelegentlichen Windstoß.

Die Innenansicht zeigte die Mitglieder ihres Schiffsaußenteams, zu denen auch TJ gehörte. Alle, mit Ausnahme seiner Frau, verlagerten ihr Gewicht zwischen den Füßen oder fummelten unaufhörlich an ihrer Kleidung herum. Flavio überprüfte sein Gewehr immer wieder, bevor er es sich erneut über den Rücken warf. Angeblich waren die Gewehre eine Machtdemonstration, von der der Kapitän sagte, dass er nicht glaube, dass sie sie brauchen würden. Fast alle schienen nervös zu sein.

TJ hingegen war eine gemeißelte Statue der Geduld. Der einzige Teil von ihr, der sich bewegte, war ihre Brust, die ständig nach Luft schnappte, um ihren rasenden Stoffwechsel zu befeuern. Ansonsten trug sie den Ausdruck von jemandem, der ungeduldig darauf wartete, dass seine Nummer beim Einwohnermeldeamt aufgerufen wurde. Mit anderen Worten, ungeduldig genervt.

Alle warteten auf das mündliche grüne Licht von Jessica, die vom Backbord-Schwenkdeck aus zusah. Er vermutete, dass dies ziemlich bald geschehen würde, da sie sie vor wenigen Augenblicken bereits angewiesen hatte, ihre Ohrstöpsel einzusetzen. So konnte das Team stumm allen Warnungen zuhören, die entweder Jessica oder Ted ihnen gaben. Jessica war in erster Linie die Augen für diesen Handel, da sie einen kompletten Überblick über den gesamten Hafen und das, was dahinter lag, hatte. Ted war ein zusätzliches Augenpaar für die Kameras und sollte alle relevanten Berichte von anderen weiterleiten.

Drei Mitglieder des Teams, TJ, Jean Pierre und Wasano, hatten ihre Ohrstöpsel eingesetzt. Dann ließen sie Jessica und Ted jeweils einen Systemcheck durchführen, um ihre Lautstärken anzupassen. Dann Stille. Das nächste Wort würde von Jessica kommen, die ihnen mitteilen würde, dass es Zeit sei zu gehen.

Ted war überrascht, als ihm gesagt wurde, dass ihre Kopfhörer keine Mikrofone hatten: sie mussten in das eigentliche tragbare Funkgerät sprechen, das dafür unbequem vom Gürtel gehoben werden musste. Es erschien albern, so minderwertige Ausrüstung zu haben. Selbst jedes Standard-Handy verfügte über Ohrhörer und ein Mikrofon für freihändige Gespräche. Natürlich würde das Außenteam nicht mit ihm oder jemand anderem über Funk sprechen, es sei denn, alles würde schief gehen, und dann wäre es wahrscheinlich egal, ob sie Mikrofone in ihren Ohrstöpseln hatten oder nicht. Der Kapitän, der Sicherheitsdirektor und TJ würden aus einem einzigen Grund zuhören: Warnungen. Wenn Jessica oder Ted etwas sehen würden, das eine Bedrohung darstellen könnte, würden sie sie warnen. Und je mehr Ted darüber nachdachte, desto mehr war er davon überzeugt, dass er mehr daraus machte, als nötig war.

Der Handel *würde* stattfinden, weil er stattfinden musste. Also würden sie sicher einen Weg finden, es geschehen zu lassen. Ihre Situation war so verzweifelt.

Als Ted ankam, nach seinem Treffen mit TJ, kündigte ihm die Chefingenieurin Niki an, dass sie die Temperatur in der Wayfarer Lounge und mehreren vorher festgelegten Kabinen um mindestens drei Grad alle fünfzehn Minuten erhöhen müsste und dass alle elektrischen Systeme abgeschaltet waren. Nur ihre wichtigsten Systeme liefen und das auf Batteriestrom. Weiterhin, wenn sie diesen Hafen jetzt verlassen würden, hätten sie weniger als eine Stunde Propellernutzung bei zehn Knoten, bevor ihnen der Treibstoff völlig ausgehen würde. Sie sagte, das wäre genug, um sie vielleicht zur nächstgelegenen Insel zu bringen und das war alles. Sie mussten einen Deal machen und das musste jetzt geschehen.

Ted entschied, dass in den beiden Bereichen, die er beobachten sollte, sehr wenig los war. Und weil von ihm nicht erwartet wurde, etwas zu sagen, außer wenn er etwas Auffälliges sah, und das würde erst sein, nachdem sie ihre Luke in einer Weile geöffnet hatten, beschloss er, zurück zu SK1 zu schalten und dem Geplauder über die Fütterungen zu lauschen. Er würde das Radio zurück auf SK2 schalten, sobald er eine Bewegung vom Außenteam sah. Bis dahin wollte er hören, was die Parasitären als nächstes vorhatten.

Sofort hörte er die nervösen Wachen, die klangen, als würden sie gerade ihr Fütterungsteam hineinschicken.

„-fach. Seid ihr alle bereit, Zwei?" fragte eine vertraut klingende brasilianische Stimme.

Ted vermutete, dass dies die Wache namens Paulo war, auf die er vor ein paar Tagen gestoßen war, als er versucht hatte, den damaligen Kapitän Jörgen vor den Gefahren in Gibraltar zu warnen.

„Ja, Eins. Wir haben euren Rücken."

Obwohl er direkt darauf starrte, erschrak Ted, als er eine Bewegung auf seinem Monitor sah. Das Team musste sich bereit machen, auszusteigen. Er musste zurück zu SK2 schalten, obwohl die Fütterung genau jetzt stattfinden sollte.

„Hier spricht Fütterungsteam Eins. Ich bin bereit, mit meinem Fütterer reinzugehen. Gehe auf stumm."

„Hier Zwei. Wir sind stumm."

Teds Hand fand den Wähler, während er sich auf seine Frau konzentrierte, als sie ihr tragbares Gerät an den Mund hob. Er musste jetzt umschalten.

„Achtung!" schrie eine panische Stimme. „Wir haben möglicherweise einen Durchbruch an der Backbordseite-"

Ted schaltete den Kanal um.

„-ed, bist du da?" fragte TJ.

„Ich bin hier. Ich beobachte."

Er konnte eine weibliche Sicherheitswache sehen, die Kontrollen an einem kleinen Panel bediente, das bis zu ihrem Bauch hochragte. Sie betätigte einen Schalter und die Luke begann sich zu öffnen.

„Ich wollte mich nur bei dir bedanken, dass du dich vorhin mit mir getroffen hast."

„Gern geschehen. Ich-"

„Lasst uns den Funkverkehr von hier an auf Warnungen beschränken. Okay?" bot der Kapitän seinen sanften Verweis an.

„Jawohl, Sir", antwortete Ted schnell. Er konnte sehen, wie TJ ebenfalls zustimmend nickte.

„OOD, sieht noch alles gut aus?", fragte Wasano, während er sein Gerät an den Mund hielt.

„Ja, Sir. Alles klar. Ich sehe zwei Männer. Ein weiterer hat sich dem ersten am Dock angeschlossen, nachdem er in ein kleines Gebäude am anderen Ende gegangen war. Sie können loslegen."

Ted wollte unbedingt auf den anderen Kanal umschalten, um mehr über die Warnung zu hören.

„Ted, sehen Sie irgendetwas Ungewöhnliches?", fragte Wasano.

Ted fragte sich, was zum Teufel gewöhnlich war, als Vergleich. „Nein. Ich sehe weniger als Sie. Ich kann nicht einmal die beiden Personen sehen, die Jessica erwähnt hat."

Jean Pierre nickte und hob dann sein Walkie-Talkie. „Wir werden versuchen, ihn in Ihr Blickfeld zu bringen." Dann fügte er hinzu: „Ich möchte, dass alle Augen und Ohren auf diese Leute gerichtet sind."

Die drei mit den tragbaren Geräten befestigten sie alle wieder an ihren Gürteln und warteten darauf, dass sich die Gangway auf dem Dock entfaltete.

Ted wusste, dass er für die Dauer der Mission auf SC2 bleiben und sie beobachten musste, auch wenn all seine Bemühungen überflüssig erschienen. Aber in diesem Moment wollte er mehr als alles andere verzweifelt von dem Durchbruch hören.

Chapter 16

Ein Angebot, das Sie nicht ablehnen können

Jean Pierre blieb abrupt stehen, etwa fünfzig Meter von den beiden Männern entfernt, die auf sie warteten. Ein kurzer Blick auf ihren Ausgang bestätigte, dass sie im Sichtfeld der Schiffskamera waren. Er wollte so viele Augen wie möglich auf sie gerichtet haben. Aber der Hauptgrund für seinen plötzlichen Halt war, die Verhandlungen in ihre Richtung zu lenken.

Auf Drängen seines Vaters, der wollte, dass er das Familienunternehmen übernahm, hatte er endlose Bücher über Verhandlungsführung gelesen. Jean Pierre wusste, dass ein großer Teil des Verhandlungsbeginns darin bestand, den Verhandlungsort zu kontrollieren. Der Ort begünstigte diese unbekannte Gruppe, da Jean Pierres Leute und ihr Schiff sich in unbekanntem Gebiet befanden. Und da bei diesem Treffen so viel auf dem Spiel stand, dachte er, er würde versuchen, die Dinge in Gang zu bringen, indem er diese unbekannten Männer zwang, zu ihm zu kommen. Es war eine Kleinigkeit. Aber manchmal machten die kleinen Dinge den Unterschied.

Die beiden Männer, die in der Mitte des Piers standen und formelle Polizeiuniformen trugen, warfen sich überraschte Blicke zu und richteten dann ihre Blicke wieder auf das Außenteam der *Intrepid*. Es war offensichtlich, dass sie das nicht erwartet hatten.

Der Sicherheitsdirektor der *Intrepid*, Wasano, nahm seinen Platz direkt neben Jean Pierre ein, wobei er seine Waffe vom Rücken auf die Brust verlagerte. Eine Waffe zu haben, diente hauptsächlich als Machtdemonstration und zeigte, dass sie die Mittel und den Willen hatten, Gewalt anzuwenden, wenn nötig. Wasano flüsterte: „Ich bin froh zu sehen, dass sie beide Polizisten sind."

Jean Pierre hatte anfangs denselben Gedanken. Dann begann sein Verstand ein Spiel des Advocatus Diaboli: *Könnten diese Männer ihre Uniformen von toten Polizisten gestohlen haben?*

Wenn das wahr wäre, steckten sie wahrscheinlich in großen Schwierigkeiten. Wenn nicht, würden sie wahrscheinlich einen Deal machen.

Sein Verstand war noch nicht fertig: *Wenn sie Polizisten sind, warum sind sie dann nicht bewaffnet?*

Viele europäische Länder bewaffneten ihre Beamten nicht, also war das allein nicht seltsam.

Aber in einer neuen Welt, wo verrückte Tiere und Menschen jederzeit angreifen könnten, würde man da nicht Waffen haben?

Er erinnerte sich an die Funkübertragung, in der der Mann gesagt hatte, dass die Rage-Krankheit seine Insel nicht erreicht hatte. Trotzdem hatte er erwartet, dass sie Waffen tragen würden.

Aber...

Genug! dachte er und hörte auf, diese Ideen weiter zu verfolgen.

Vielleicht war das Gegenteil der Fall und diese Männer versuchten, sich nicht als die Schläger zu zeigen, die jeder in ihnen vermutet hätte. Vielleicht waren sie Anführer, genau wie Jean Pierre, die nur versuchten, eine Krise im Namen ihrer Leute zu bewältigen. Die Menschen hungerten, demzufolge, was ihr Anführer im Funk gesagt hatte.

Einer der beiden Polizisten lächelte hinter seiner übergroßen Sonnenbrille – der Art, die er täglich auf dem Kreuzfahrtschiff gesehen hatte, oft getragen von Männern und Frauen, die doppelt so alt waren wie dieser Mann. Dieser Mann hatte auch mehr Verzierungen als der andere, und so nahm Jean Pierre an, dass er der Vorgesetzte des anderen war.

Der Anführer und der jüngere Mann neben ihm begannen, in ihre Richtung zu gehen. Sie kamen zu Jean Pierre zu seinen Bedingungen.

Die Verhandlungen hatten begonnen.

„Es sieht so aus, als hätten sie Treibstoff, Sir", flüsterte Wasano erneut und bemühte sich offensichtlich, seine Stimme nicht vom Wind zur anderen Seite tragen zu lassen.

Jean Pierre hatte auch die Treibstoffbarge auf der anderen Seite des Piers gesehen, als sie im Hafen anlegten. „Hoffen wir, dass sie voll mit dem ist, was wir brauchen."

Während beide Männer darauf warteten, dass die beiden Beamten von ihrem langsamen Marsch ankamen, bewunderte Jean Pierre die kleine Stadt vor ihnen. Es war nicht die übliche Touristenstadt, die nutzlosen Schnickschnack an schiffsweise ankommende Menschen verhökerte. Sie hatte immer noch den Geschmack der vertrauteren Dörfer der Azoren. Aber diese hier existierte nur, um ihren Bewohnern zu dienen, die größtenteils Rentner, Regierungsangestellte wie diese beiden Männer und einige andere waren, die irgendeine Art von Beschäftigung haben mussten, obwohl er nicht wusste, was das sein könnte. Als der kleine Militärstützpunkt, irgendwo auf der anderen Seite der Insel, vor ein paar Jahren geschlossen worden war, war der Beschäftigungsmotor der Stadt größtenteils mit ihm gestorben.

Er war noch nie hier gewesen und bezweifelte, dass vor ihnen jemals Kreuzfahrtschiffe hier gewesen waren. Der Pier war viel zu klein für ein Schiff ihrer Größe. Die *Intrepid* passte nicht wirklich. Sie mussten einige ihrer Festmacherleinen improvisieren, um sie an einer Boje am Ende des Piers festzumachen.

Die geringe Größe ihrer Stadt und ihre noch kleinere Bevölkerungsmischung konnten erklären, warum die Rage-Krankheit ihre Insel nicht getroffen hatte. Es war eine logische Erklärung.

In diesem Moment rieb sich etwas an seinem Bein und riss Jean Pierre aus seinen Gedanken. Er schaute nach unten und erwartete eine kränklich aussehende Ratte, die in Häfen für seinen Geschmack viel zu häufig vorkamen. Stattdessen war es eine schwarze Katze. Sie schnurrte wie ein kleines Motorboot und machte seitliche Streifzüge gegen sein Bein. Das niedliche kleine Ding schaute zu ihm auf und miaute leise. Dann ruckte sie ihren Kopf nach vorne, fauchte laut und huschte dann hinter ihn, aus seinem Blickfeld.

„Kapitän Haddock, nehme ich an?", fragte der glattrasierte Anführer mit einem einladenden Grinsen und ausgestreckter Hand. „Ich bin der PCP-Polizeichef von Vila de Corvo, Salvadore Calderon, und dies ist mein bester Agent, Tomas Novo, zu Ihren Diensten."

„Ja, der bin ich. Grüße Chief Calderon und Agent Novo", erwiderte Jean Pierre und schüttelte jedem Mann die Hand. „Dies ist mein Sicherheitsdirektor, Wasano Agarwal."

„Ah, ein französischer Kapitän? Ich dachte, ihr wärt alle aus Island."

„Belgien, eigentlich. Regal European hat" – *sein Verstand blitzte auf, HATTE* – „Kapitäne aus der ganzen Welt. Also erzählen Sie mir von Ihrem Treibstoff."

„Ha-ha, direkt auf den Punkt. Okay..."

Der Mann schien sehr gefasst, als ob es ihm egal wäre, ob sie einen Deal machten oder nicht. Aber er schien auch etwas zu verbergen. Und Tomas, sein Polizei-Stellvertreter, oder was er „Agent" nannte, wirkte entschieden unbehaglich: Das Gesicht des Mannes war todernst und seine Augen zuckten überall und nirgendwo hin.

„Hier ist der Deal", erklärte der Chef. „Die Treibstoffbarge, die Sie hier sehen, ist vor ein paar Tagen an unserer Küste gestrandet und führt Schweröl und MGO mit sich. Wir brauchen kein Schweröl und wir haben bereits einen ausreichenden Vorrat an Dieselkraftstoff für unsere Boote. Was wir nicht haben, ist Nahrung, und ich vermute, Sie haben welche, wenn ich mir die Größe Ihres Schiffes ansehe. Also hier ist mein Angebot. Wir wollen drei Viertel all Ihrer

Lebensmittel. Im Gegenzug können Sie Ihr Schiff mit so viel Schweröl füllen, wie Sie wollen." Sein Lächeln blieb bestehen, scheinbar eine permanente Einrichtung auf seinem Gesicht, wenn er nicht sprach.

Jean Pierre wusste, dass dies nur das erste Angebot in ihren Verhandlungen war. Aber er wusste auch, dass er nicht wirklich so viel Nahrung entbehren konnte und er nichts anderes zum Verhandeln hatte. Er wusste auch, dass jeder Moment, den er hier wartete, sie einen Moment näher an das Ausgehen des Treibstoffs brachte. Und das bedeutete sicherlich, dass sie dem Untergang geweiht waren. Er hatte wenig Zeit, um herumzustehen und ihre Zungen mit Hin und Her von Angeboten und Gegenangeboten zu wetzen. Er musste diesen Deal jetzt abschließen.

„Das ist verrückt. Wir sind ein Kreuzfahrtschiff mit 3000 Menschen" – er hatte beschlossen, ihre tatsächliche Besatzung zu übertreiben – „und wir haben nach über zehn Tagen auf See schon knappe Vorräte. Wenn wir Ihnen drei Viertel unseres Essens gäben, würden wir alle in ein paar Tagen verhungern.

„Wir geben Ihnen ein Viertel unseres Essens und nehmen nicht nur so viel Schweröl, wie unser Schiff aufnehmen kann, sondern auch Ihr MGO.

„Das ist mein letztes Angebot."

Jean Pierre verstummte und zwang sich, kein weiteres Wort zu sagen, bevor Calderon es tat. Das war eine weitere Verhandlungstechnik, die er gelernt hatte: Wer zuerst etwas sagte, verlor meistens.

„Würde es Ihnen etwas ausmachen, wenn ich kurz mit Tomas darüber unter vier Augen spreche?", fragte Calderon.

„Natürlich nicht", erwiderte Jean Pierre und tat weiterhin so, als wäre alles in Ordnung, obwohl er sich nun zu fragen begann, ob er es nicht zu weit getrieben hatte. Er war bereit, alles herzugeben, was er hatte, um den Treibstoff zu sichern.

Wasano beugte sich vor und murmelte: „Sir, können wir es uns überhaupt leisten, ein Viertel unseres gesamten Essens abzugeben? Bei so vielen zu versorgenden Mäulern fürchte ich, dass uns die Vorräte ausgehen, ohne dass wir andere Möglichkeiten haben, Nahrung zu finden."

Jean Pierre blieb stoisch still und wartete damit, seinem Sicherheitsdirektor zu antworten, während er Calderon aufmerksam beobachtete, um ein Zeichen zu erkennen, was sie als Nächstes tun würden. Calderon wies Agent Tomas zu etwas an. Das schien Tomas anzuspornen, der sich daraufhin umdrehte und den Kai hinunterrannte.

Jean Pierre antwortete immer noch nicht auf Wasanos unbeantwortete Frage, während er beobachtete, wie Chief Calderon zurückkehrte. Er hatte geplant, allen in den nächsten Tagen seine Zukunftspläne zu erklären. Aber erst wenn sie ihren Treibstoff hatten.

Das Lächeln des Chiefs wurde breiter. „Ich habe meinen Mann zurückgeschickt, um Hilfe beim Entladen des Essens zu holen."

„Sie stimmen also unseren Bedingungen zu?", fragte Jean Pierre.

„Ja, natürlich." Der Chief streckte seine Hand aus.

Jean Pierre konnte sein eigenes Lächeln nicht zurückhalten und schüttelte Calderons Hand kräftig. *Der Mann hat einen ziemlich festen Händedruck.*

Erst da wurde Jean Pierre klar, dass er wohl nervöser gewesen sein musste, als er dachte, denn seine Handfläche fühlte sich heiß und schweißig an im Vergleich zu der kühlen und trockenen Hand des Chiefs.

Dann sah er, dass sich bereits ein Dutzend Männer auf sie zu bewegten. Jean Pierre hatte daraufhin zwei Gedanken. *Sie mussten auch verzweifelt auf einem Deal aus gewesen sein. Und er hätte ein Fünftel seines Essens anbieten sollen.*

„Meine Männer werden hereinkommen und Ihr Essen inventarisieren. Und vielleicht können Sie uns beim Entladen helfen?"

„Natürlich. Mein Beschaffungsmanager hat bereits ein Inventar für Sie vorbereitet und erwartet Ihre Männer drinnen. Und was ist mit dem Treibstoff?"

„Wie Sie sehen können, ist er schon unterwegs. Bereiten Sie sich auf der Steuerbordseite darauf vor."

Er konnte sehen, dass die Barge ihren Motor gestartet hatte und mehrere Besatzungsmitglieder bereits dabei waren, die Festmacherleinen zu lösen.

Jean Pierre stieß einen tiefen Seufzer aus. Er begann tatsächlich zu glauben, dass alles gut ausgehen würde.

Noch bevor die schwarze Katze von den Beinen des Kapitäns weggeschossen war, war Flavio nervös gewesen. Dies hatte sich schnell zu Besorgnis gesteigert.

Wie TJ war Flavio vom Sicherheitsdirektor gebeten worden, sich bei den „Verhandlungen" zurückzuhalten und nach Ärger Ausschau zu halten. Das hatte er getan, indem er nicht nur seinen Kapitän, den Sicherheitsdirektor und die beiden anderen genau beobachtete, sondern auch die Gruppe von Männern, die in ein kleines Gebäude am Anfang des Betonkais strömte, auf dem sie alle standen. Er beäugte auch die Männer auf der Treibstoffbarge, nur wenige Meter entfernt. Er war sich sicher, dass jeden Moment etwas passieren würde.

Dann tauchte die Katze bei den Beinen des Kapitäns auf. In dem Moment dachte er sich nichts dabei, auch wenn sie schwarz war – er glaubte nicht an die alten Ammenmärchen. Als die Katze auf den Anführer dieser Inselgruppe mit einem Fauchen reagierte, sagte etwas in Flavios Gehirn, dass hier etwas nicht stimmte. Er wusste, dass Hunde gute Menschenkenner waren, und fragte sich, ob dasselbe auch für Katzen galt. Da geschah etwas, womit er nie gerechnet hätte.

Die Katze schoss in seine Richtung und sprang, anstatt an ihm vorbeizuhuschen, auf sein Bein. Als wäre er ein verdammter Baum, grub sie ihre scharfen Krallen in ihn. Da er versuchte, hochaufmerksam auf seine Umgebung zu achten, und er sicher war, dass etwas passieren würde, versuchte er, die Katze zu ignorieren, in der Hoffnung, sie würde irgendwann herunterspringen.

Stattdessen begann sie, sein Bein wie eine Kletterkatze hochzuklettern, wobei jede Pfote ihre nadelartigen Krallen bei jedem langsamen Zug in seine Haut bohrte.

Flavio löste seine verkrampften Finger vom Gewehr, schwang es um seinen Hals und ließ es auf seiner Brust ruhen. Seine Hände fanden das weiche kleine Geschöpf, und er ermutigte es sanft, seinen Aufstieg zu stoppen und loszulassen. Er wusste, wenn er es abreißen würde, würde er dabei etwas von seiner geschätzten Haut verlieren. Überraschenderweise ließ die Katze los und lief langsam seinen ausgestreckten Unterarm entlang, wobei sie ihm schnurrend ihre Freude zeigte.

„Sieht aus, als hättest du alle Hände voll zu tun mit deiner neuen Freundin", gluckste TJ.

Ein unkontrollierbares Grinsen durchbrach seine Fassade. „Ja, Mrs. Villiams. Ich habe einen Veg mit Frauen", sagte er und betonte absichtlich seinen Akzent.

Er ließ das Tier herunter und verfluchte lautlos entweder das Blut oder den Schweiß, der unsichtbar sein Hosenbein hinunterlief. Zumindest war es nicht an seinem weißen Oberkörper passiert, wo es durchgeschienen hätte. Er funkelte die Katze an, die gleichgültig blieb, weiter schnurrte und sich an seinem Bein rieb. Dann parkte sie sich an seinem Schuh, wo sie sich zu putzen begann.

„Jetzt muss sie ein Bad nehmen, nachdem du mit ihr fertig bist."

„Ha-ha-ha." Er war nicht amüsiert, auch wenn er nicht umhinkonnte, etwas für das kleine Tier zu empfinden.

„Hey Flavio", keuchte TJ. „Es sieht aus, als hätte JP einen Deal gemacht."

Flavio blickte auf und vergaß seine neue Freundin. Er sah, dass sie Recht hatte. Sie schüttelten sich die Hände und der andere Polizist – wenn sie wirklich Polizisten waren – kehrte mit fast einem Dutzend Männern aus dem Gebäude am anderen Ende des Kais zurück.

Flavio beugte sich näher zu TJ. „Riechen Sie irgendetwas an diesen Männern oder diesem Ort? Sie wissen schon, sind sie infiziert?"

Sie entfernte wieder ihren Nasenclip – er hatte gesehen, wie sie das schon ein paar Mal vorher in den über zehn Minuten getan hatte, die sie dort draußen waren. Sie schüttelte den Kopf. „Ich rieche dich jetzt, aber kaum. Es ist schwer, bei dieser steifen Brise irgendetwas zu riechen."

TJ steckte ihren Nasenclip wieder auf, gerade als der Kapitän und der Sicherheitsdirektor zurückkehrten.

„Okay, ein Deal wurde gemacht", verkündete Jean Pierre, etwas jubelnd klingend. „Sie geben uns den ganzen Treibstoff, den wir brauchen, im Austausch für ein Viertel unseres Essens."

„Sir, Sie vertrauen ihnen doch nicht, oder?", unterbrach Flavio.

„Spielt keine Rolle, Mister Petrovich. Ich bitte Sie und Mrs. Williams, einige ihrer Männer zu unserem Beschaffungsoffizier zu begleiten, der auf Deck 1 im Kühlraum für Lebensmittel auf Sie wartet. Sie beide werden meine Augen sein, um sicherzustellen, dass sie nichts … Seltsames versuchen. Wir haben fast keinen Treibstoff mehr und wie Sie sehen können, nähert sich ihr Tankschiff bereits unserer Steuerbordseite, um mit dem Auftanken zu beginnen. Ich möchte also, dass dies reibungslos, aber schnell abläuft. Ist das klar?"

„Jawohl, Sir", sagte Flavio.

„Zu Befehl, Kapitän", erklärte TJ.

Jean Pierre lächelte und folgte dann Wasano die Gangway hinauf zurück aufs Schiff, während Wasano über Funk mit seiner Auftankmannschaft sprach.

Flavio gefiel die Kürze von all dem nicht. Die Verhandlung, die Durchführung des Deals. Es passierte viel zu schnell. Keine Zeit für Planung und keine Zeit, die Konsequenzen zu bedenken, falls etwas schiefgehen sollte. Aber sein Kapitän hatte ihm einen Befehl gegeben, und er würde ihn befolgen.

Als er den beiden Männern nach drinnen folgte, hörte er TJ, die jetzt hinter ihm war, beiläufig die Details des Deals über Funk durchgeben.

Er musste zugeben, dass er langsam sehr froh war, TJ bei sich zu haben. Mit jeder Minute wurde ihm klarer, dass er sich mehr auf sie verlassen musste, als er sich vorstellen wollte.

Chapter 17

Otto

„Sind Sie sicher, dass das in Ordnung ist?",
keuchte Otto. Der rundliche Deutsche musste
erneut anhalten, um Atem zu schöpfen und den
Schweiß abzuwischen, der ihm übers Gesicht lief.
Sein Herz raste wie ein Güterzug bergauf, und
er fragte sich, ob er einen Herzinfarkt erleiden
würde, wenn er in diesem Tempo weitermachte.

„Du arbeitest jetzt für mich, du fauler Tourist.
Du tust, was ich sage", schnaufte sein neuer Chef
Bohdan zurück.

Die beiden anderen Besatzungsmitglieder in
schwarzen Overalls kicherten amüsiert darüber,
wie ihr Vorgesetzter den ehemaligen Gast ihres
Schiffes herumkommandierte. Die Beleidigungen
störten Otto nicht wirklich; er war einfach nicht an
diese Art körperlicher Arbeit gewöhnt. Die meiste
Zeit saß er an seinem Schreibtisch in seinem Büro
in München, wo das ganze Herumrennen von den
jüngeren Mitarbeitern der König AG, seiner gleich-
namigen Ingenieursfirma, erledigt wurde.

Jetzt war er der Laufbursche für diese drei
Mechaniker-Crewmitglieder, die den Eindruck er-
weckten, als hätten sie nichts Gutes im Sinn, obwohl sie das Gegenteil beteuerten. Aber was sollte

er sagen? Man hatte ihm buchstäblich gedroht, ihn von Bord zu werfen, wenn er seine Pflichten nicht erfüllte. Und er nahm an, dass der Kapitän diese Denkweise unterstützte, basierend auf seiner öffentlichen Erklärung und der Tatsache, dass er Crew mit einer solchen Einstellung hatte. Der Mann an der Spitze war immer für die Handlungen seiner Leute verantwortlich.

Irgendwann bald würde er mit dem Kapitän sprechen müssen. Nicht um sich zu beschweren. Sondern um darauf aufmerksam zu machen, dass ein Mann mit seinen Fähigkeiten besser eingesetzt werden konnte als für körperliche Botengänge. Er müsste dies allerdings bald tun. Denn er würde diese Art von Arbeit wahrscheinlich nicht mehr lange durchhalten.

„Das reicht. Pause vorbei!", brüllte Bohdan. „Wir haben nicht viel Zeit, um unsere Arbeit zu erledigen."

Otto stieß frustriert die Luft aus, beugte sich vor, um die volle 5-Gallonen-Wasserflasche aufzuheben, und zog sie hoch. Sein Rücken protestierte mit einem stechenden Schmerz, eine Drohung, dass er gleich versagen würde, oder nur eine Warnung – er wusste es nicht. Irgendwie schaffte er es, die schwere Flasche mit beiden Armen auf seine Hüfte zu heben. Er machte einen wackligen Schritt nach vorn. Dann noch einen.

„Komm schon, du fauler Tourist. Hier lang", forderte sein direkter Vorgesetzter. Bohdan war ihm schon viele Schritte voraus, die anderen im Schlepptau, und winkte ihrem kämpfenden neuen Crewmitglied, vorwärtszukommen.

Otto war sich nicht sicher, was sie ihn da machen ließen, aber er war ziemlich sicher, dass es nicht zu ihren normalen Aufgaben gehörte. Er hatte dafür viele Beweise.

Ihr Eintritt in diesen abgeschlossenen Bereich abseits der Technik erfolgte mit einer gewissen Heimlichkeit. Sie taten so, als würden sie nervös an einigen Kontrollen herumfummeln, in der Nähe einer kleinen Zugangstür, und stellten sicher, dass sie nicht beobachtet wurden. Erst dann zogen sie eine Schlüsselkarte hervor – Otto vermutete, dass die, die man ihm gegeben hatte, nicht an dieser Tür funktionieren würde – und betraten den engen Zugangsweg. Dadurch hatten sie sich nach oben und schließlich dorthin gearbeitet, wo sie sich jetzt befanden.

Zweimal hielten sie an, weil sie glaubten, jemand anderen in dem röhrenförmigen Metallgang zu hören, der voller Kabel war und in dem man sich ducken musste. Als sie merkten, dass es nichts war, trieb Bohdan sie weiter voran, aber sie schauten immer wieder zurück, beobachteten und lauschten auf jemand anderen, der nie da war. Dies waren nicht die Handlungen von Männern, die einfach nur ihre Arbeit machten.

Otto beschloss, dass es besser war, den Mund zu halten. Er würde tun, was sie ihm sagten, und dann würde er dem Kapitän alles darüber erzählen. Vielleicht konnte er sich die Gunst des Kapitäns sichern, indem er berichtete, was seine irregegangenen Crewmitglieder in den dunklen Schatten seines Schiffes trieben.

„Hier", befahl Bohdan einem der beiden Crewmitglieder; ihre Namen, die ebenfalls slawisch klangen, waren ihm entfallen. Und im Gegensatz zu der gesamten Crew vor all diesem Wahnsinn trugen viele, wie diese Männer, keine Namensschilder mehr. Otto hatte zunächst angenommen, sie seien wie er frisch rekrutiert worden. Er verstand, dass viele der bestehenden Crewmitglieder aufgrund der Bedürfnisse des Schiffes in andere Positionen und sogar andere Abteilungen verlegt wurden. Er hatte zum Beispiel gehört, dass Zimmerstewards in die Technik oder Servicekräfte in die Mechanik wechselten, was der vermutete Karriereweg dieser Männer war. Außer dass sie zumindest die richtigen Uniformfarben trugen, was bei ihm nicht der Fall war.

Das Crewmitglied, dem Bohdan Befehle erteilt hatte, stellte seine Werkzeugtasche ab, öffnete sie und zog eine kleine Säbelsäge heraus. Das andere Crewmitglied, der Größere von beiden, hatte bereits einen Bohrer in der Hand und begann, Löcher in die Oberseite eines langen Aluminiumrohrs zu bohren, das entlang des engen Zugangskorridors verlief, in dem sie sich befanden. Otto war kein Experte für die Mechanik eines Kreuzfahrtschiffs, aber er wusste, dass es sich um Lüftungskanäle für das HVAC-System des Schiffes handelte.

In dem Moment, als der Bohrer die vier Löcher fertiggestellt hatte, begann der andere mit der Säge von Loch zu Loch zu schneiden. Und in weniger als einer Minute war ein rechteckiger Ausschnitt gemacht.

„Bist du sicher, dass das funktionieren wird?", fragte der Bohrer.

„Ja, hab Vertrauen, mein Freund", versicherte ihm Bohdan, der etwa fünf Meter vor ihrem neu gemachten Loch stand. „Wir werden danach wieder sicher sein. Jetzt mach deine nächsten Löcher hier." Er tippte auf eine Stelle etwas weiter an der Seite desselben Aluminiumkanals.

Wieder erledigte der Bohrer seine Arbeit fachmännisch und bohrte diesmal vier Löcher in die obere Seite des Rohrs. Und sobald er fertig war, trat der andere Arbeiter heran und sägte ein weiteres quadratisches Stück aus dem Rohr.

Zwei Löcher, aber wofür? fragte sich Otto.

Sowohl Bohdan als auch der Bohrer bewegten sich zurück zu Otto, in die Nähe des ersten Lochs, wo Otto noch immer gebückt stand und nach Luft schnappte. „Okay Anton. Nimm dem Dickerchen die Wasserflasche ab."

Diese Beleidigung verärgerte Otto und erinnerte ihn sofort an den Kinderreim, den seine Mutter ihm beigebracht hatte, nachdem Schulkinder ihn wegen seines Übergewichts gehänselt hatten: „Stöcke und Steine brechen meine Knochen, aber Beleidigungen können mich nicht verletzen".

Es tat trotzdem weh.

Anton, der Bohrer, der ursprünglich die Flasche die Zugangsleiter hinaufgetragen hatte, schnappte sich mühelos wieder die Wasserflasche von Otto, hob sie hoch und über den Lüftungskanal, über dem ersten Loch. Dann senkte er sie mit dem Hals zuerst in das kleine Loch oben im Lüftungskanal. Vorsichtig ließ er los, und das Gewicht der Flasche drückte auf das weiche Material, wodurch es und die Halterungen, die den Kanal stützten, leicht knitterten. Aber es hielt.

Er hatte immer noch keine Ahnung, was zum Teufel sie da machten... *Eine Art Überschwemmung im Lüftungskanal erzeugen? Es ergab keinen Sinn.*

„Du bist dran", forderte Bohdan. Dann wurde Otto klar, dass Bohdan zu ihm sprach. „Nimm das." Er hielt eine dicke Plastikflasche hin, die klapperte und die er offenbar aus der kleinen Tasche gezogen hatte, die er bei sich trug, und verlangte von Otto, sie zu nehmen.

Otto tat wie geheißen und wartete auf den nächsten Befehl seines Chefs, nicht sicher, ob er wissen wollte, worauf das hinauslief.

„Pass jetzt auf", wies Bohdan an. „Atme nicht, wenn du das machst. Wenn ich es dir sage... Flasche öffnen" – Bohdan demonstrierte es, indem er so tat, als würde er den Deckel aufdrehen – „und 10 oder 12 Tabletten reinschütten. Dann zumachen. Dann schnell von hier" – er zeigte auf das Ende des Zugangswegs, nur noch wenige Meter entfernt – „nach vorne gehen, und wir folgen dir von hinten. Verstanden?"

Otto war zu diesem Zeitpunkt nicht sonderlich besorgt und dachte, dies sei nur eine Art dummer Scherz, den drei Männer gemeinsam planten, und er nahm an, dass sie Otto bereits mit an Bord hatten. Also würden sie ihn dazu zwingen, bei dem Gag mitzumachen und ihn zum Maultier machen, das die Wasserflasche für sie herumschleppte.

Doch dann erhaschte Otto einen Blick auf das Etikett der Flasche und sah, was es war. Er schaute zu Bohdan auf. „Wofür um alles in der Welt brauchen Sie Wasserstoffphosphid?"

„Keine Sorge, Tourist. Wir töten nur ein paar Schädlinge", erklärte Bohdan entschlossen. Die anderen beiden kicherten.

In diesem Moment geriet Otto in Panik.

Chapter 18

Flavio

Flavio hatte zwei unmittelbare Probleme, als er das Schiff betrat. Erstens war ihm seine neue Freundin, die schwarze Katze, auf das Schiff gefolgt und folgte ihm auf Schritt und Tritt. Wichtiger war jedoch, dass er keinen der Namen der vier Männer und der Frau kannte, die zur Sicherheit gehörten und gleich im Inneren des Schiffes warteten. Er wollte alle einweisen, bevor die Männer von der Insel an Bord kamen, um ihre Bestandsaufnahme zu machen und mit der Entgegennahme der vereinbarten Lebensmittel von ihrem Schiff zu beginnen.

Die Katze miaute viel zu laut, und Flavio spürte sofort die Stacheln dessen, was er für die Verachtung der anderen Sicherheitsleute hielt, als sie ihren neuen stellvertretenden Kommandanten musterten, der gerade ein Tier mit an Bord gelassen hatte.

„Ich brauche vier Sicherheitsleute, die hierbleiben und auf Funkkanal bleiben" – er wandte sich an TJ – „auf welchem Kanal sind wir?"

„Es ist SK2, Sir", antwortete eine der beiden Frauen in seiner Einheit mit dunklem Teint und starkem südafrikanischem Akzent. „Wir wurden bereits angewiesen, in Funkkontakt zu bleiben. Mrs. Kashatri, Mr. Akashi, Mr. Ivanov und ich werden an dieser Luke bleiben, Sir."

Flavio ließ seinen Blick auf der Wache ruhen, überrascht von ihrer Kompetenz. Angesichts dessen, was er vom ehemaligen Sicherheitsdirektor im vergangenen Jahr auf diesem Schiff gesehen hatte, hatte er angenommen, dass die meisten dieser Wachen nicht sonderlich professionell sein würden.

„Danke, Mrs...", er hob seine Augenbrauen, um seine Frage zu unterstreichen, während er auf eine Antwort wartete.

„Entschuldigung, Sir. Violet Johansson, Sir."

„Nochmals danke, Mrs. Johansson. Können zwei von Ihnen jetzt auch den Metalldetektor bedienen? Ich möchte sicherstellen, dass unsere Gäste keine Waffen bei sich haben."

„Ja, Sir. Wir wurden auch dazu angewiesen."

Tatsächlich konnte Flavio sehen, dass zwei bereits ihre Positionen an der Maschine eingenommen hatten.

„Gut, ich sehe, dass ich hier nicht gebraucht werde. Könnte, wer auch immer übrig ist, mit Mrs. Villiams und mir kommen und ihre Männer nach unten auf Deck 1 begleiten?"

„Jawohl, Sir", kam es von einem stämmigen Wachmann. Dann wandten sich alle Augen den Männern von der Insel zu, die sich näherten und den Laufsteg zu ihrer Luke hinaufstiegen.

„Mrs. Villiams, könnten Sie außer Sichtweite gehen, aber jeden Mann riechen, nachdem er durch den Metalldetektor gegangen ist? Ich habe so ein Gefühl bei diesen Männern."

TJ nickte und ging wortlos durch den Metalldetektor. Er gab sofort einen ohrenbetäubenden Piepton von sich, und sie reagierte augenblicklich darauf, indem sie sich zusammenkrümmte und ihre Ohren umklammerte, als ob sie Schmerzen hätte. Flavio kniff die Augen zusammen, um zu sehen, wo sie in ihrem knappen Outfit überhaupt Metall bei sich tragen konnte, während sie hindurchhuschte und hinter der Wand, die zum Treppenabsatz führte, verschwand.

Seine neueste Freundin, die Katze, schnurrte weiter unaufhörlich. Das konnte er nicht gebrauchen, während er versuchte, seinen Job zu machen, als jeder der Inselmänner einzeln den Laufsteg erklomm. Er wollte nicht, dass der Katze etwas zustieß, aber er konnte sich jetzt nicht darum kümmern – er wusste nicht einmal, was er danach mit ihr machen sollte.

Flavio hob die Katze hoch – *Vicky vermisst ihre Katze und würde sie lieben* schoss ihm durch den Kopf. Er hielt sie an einen tragbaren Stoffvorhang, der zusammen mit anderen dazu diente, einen Bereich für private Kontrollen von Passagieren abzutrennen, die den Metalldetektor auslösten. Die Katze packte den Vorhang und begann daran hochzuklettern, wobei sie kleine Löcher hinterließ, wo ihre Krallen gewesen waren.

Flavio kehrte schnell zum Ausgang zurück und trat auf den ersten Mann zu, der an Bord gekommen war.

„Ich bin Flavio Petrovich, stellvertretender Sicherheitschef der *Intrepid*. Ich bin hier, um sicherzustellen, dass sich Ihre Männer auf dem

Weg zu und von unserem Lebensmittellager nicht verirren. Ja?"

„Ist das... nicht süß... Wir haben... Fremdenführer", keuchte der gedrungene Mann, der obdachlos aussah, aber gut genährt war: Seine dicken Wangen wackelten, als er sprach. Bei jedem zweiten Wort hielt er inne, um mit seinem riesigen Mund einen Schluck Luft zu nehmen; sein gewaltiger Bauch quoll unter einem befleckten T-Shirt hervor, das mehrere Größen zu klein zu sein schien; und er war vollständig mit einem dicken Film aus Schweiß und Schmutz überzogen. Die weiten Nasenlöcher des Mannes schienen extrem aufgebläht. Und Flavio erhaschte einen Blick auf etwas Weißes im Inneren, aber der Mann drehte sich weg, bevor er es genauer sehen konnte.

„Bitte gehen Sie durch den Metalldetektor. Dann warten Sie mit Ihren anderen Männern auf mich."

„Solange... wir unser... Essen bekommen... Kumpel", sagte der Mann und blitzte mit einer Reihe ebenso schmutziger Zähne. Dann trottete er, wie angewiesen, durch den Metalldetektor. Keine Pieptöne oder sonst etwas. Flavio stellte sich dem nächsten ankommenden Mann in den Weg, während er beobachtete, wie der gedrungene Mann in den Flur weiterlief und seine Umgebung musterte. Der gedrungene Mann blieb abrupt stehen, ein Lächeln schlich sich auf seine Visage am Eingang zum Treppenhaus. Flavio wusste sofort, worauf der Mann gierte: TJ. Flavio drehte sich der Magen um, als er versuchte, sich vorzustellen, was in dem Abwasserkanal, der der Verstand des Mannes war, vor sich gehen musste.

Flavio wandte sich an die anderen Männer und wiederholte seine Anweisungen, die alle nickend akzeptierten, dann einer nach dem anderen durch den Metalldetektor gingen und schließlich mit den anderen im Flur herumstanden.

Nicht ein einziges Mal ertönte der Metalldetektor alarmierend. Und TJ zeigte oder signalisierte keinerlei Besorgnis. Nach dem letzten Mann streckte sie ihren Kopf hinter der Wandkante hervor, um zurückzublicken; als sie Flavios Blick fand, zeigte sie ihm einen Daumen nach oben.

Alles schien in Ordnung zu sein, aber Flavio konnte das ungute Gefühl in seinem Bauch nicht abschütteln, dass ihnen etwas entging.

Chapter 19

Entropie

O tto blickte erneut auf die Flasche und dann zurück auf die Tabletten, die er gerade in die Lüftungskanäle geschüttet hatte, dann auf die drei grinsenden Schläger: zwei, die sich darauf vorbereiteten, dorthin zurückzulaufen, woher sie gekommen waren, und einer, der mit Schwierigkeiten versuchte, den Deckel von der Wasserflasche abzureißen. Die offensichtliche Absicht war es, den Inhalt in die Lüftungskanäle zu schütten, damit er seinen Weg... *Zu den Tabletten* finden würde.

Otto war ein Bauingenieur, der exquisite deutsche Brücken und perfekte deutsche Straßen baute; er war kein Chemiker. Aber er hatte in seiner Schulzeit genug Chemie gelernt, um zu wissen, dass wenn Wasser mit Aluminiumphosphid gemischt wurde, es entweder giftiges Phosphingas – oft auf Schiffen zur Rattenbekämpfung verwendet – oder bei zu viel Gas oder, wenn eine Flamme hinzukam, eine Explosion erzeugte.

Bohdan hatte ihm gesagt, dass sie „Ungeziefer töten" würden. Er vermutete, dass diese Schläger planten, die Parasitären zu töten, die das Schiff in der großen Lounge festhielt. Es hatte viele

Gerüchte von ehemaligen Passagieren und der bestehenden Besatzung darüber gegeben, wie verdreht es sei, Monster an Bord des Schiffes zu behalten. Einige der lautstarken Leute befürworteten, ihr Essen zu vergiften oder sie einfach über Bord zu werfen. Ein Teil von ihm stimmte der Idee zu: Die Parasitären stellten eine enorme Bedrohung für alle auf dem Schiff dar, und wenn die gesamte Besatzung – einschließlich der neuen Rekruten wie ihm – darüber abstimmen könnte, war Otto sicher, dass sie einstimmig dafür stimmen würden, die Parasitären loszuwerden. Er hatte sogar gehört, wie Bohdan ein Treffen am letzten Abend erwähnt hatte, von dem Otto jetzt sicher war, dass es sich darum gedreht hatte, diesem Mann grünes Licht für genau diese Aktion zu geben. Aber so viel Gas würde auch viele der nicht infizierten Menschen auf dem Schiff töten.

Es war auch in diesem Moment, während der Blitzanalyse seines Gehirns, als Otto die Tatsache verstand, dass Bohdan ihm befohlen hatte, nach dem Platzieren der Tabletten vorwärts zu gehen. Sie planten, in die andere Richtung zurückzulaufen und Otto zurückzulassen, damit er an dem giftigen Gas starb. Otto sollte ihr Sündenbock sein. Derjenige, auf den sie mit dem Finger zeigen könnten als Anstifter dieses Verbrechens.

„Komm schon, Anton. Sieh zu", rief Bohdan dem großen Mann zu, der es nicht zu schaffen schien, den Deckel von der Flasche abzubekommen, indem er durch das kleine Loch, das sie oben in den Lüftungskanal gemacht hatten, daran zog. *Sie waren nicht gerade die hellsten Kerzen auf der Torte.*

Aber irgendwie schaffte er es doch. Otto konnte sehen, wie die Luftblasen in der durchsichtigen Flasche nach oben schossen, was darauf hindeutete, dass Wasser in die Leitungen des Schiffs floss.

Otto wusste in diesem Moment, was passieren würde, und es gab wenig, was er tun konnte, um es aufzuhalten.

Vielleicht eine Sache.

Otto klopfte unbewusst auf seine linke Tasche, um das Vorhandensein eines Objekts zu bestätigen, das er brauchte. Es war da.

Seine nächste Entscheidung war seine letzte, aber sie gab ihm große Genugtuung: Trotz der Dummheit des Kapitäns oder seiner Crew, Otto mit solch banalen Aufgaben zu betrauen, war er allein die einzige Person, die den Verlust von Menschenleben, den Bohdan und seine Crew verursachen würden, mindern konnte. Dieses Wissen machte es wert, sein Leben für all jene zu opfern, die er retten würde, auch wenn er vermutete, dass niemand je erfahren würde, dass er der Held gewesen war.

So schnell er konnte, stopfte er die offene Flasche mit den Tabletten quer in das Loch, sodass alle Tabletten mit dem Wasser in Kontakt kommen mussten. Er konnte hören, wie das Wasser auf die Tabletten wirkte, die er bereits ausgeschüttet hatte, und weißer Dampf begann aus dem Loch zu strömen.

„Kommt, lass uns gehen." Es war Bohdans Stimme.

„Was ist mit dem dicken Mann?", fragte einer der Arbeiter.

Otto lief bereits in ihre Richtung. Und wegen Ottos Bewegung auf die drei Männer zu, die sich alle umgedreht hatten, um den fraglichen Mann zu betrachten, waren alle für einen Moment verwirrt und zögerten.

Es war genau genug Zeit.

„Was zum Teu-", atmete Bohdan, bevor er von 122 Kilo Otto König getroffen wurde.

„Zieht euch zurück! Ich wiederhole, verlasst sofort die Lounge", brüllte Deep erneut in sein Funkgerät, obwohl er wusste, dass es zwecklos war. Die Wachen hatten ausdrückliche Anweisungen, ihre Funkgeräte während der Fütterungen auszuschalten, um nicht zu riskieren, die Parasitären zu erschrecken oder anderweitig aufzuwecken. Weder die Wache, die die Lounge betrat, noch die beiden anderen Wachen außerhalb des Haupteingangs würden Deeps Warnung hören.

Die Funkstille sollte von dem Moment an dauern, kurz bevor sie die Haupttür öffneten, um mit der Fütterung zu beginnen, bis die Fütterung abgeschlossen war und die Tür fest verschlossen wurde. Das physische Ausschalten ihrer Funkgeräte verhinderte jede Chance, dass jemand es vergessen und einen lauten Ton oder eine Stimme verursachen würde, oder dass ein anderes Besatzungsmitglied auf SC1 rufen würde. Ihre Begründung war, dass die anderen beiden Wachen bereits durch einen Spalt im Haupteingang alles überwachten und den Rücken der beiden im Auge behielten, die mit der Fütterung der Parasitären beauftragt waren.

Die Funkstille sollte dem Schutz des Fütterungsteams dienen. Aber jetzt verursachte genau diese Regel eine Gefahr für alle.

Deep zögerte mit dem Kanalwähler. Er war noch nicht bereit, die Sicherheit auf SC2 zu alarmieren, weil sie zu weit von ihrem Standort entfernt waren und alle Hände voll zu tun hatten mit dem Austausch am Dock. Das ließ den allgemeinen Sicherheitskanal, SC3. Wenn es noch andere Sicherheitskräfte gab, die weder Teil des Außenteams noch des Fütterungsteams waren, würde er sie hier finden. Die Teamleiter, die nicht im Dienst waren, sollten ihre Funkgeräte eingeschaltet und auf diesen Kanal geschaltet haben. Das setzte voraus, dass es überhaupt noch Teamleiter gab. Deep war sich nicht sicher, wie viele sie nach der ersten Welle der Rage-Krankheit noch hatten, die so viele Besatzungsmitglieder das Leben oder die Menschlichkeit gekostet hatte. Und diejenigen, die übrig waren, fürchtete er, würden dem Außenteam helfen. Er musste es trotzdem versuchen und schaltete den Kanal von SC1 auf SC3. „Achtung an alle Sicherheitskräfte, hier spricht der Überwachungsraum-Supervisor Whaudeep Reddy. Ich habe eine Priorität-Eins-Nachricht für alle Sicherheitskräfte: Wir benötigen zusätzliche Sicherheitsunterstützung in der Wayfarer Lounge, sofort. Ich wiederhole, alle Sicherheitskräfte, schalten Sie auf SC1 und melden Sie sich umgehend in der Wayfarer Lounge."

Deep schaltete zurück auf SC1 und wiederholte dieselbe Nachricht wie zuvor.

Er stieß einen gewaltigen Seufzer aus, senkte das Mikrofon von seinem Mund und fiel in
seinen Stuhl. Alles, was sie jetzt tun konnten,
war, zu beobachten, zu hoffen und zu beten,
dass es keinen Angriff geben würde. Denn wenn
es einen gäbe, glaubte er nicht, dass sie diesmal
gut davonkommen würden.

Von der Kamera am Haupteingang aus konnten Deep und Molly sehen, wie ein bewaffneter Sicherheitsmann, gefolgt von dem
Fütterer, vorsichtig die Lounge betrat. Von der
Innenkamera mit Weitwinkel, im hinteren Teil
des Theaters, konnten sie sehen, wie die beiden Männer zögerlich eintraten. Der Sicherheitsmann hatte sein Gewehr in Bereitschaft.
Sein Schützling, der Fütterer, trug zwei schwere
Schultertaschen mit rohem Fleisch: die einzige
Nahrung, die die Parasitären zu essen schienen.

Zumindest waren es keine Menschen, dachte
Deep.

Der Sicherheitsmann hielt kurz vor der
Haupteingangskamera an. Er hob sein Gewehr
an die Wange und blickte durch das Visier.

Nach den letzten beiden Angriffen hatte man dem Wachmann, der für die Fütterung zuständig war, ein Gewehr gegeben und
ihn angewiesen, tödliche Gewalt anzuwenden,
wenn er das Gefühl hatte, dass sein Leben oder
das des Fütterungsfreiwilligen in Gefahr war.

Molly gefiel das überhaupt nicht, aber Deep
war froh darüber, besonders jetzt.

Sie hielten buchstäblich den Atem an und behielten beide Monitoransichten genau im Auge, in der Hoffnung, dass nichts passieren würde.

Der Wachmann, mit seiner Waffe fest gegen sein Kinn gedrückt, drehte seinen Oberkörper wie einen Geschützturm. Er schien bereit – fast flehend – darauf zu warten, dass die Parasitären ihm einen Grund gaben, abzudrücken.

Weder der Wachmann noch der Fütterer schienen Deeps Rufe über Funk gehört zu haben, ebenso wenig wie die beiden anderen Wächter an der Tür, die Deep gerade durch den Spalt in den Haupteingangstüren sehen konnte. Es schien wie üblich zu laufen, nur angespannter als bei früheren Fütterungen.

Deeps Finger waren in einem todesähnlichen Griff wie zum Gebet verschränkt, jetzt weiß mit wütend-roten Spitzen. Er flehte sie in Gedanken an, bald fertig zu werden.

Der Fütterer hatte sich hinter dem Sicherheitsmann zurückgehalten, der mit einem Finger signalisierte, dass es in Ordnung sei, vorzugehen. Der Fütterer nickte und akzeptierte den stillen Befehl des Wachmanns, den weder Deep noch Molly visuell erkennen konnten, aber von dem sie wussten, dass er gegeben wurde.

Der Fütterer machte mehrere schnelle Schritte nach vorne und ging am Wachmann vorbei, der seine Waffe auf die nächstgelegene Hülse richtete, nur wenige Meter den Gang hinunter, der direkt zur Bühne führte.

Schwerer Atem – "Mr." – *noch ein schwerer Atemzug* – "Deep?" keuchte Dr. Molly.

Deep stieß eine lange Brust voll Luft aus. „Ja, Ma'am." Seine Augen wanderten von Bildschirm zu Bildschirm zu Bildschirm.

„Fehlen uns einige unserer Parasitären?"

Er riss seinen Kopf zu ihr herum. „Was?" Er hatte sie gehört. Er verstand die Frage nur nicht.

Sie sprang von ihrem Sitz auf, lehnte sich über den langen Schreibtisch, der sie von den Monitoren trennte, und tippte auf den Hauptbildschirm. „Dieser Pod ist definitiv kleiner." Sie bewegte ihren Finger einen Zentimeter weiter und tippte erneut, „Und dieser hier auch... Tatsächlich sehen für mich jetzt alle Pods aus, als..."

„Als wären sie kleiner geworden. Ich... Hey, Sie haben Recht. Aber wo könnten sie..." Sein Kopf schnellte wieder in ihre Richtung und ihrer zu ihm.

Gemeinsam riefen sie aus: „Die Bühne!"

Deep hämmerte einen Computerbefehl in seine Tastatur und schickte die dunkle Bühnenansicht von einem kleineren Monitor auf den größten. Die Videoübertragung, die den Freiwilligen zeigte, wie er vorsichtig seine Essensbeutel auf dem Boden absetzte, verschwand und wurde durch eine ersetzt, die von Dunkelheit durchzogen war.

Auf den ersten Blick war es leicht anzunehmen, dass das, was der größte Monitor anzeigte, völlig lichtlos war, als wäre er ausgeschaltet. Deep warf sogar einen Blick auf die Betriebsanzeige, um sicherzugehen, dass er an war.

Sie leuchtete immer noch grün.

Dann sahen sie, dass die Schwärze auf dem Bildschirm tatsächlich vor irgendeiner Art von Aktivität vibrierte, wie Blitze von statischem Rauschen. Sie konnten es fast mehr spüren als sehen, denn wenn sie sich auf eine wahrgenommene geisterhafte Bewegung konzentrierten, war der Bildschirm immer noch schwarz.

Dann gab es einen schmerzhaft schnellen Lichtblitz durch die Mitte des Vorhangs. Für einen Moment schien es, als stünde eine Vielzahl von Menschen auf der Bühne. Wie der letzte Akt einer riesigen talentlosen Show, an der alle schlechten Schauspieler des Schiffes beteiligt waren; ein Vorhang für ein schreckliches Ensemble, das keine Zugabe erhalten würde.

Dann war es verschwunden.

Auf einmal teilten sich die Vorhänge weit und eine unzählbare Menge von Parasitären ergoss sich heraus. Ein Geysir des Schreckens spritzte in die Lounge.

Sie hatten sich dort versammelt und auf diesen Moment gewartet; wenn der Haupteingang am wenigsten gesichert war; wenn der Wachmann und der Fütterer beschäftigt waren; und alles so getimed, dass es passierte, nachdem sie einen Weg gefunden hatten, die andere Tür zu öffnen.

Sie hatten das geplant.

⁓⸱⸱⸱⸱⁓

Otto hielt fest, ließ die Männer nicht los. Er hatte seine Arme um alle drei geschlungen. Sie traten und schlugen, aber er hielt durch. Otto wusste, dass dies seine letzte heldenhafte Tat sein würde, nicht dass er sich in diesem Moment besonders heldenhaft fühlte: sein Verstand war erfüllt von Rache. Er würde diese schrecklichen Männer mit sich nehmen. Am meisten beeindruckte ihn, dass er keine Angst hatte und tiefe Befriedigung darüber empfand, zu wissen, dass die anderen drei sie hatten.

Gas wallte um sie herum. Die drei Männer in ihren schwarzen Overalls husteten und würgten, während sie versuchten, sich aus Ottos Griff zu befreien. Und in ihrem Kampf atmeten sie noch mehr von dem giftigen Gas ein. Otto kniff seine Augen und seinen Mund zusammen und hielt den Atem an, nicht weil er dachte, er könnte dem Tod entkommen. Er war sich sicher, dass dies sein Ende sein würde. Er wollte nur sicherstellen, dass diese Männer den Stachel des Todes vor ihm spürten.

Schließlich, als die Männer schnell den toxischen Wirkungen des Phosphingases erlagen, das durch ihre Lungen, Augen und Haut brannte, konnte Otto seinen Atem nicht länger anhalten. Es war Zeit.

Er ließ die drei Männer los, griff fließend nach dem Zigarrenanzünder in seiner Tasche und hielt ihn bereit, bevor er gezwungen war, einen tiefen Atemzug der ätzenden Dämpfe einzusaugen. Ich hätte nicht so lange warten sollen, dachte er.

Mit immer noch geschlossenen Augen zuckte Otto unwillkürlich. Er spürte, wie lebenswichtige Blutgefäße und vielleicht sogar einige Organe in seinem Inneren zu platzen begannen. Er hatte vielleicht noch eine oder zwei Sekunden.

Otto hatte zwei letzte, scheinbar zusammenhangslose Gedanken: dies war ein reales Beispiel für Entropie, als ob dies der Punkt in ihrem

geschlossenen System wäre, an dem die Unord-
nung begann; und er wünschte, er hätte seine
Zigarre herausnehmen und sie vorher anzünden
können.

Er klickte seinen Zigarrenanzünder an und
öffnete gleichzeitig seine Augen, um zu sehen,
wie es aussehen würde. Die Wirkung war augenblicklich: seine Augen erfassten die schöne blaue
Flamme, gefolgt von einem alles verschlingenden
weißen Licht und gleich darauf Leere.

Chapter 20

Der Handel

Minuten bevor ihr Boot von der Phosphidgasexplosion erschüttert wurde, hatte TJ die widerlichen Männer von der Insel sorgfältig beobachtet und sogar noch einmal an jedem geschnuppert. Aber abgesehen von ihrem abstoßenden Körpergeruch – der sie zusammenzucken ließ – und ihren ekelhaften Seitenblicken auf sie konnte sie nichts Außergewöhnliches feststellen. Dennoch konnte sie das Gefühl nicht abschütteln, dass etwas mit diesen Männern nicht stimmte.

Bevor sie ihren Weg hinunter zu Deck 1 antraten, waren alle ihre Augen entweder auf ihre Brust oder ihren Schritt gerichtet, ihre abscheulichen Gedanken belästigten sie aktiv. Sie verstand das und erwartete es sogar wegen ihres gewählten Outfits. Trotzdem machte es sie wütend.

Sie schob ihre Wut beiseite und konzentrierte sich auf die ersten beiden Männer, die an Bord kamen, sich aber in der Prozession zum Lebensmittellager zurückhielten: einer war ein stämmiger Perverser mit einem hervorstehenden Bauch und der andere war dünn mit einem eingefallenen Gesicht. Sie schienen anders zu sein als die anderen, auf eine Weise, die sie nicht genau einordnen konnte. Sie wollte noch einmal an diesen beiden schnuppern, um zu sehen, ob ihr etwas entgangen war, aber als sie sah, wie sie sie anstarrten, stieg ihre Wut weiter. Und sie hatte Angst, dass sie, wenn sie noch einmal schnuppern würde, die Kontrolle über ihre Wut verlieren und diese Männer einfach töten würde.

Dies ließ sie hinterfragen, ob sie tatsächlich Signale von ihrem geschärften Gehör, Sehvermögen und Geruchssinn empfing, die ihr alle mitteilten, dass etwas nicht stimmte. *Oder ist es die Rage-Krankheit in mir, die versucht, die Kontrolle über meine Sinne zu gewinnen, um sie für ihre böse Mission zu nutzen?*

Die Männer folgten Flavio und dem anderen Wachmann des Schiffes die Treppe hinunter zu Deck 1 und schließlich bogen sie auf die I-95 ein.

Der gedrungene Mann am Ende der Reihe drehte sich immer wieder um und starrte TJ an. Obwohl alle Männer aussahen, als hätten sie die ganze Zeit auf der Straße gelebt, war der Gedrungene der Ekelhafteste von allen. Seine pechschwarzen Augen starrten böse Gedanken aus, während seine Zunge ständig aus seinem schmutzigen Bart hervorlugte. Und mehrmals machte er ein Lippengeräusch, das ihr den Magen umdrehte. Sie war kurz davor, seine schlaffe Visage zu packen und sie direkt von seinem stumpfartigen Körper zu reißen.

Als sie auf die I-95 einbog, beschloss sie, dass sie, wie auch immer sie es anstellen würde, diesen Mann als Ersten töten musste. In diesem Moment fiel ihr auf, wie leer dieser Ort war.

Die Hauptschlagader des gesamten Schiffes, entlang derer seine lebenswichtigen Besatzungsmitglieder aus jedem Teil des Schiffes durch seine kleineren Kapillaren zirkulierten, jedes die lebenswichtigen Ressourcen oder Dienstleistungen tragend, die dieses Schiff funktionieren ließen, war ausgetrocknet, als ob das Herz des Schiffes nicht mehr pumpen würde.

Tatsächlich wusste sie, dass dies beabsichtigt war. Der Kapitän hatte angeordnet, dass sich alle Besatzungsmitglieder an ihren Plätzen befinden sollten, bevor diese Männer ihr Schiff betraten.

Weiter vorne sprachen bereits mehrere Besatzungsmitglieder mit Flavio, der sie den Männern vorstellte.

TJ glitt an ihnen allen vorbei und fand Flavio tief im Gang, wo die meisten gekühlten Lebensmittel gelagert wurden. Er war zur Seite getreten, um der Besatzung und den Männern zu erlauben, ihre Geschäfte zu inventarisieren und abzuwickeln.

„Sie sehen außer Atem aus", sagte er zu ihr, aufrichtig besorgt um sie.

„Ich sehe immer außer Atem aus." Das stimmte. Sie war nicht außer Atem; es war nur so, dass sie viel schneller atmete als zuvor. „Ich kann es nicht genau einordnen. Entweder ist es ihr Geruch – der definitiv seltsam ist – oder es sind ihre Manieren, oder es ist etwas anderes. Aber irgendetwas stimmt nicht mit diesen Männern. Besonders mit diesen beiden."

Sie zeigte auf den gedrungenen und den dünnen Mann.

Vlad Smirnoff – nicht verwandt mit seinem Lieblingsvodka gleichen Namens – wusste, dass er wahrscheinlich seinen sauberen Overall hätte tragen sollen, nachdem er seine Kollegen in ihrer besten Kleidung gesehen hatte. Seine Mama hatte ihm schon früh eingebläut, immer saubere Kleidung zu tragen, weil „man nie weiß, ob es der letzte Tag ist". Er hatte keine Ahnung, wie recht sie hatte.

Stattdessen hörte er auf seinen besten Freund, der schimpfte: „Scheiß drauf. Ich zieh mich nicht schick an für Extraaufgaben." Ihre Extraaufgaben bestanden darin, bei der Betankung ihres Schiffes zu helfen. Sie gehörten nicht zur normalen Betankungscrew, aber in letzter Zeit übernahmen alle mehrere Aufgaben und Schichten. Er hörte oft nicht auf Sven, der immer über die Firmenleitung meckerte, aber aus irgendeinem Grund tat er es heute. Ein Teil von ihm wollte rebellisch sein, wie Sven. Der Rest von ihm wollte einfach nur zu Hause sein.

Vlad starrte aus dem Bullauge in ihrem Ausgang und beobachtete, wie sich die Betankungsbarge neben ihnen festmachte.

„Aus dem Weg", befahl einer der normalen Betankungscrew, der Vlad grob beiseiteschob. Er vermutete, es war, um zu bestätigen, dass es in Ordnung war, die Tür zu öffnen.

Er blickte zurück zu seinem Freund, der gelangweilt an der Seite herumlungerte und desinteressiert tat. Sven versuchte immer, sich hart zu geben, während Vlad einfach nur diese Arbeit erledigen wollte. Besonders jetzt. Der Einsatz war hoch, wenn man dem Glauben schenkte, was der Kapitän ihnen gesagt hatte: Sie brauchten diesen Treibstoff; er war für das Schiff so lebenswichtig wie ihr eigenes Blut für sie. Und wenn sie diesen Treibstoff nicht bekamen, war ihre Situation ziemlich aussichtslos. Der Kapitän hatte diesen letzten Teil nicht gesagt, aber Vlad wusste, dass es wahr war.

Ohne den Treibstoff würden sie nie den nächsten Hafen erreichen, geschweige denn zu ihren Familien zurückkehren. Seit Tagen hatte kein Mitglied der Besatzung von ihren Familien gehört. Sie hatten keine Möglichkeit zu wissen, ob ihre Familien angesichts all dessen, was in der Welt und auf diesem Schiff vor sich ging, von verrückten Menschen und verrückten Tieren bis hin zu brennenden Städten und Chaos überall, überhaupt noch am Leben waren.

Es half auch nicht zu wissen, dass, wie der Kapitän ihnen gerne erzählte, ihre Situation an Bord viel besser war als im Rest der Welt. Er vermutete, dass das vielleicht stimmte, aber das bedeutete, dass seine Familie es schlimmer hatte.

Ihr Schiff wurde derzeit von organisiertem Chaos beherrscht, mit Personalmangel und Passagieren, die zu Besatzungsmitgliedern rekrutiert wurden, um die Lücken zu schließen. Es lenkte ihre Gedanken von ihren Familien ab, aber es fügte auch ihren erschöpfenden Pflichten etwas hinzu. Sven und er hatten am Morgen zwei Männer und eine Frau anlernen müssen, während sie zusätzlich ihre normalen Ingenieurarbeiten erledigten. Die Frau war ziemlich intelligent und schien begierig zu lernen, obwohl sie weder Tschechisch noch viel Englisch sprach (die einzigen beiden Sprachen, die sie kannten). Allerdings brachte sie Sven und ihm ein paar Wörter auf Deutsch bei. Die anderen beiden Männer waren eine andere Geschichte.

Sie ignorierten das meiste von dem, was Sven und er ihnen beigebracht hatten, nickten gelegentlich mit dem Kopf, gaben aber oft geflüsterte Kommentare auf Deutsch von sich, die keiner von ihnen verstand. Er vermutete, dass es unfreundliche Kommentare waren, denn einmal sagte die deutsche Frau etwas Verächtliches zu den beiden, lächelte dann Vlad an und sagte: „Bitte mehr lehren."

Sven stieß Vlad an der Schulter an und riss ihn aus seiner Tagträumerei, als er gerade bemerkte, dass die Tür aufglitt.

„Bereit?", fragte Vlad seinen Freund, der ohne jegliche Begeisterung zurücknickte.

Ihre Aufgabe war es, den anderen mit den Treibstoffschläuchen zu helfen, die manchmal recht schwer werden konnten. Sie sollten zwei Schläuche aufbauen, einen für jede Art von Treibstoff, die zu zwei verschiedenen Treibstofftankanschlüssen an der Seite ihres Schiffes führten. Normalerweise waren es zwei Besatzungsmitglieder der Intrepid, die zwei oder drei Besatzungsmitgliedern der Treibstoffbarge assistierten. Aber heute waren mindestens zwei- oder dreimal so viele Besatzungsmitglieder hier, die alle darauf warteten, auf die Barge zu springen und die Betankung schneller als normal zu erledigen, als ob sie gegen die Möglichkeit anrannten, dass die Männer auf der Treibstoffbarge ihre Meinung ändern könnten.

Er begann, sich mit den anderen in Richtung der Gangway der Luke zu bewegen, eines schmalen, balkonartigen Gehwegs, der von der Öffnung nach vorne führte. Von dort aus mussten sie auf das Deck der Barge springen und dabei nicht herunterfallen. Vlad hatte Todesangst vor Höhen, aber noch mehr Angst davor, zwischen die beiden Schiffe zu fallen und zu ertrinken oder zerquetscht zu werden. Er spürte, wie seine Angst schlagartig wuchs, als er nach draußen trat und den Abgrund sah.

Dann, wahrscheinlich weil er keine Zeit hatte, darüber nachzudenken, und die anderen ihn drängten, sprang er die vier oder fünf Fuß zur Barge, als wäre es eine alltägliche Aktivität. Er landete in der Hocke, um seine Knie oder Sehnen nicht zu beschädigen. Als er sich aufrichtete, sah er, dass Sven bereits hinter ihm war.

„Ein Kinderspiel", murmelte Sven, obwohl er das oft sagte, wenn es nicht stimmte.

Vlad blickte die Länge des Bargendecks entlang und bemerkte viel mehr Arbeiter als erwartet. Er zählte vielleicht ein Dutzend, obwohl normalerweise nur ein paar Männer für diese Arbeit benötigt wurden. Selbst mit der doppelten oder dreifachen Anzahl an Arbeitern, um die Aufgabe schneller zu erledigen, erklärte das nicht die Gesamtzahl des Personals hier. Ein paar von ihnen schlenderten herüber, um sich mit der Besatzung der *Intrepid* zu treffen, die bereits Schläuche griffen. Der Rest der Bargenbesatzung, wenn sie das denn waren, sprang über die Gangway der *Intrepid* und betrat ihr Schiff. Es ergab keinen Sinn.

„Komm schon. Wir sind dran", sagte Sven und schlug ihm auf die Schulter.

Vlad fing den verächtlichen Blick seines neuen Vorgesetzten auf, zumindest für diese Schicht, der darauf wartete, dass sie ihm halfen, den schweren Schlauch zu schleppen. Und so trottete er hinüber, um zu helfen, ihn zum Anschlussstutzen an ihrem Schiff zu ziehen. Eine weitere Merkwürdigkeit war, dass ihr Vorgesetzter den Schlauch bediente, nicht der Bargenarbeiter, was das übliche Protokoll gewesen wäre. Vlad drehte sich ein paar Mal um, um zu sehen, ob Sven auch eine dieser Merkwürdigkeiten bemerkte.

„Siehst du es nicht?", fragte Vlad ihn und war überrascht, einen Mann zu sehen, den er für einen der Bargenarbeiter hielt, zwischen Sven und sich. Der Mann trug eine Sonnenbrille, sodass er nicht erkennen konnte, ob er ihn anstarrte oder dorthin, wo sie den Schlauch anschlossen.

Dann hielten sie inne. Das Besatzungsmitglied der *Intrepid*, das ihr direkter Vorgesetzter war, verband eifrig den Schlauchanschluss und gab dann dem Bediener der Barge oben und hinter ihnen das Okay. Ihr Vorgesetzter winkte, als ob der Bediener ihm keine Aufmerksamkeit schenkte, und seine Gesten wurden immer wütender.

Vlad blickte zurück und sah den Bediener auf seine Schuhe starren. Bis ein lauter Pfiff ertönte – vielleicht von seinem Vorgesetzten – und der Bediener aufblickte, Hass in seinen Augen.

Dann hämmerte der Bediener auf etwas an einer Schalttafel und Vlad spürte sofort den Fluss des heißen Treibstoffs durch den Schlauch, durch seine Arbeitshandschuhe.

Vlad sah noch einmal zu seinem Vorgesetzten, um zu sehen, ob es in Ordnung war, seinen Teil des Schlauchs fallen zu lassen, aber dann tat er es sowieso, weil das verdammte Ding heiß wurde.

Seltsamerweise sah er seinen Vorgesetzten überhaupt nicht, als wäre er verschwunden. Vlad wollte gerade nach ihm suchen, als er hinter sich einen Tumult hörte, gefolgt von einem gurgelnden Geräusch. Als er sich umdrehte, um nachzusehen, erblickte er Sven, der sich an den Hals griff, sein Gesicht vor Verwirrung verzerrt. Blut sickerte zwischen seinen Fingerspitzen hervor, als hätte er sich den Hals aufgeschnitten oder so etwas.

Schockiert wollte Vlad gerade um Hilfe rufen, als seine Aufmerksamkeit nach rechts gezogen wurde, wo er vom zahnigen Grinsen des Bargenarbeiters empfangen wurde, der zwischen ihnen gestanden hatte. Er hielt ein großes Fleischermesser hoch, dessen silberne Klinge rot beschichtet war. *Das ist Svens Blut darauf!*

Der Schrei, der hinter seiner geschwollenen Zunge stecken geblieben war, brach in dem Moment hervor, als der Arbeiter das Fleischermesser in Vlads Brust stieß. Genauso abrupt wurde es herausgezogen und Vlad wurde auf das Deck getreten. Er lag dort im Schock, sein Gehirn registrierte nicht vollständig oder war nicht willens zu registrieren, dass er gerade erstochen worden war und hier sterben würde.

Er fühlte sich mehr wie ein Zeuge denn wie ein Beteiligter all dessen, was sich auf dem Deck abspielte: Ein Paar behandschuhte Hände drückte gegen seine Brust in einem vergeblichen Versuch, den Blutfluss zu stillen; einige Besatzungsmitglieder der Intrepid, die zuvor herausgekommen waren, um zu helfen, lagen ebenfalls regungslos auf dem Deck; der Bargenarbeiter, der ihn erstochen hatte, kletterte die Gangway zu ihrem Schiff hinauf.

Die Treibstoffbarge war nur eine List gewesen. Sie benutzten sie, um in ihr Schiff einzudringen. Sie würden alle sterben.

Vlad wand sich, um seinen Freund zu sehen.

Sven trug eine Totenmaske: seine Augen leer und nach oben gerichtet in einem ewigen Blick auf den sich verdunkelnden Himmel, seine Hände bedeckten locker seine Kehle, aus der immer noch Blut sickerte.

Vlad wusste, dass er in wenigen Augenblicken genauso aussehen würde.

Er drehte sich auf den Rücken und starrte in den Himmel.

Die dicken Wolken wirbelten über ihm und verdunkelten sich schnell an den Rändern. Mit jedem Blinzeln erstickten sie mehr und mehr vom Sonnenlicht.

Schreie in der Ferne.

Die Schwärze regnete auf ihn herab und hüllte ihn ein.

Kurz vor seinem letzten Blinzeln hörte er eine Explosion.

D er dünne Mann ging direkt in den gekühlten Alkoholraum, als wäre es sein persönlicher Vorrat. „Jetzt sprechen wir", brüllte der untersetzte Mann, dessen haariger Bauch weiter unter dem Saum seines schweißdurchtränkten T-Shirts hervorquoll. Er stolzierte seinem Kumpel in den Raum nach, wie ein Passagier, der für eine der Luxussuiten bezahlt hatte und erstklassigen Service erwartete, obwohl TJ vermutete, dass er nicht viel mehr als ein zweit- oder drittrangiger Handlanger war.

Der Beschaffungsmanager der *Intrepid* und sein Assistent in Ausbildung folgten von hinten. Sie hörte, wie der Manager darüber stritt, ob Alkohol Teil des Handels war oder nicht, und dann wurde es im Raum still.

„Wo ist der Rest ihrer Gruppe?", fragte TJ und drehte ihren Kopf herum.

„Es waren insgesamt acht Männer", antwortete Flavio und trat an einen der drei offenen Kühlräume heran. Er duckte sich hinein, trat wieder heraus und schüttelte den Kopf.

TJ joggte zum dritten Raum, schaute hinein und kehrte dann zu Flavio zurück.

Eine Glasflasche zerschellte im Alkohollagerraum.

Sie stürmten hinein und fanden den Dünnen im hinteren Teil des Raums. Er stand über ihrem Beschaffungsmanager und zog gerade ein durchsichtiges Messer aus dessen Brust. TJ erkannte, dass er es hatte verstecken können, da es aus

Plastik war und die Metalldetektoren nicht ausgelöst hatte. Der Dünne machte eine Bewegung, als wollte er es wieder hineinstoßen. Der Untersetzte, auf der anderen Seite des Raums, hielt den Assistenten am Kragen fest und griff nach seinem eigenen Plastikmesser.

Flavio reagierte ohne zu zögern, schoss dem Dünnen einmal in den Kopf und drehte sich auf dem Absatz, um den Dicken auszuschalten. Aber TJ hatte ihn bereits zu Boden geworfen, das Messer weggetreten, und der Assistent watschelte in die andere Richtung.

Der Dicke versuchte sich loszureißen, aber sie drückte ihn noch fester zu Boden. Dann lachte er bellend. „Es spielt keine Rolle. Du und deine Leute werdet bald genug tot sein." Sie rammte ihr Knie hart in den Arm des Mannes und brach ihn mit einem lauten Knacken. Doch anstatt aufzuschreien, lachte der Mann noch lauter. „Hah-hah-hah-ha."

„Du glaubst, du kannst mir wehtun? Nein, ich werde dir wehtun", prahlte er.

TJ starrte finster in seine ölschwarzen Augen und sein höhnisches Gesicht. Sie wollte gerade etwas sagen, als sie nur einen Blitz seiner anderen Hand sah, die herumschwang, gefolgt vom ohrenbetäubenden Knall von Flavios Gewehr.

Die Kugel zerschmetterte die linke Schulter des Mannes, und er ließ das Messer fallen, das er irgendwie in die Hand bekommen hatte, während TJ ihn folterte. Sie spürte, wie der gedrungene Mann endlich den Kampf aufgab. Seine Atmung beschleunigte sich, bis er klang, als würde er hyperventilieren.

Der Dicke schloss die Augen und lächelte breit. „Oh ja, ihr könnt mich töten. Aber es wird keine Rolle spielen." Seine Stimme klang gleichmäßig. Kontrolliert.

Er machte eine lange Pause, und sowohl TJ als auch Flavio warteten, unsicher, ob er gleich ohnmächtig werden würde oder was sonst. TJ schüttelte den Mann wie eine Puppe.

Der Dicke riss die Augen auf. Für einen Moment dachte TJ, sie hätten rot aufgeblitzt, bevor sie zu ihrer öligen Schwärze zurückkehrten. „Während du mich betatschst, übernehmen meine Männer eure Brücke und werden euren Motor in die Luft jagen, damit ihr nirgendwo hin könnt. Und wenn wir fertig sind, werde ich euch beide zum Frühstück verspeisen, mit ein bisschen scharfer Sauce darü-"

Flavio rammte den Kolben seines Gewehrs in das Gesicht des Dicken, wobei dessen Nase ein befriedigendes Knacken von sich gab. Er wurde schlaff.

„Ich hatte genug von dir", fügte Flavio hinzu.

TJ reichte ihm ihr Funkgerät. „Lass Ted den Maschinenraum und das Betankungsteam überprüfen. Ich gehe zur Brücke. Du gehst in den Maschinenraum. Wir müssen diese Angriffe stoppen."

„Warten Sie!" warnte Flavio. Während er das Funkgerät hielt, streifte er seinen Rucksack ab, griff hinein und holte seine zwei Moraknivs heraus, von denen er eines TJ reichte. „Nehmen Sie das für alle Fälle mit." Sie nahm es an und schob es hinter ihren Rücken in den Bund ihrer Kompressionsshorts.

Er befestigte seines an seinem Gürtel, während er seinen Rucksack und sein Gewehr wieder sicherte. Er sprang auf und hatte das Funkgerät schon am Mund, um zu senden, als das ganze Schiff erschüttert wurde und wackelte. Ein gewaltiger Knall hallte tief im Inneren des Schiffsskeletts und unter ihren Füßen wider.

Da rannten sie beide los.

Chapter 21

Die Explosion

Die Explosion verbrannte nicht nur die vier Männer in dem riesigen Feuerball, sie zerstörte auch die gesamte Heckbelüftung und unterbrach damit die Klimaanlage des Schiffes vom mittleren Treppenhaus bis zum äußersten Heck. Der Feuerball schmolz einen Großteil der Kunststoffummantelung, die die Verkabelung im Zugangsweg schützte. Während Kunststoffe und andere brennbare Materialien weiter brannten, schmolz die konzentrierte Hitze rasch die verbleibende Schutzhülle von den Kabeln, die alle Systeme im Heck verbanden. Dann begannen verschiedene Systeme kurzzuschließen und abzuschalten. Die Hochleistungsstromkabel versagten als letztes.

Als kaum noch etwas zu verbrennen war, erlosch das Feuer, aber das Phosphingas quoll weiterhin aus dem Aluminiumphosphidstaub, der immer noch der aus den eingehenden Klimaanlagenkanälen strömenden Luft ausgesetzt war. Die tödliche Kombination aus giftigem Phosphingas und Klimaanlage wäre für alle im Heck tödlich gewesen, wenn nicht alle Lüftungsklappen geschlossen gewesen wären.

Dies war ein bewusstes Design von Regal European, eine einprogrammierte Funktion in den Schiffen, um die Schwere eines Brandes zu verringern. Der Gedanke war, dass sich bei geschlossenen Lüftungen die heiße Luft und der Rauch des Feuers nicht durch die Lüftungskanäle verbreiten konnten und es weniger Luftzirkulation gäbe, was die Ausbreitung eines Feuers eindämmen würde.

Wie sich herausstellte, waren die meisten Lüftungsklappen bereits geschlossen, um die Belastung der Schiffsklimaanlagen zu senken, bis sie Treibstoff erhalten hatten. Als der Strom zu den hinteren Decks des Schiffes unterbrochen wurde, schlossen sich auch die verbleibenden Lüftungsklappen. Diese Kombination mochte hundert Leben vor den Auswirkungen des Phosphingases gerettet haben, aber sie rettete auch die Parasitären in der Wayfarer Lounge.

Es gab immer noch ein gewisses Leck des Phosphingases, da die Lüftungsklappen nicht vollständig luftdicht waren, doch die kleinen Mengen, die ihren Weg in die Kabinen fanden, waren zwar störend, aber nicht tödlich.

Aufgrund der geschlossenen Lüftungsklappen hatte das Phosphingas keinen anderen Weg. Also strömte es weiter durch den kleinen, etwa 2,10 Meter mal 2,10 Meter großen Zugangsweg. Es bewegte sich vorwärts, folgte demselben Weg, den Otto und die anderen toten Männer gekommen waren. Es zog schnell daran entlang und dann hinunter durch die röhrenförmige Struktur.

Ursprünglich zur Bekämpfung von Rattenpopulationen eingesetzt, rollte das Phosphingas dann fünf Decks hinunter, bis es auf Deck 1 ankam. Es wurde dicker und dicker und wartete geduldig darauf, dass eine ahnungslose Ratte oder Person hineinwanderte.

Das tödliche Gas musste nur zwei Minuten warten, um sein erstes von vielen Opfern zu töten.

***

Werden wir angegriffen?", brüllte Ted.

" Alarme ertönten und Lichter blinkten überall auf der Brücke.

„Kapitän", rief Niki und ignorierte Teds Frage. „Ich verliere die Stromwerte für alle hinteren Decks."

Ted wusste sofort, was das bedeutete. Kein Strom bedeutete keine Klimaanlage. Keine Klimaanlage bedeutete, dass die paar hundert Parasitären, die sie gefangen hielten, aufwachen würden.

„Was ist mit der Klimaanlage?", fragte Ted und ahnte gleich, dass es eine dumme Frage war.

„Der Kompressor läuft noch mit fünfundzwanzig Prozent. Aber ich kann nicht sagen, ob etwas davon zu unseren Gästen gelangt. Wenn der Strom ausfällt, schließen sich die Lüftungskl appen... Ich habe jetzt null – ich wiederhole – null Messwerte von irgendwo vom mittleren Aufzug nach achtern. Ich habe also keine Ahnung, ob sie überhaupt etwas bekommen."

Wasano war von der Backbord-Schwenkbrücke hereingekommen, wo er die Überwachung des Docks von Jessica übernommen hatte, damit sie auf ihren Posten als Wachoffizier zurückkehren konnte.

„Ted, kontaktieren Sie alle unsere Sicherheitskräfte auf SC3", sagte Wasano. „Lassen Sie uns Leute zu allen Decks in der Mitte schicken und herausfinden, was passiert ist." Er sagte dies und rief sofort auf einem vermutlich anderen Kanal.

Ted hatte die Lautstärke auf SC2 heruntergedreht, um mit der Brückenbesatzung zu sprechen, aber als er sie wieder aufdrehte, hörte er den verzweifelten Ruf von Flavio. Er drehte sie auf das Maximum, damit alle es hören konnten.

„-unter Angriff. Mindestens sechs Männer sind auf dem Weg zur Brücke und andere sind auf dem Weg zum Maschinenraum. Wir werden angegriffen. Ich bin auf dem Weg zum Maschinenraum."

Der Kapitän flog zu Teds Rechten und nahm eine der Telefonleitungen zu einem anderen Bereich des Schiffes ab. Er sprach sofort mit jemandem.

„Flavio, hier ist Ted. Wo ist meine Frau?"

„Bitte kontaktieren Sie das Auftankteam", fuhr Flavio fort. „Der Angriff kam von dort und vom Essensbereich. Mrs. Villiams ist auf dem Weg zur Brücke. Ich bin – Moment." Flavio schrie etwas, gefolgt von einem einzelnen Schuss. *Peng.* „Entschuldigung, muss gehen", sagte er und trennte die Verbindung.

Ted wartete nicht; er schaltete auf SC3 um und beobachtete, wie Wasano eilig über die Brücke zur Steuerbordseite eilte. „Achtung an alle Sicherheitskräfte. Wir werden von einer Gruppe von dieser Insel angegriffen..." Ted hielt die Übertragung offen, legte aber seine Hand über das Mikrofon.

„Wasano, haben Sie alles von Flavio mit-
bekommen?"

Wasano bewegte sich immer noch in Richtung
der Steuerbord-Schwenkbrücke. Er öffnete die
Tür, hielt kaum inne, sagte „Ja" und schloss die
Tür hinter sich.

Jessica marschierte zur Linken des Kapitäns,
und obwohl Ted nicht sehr vertraut mit der
Brücke war, wusste er, wohin sie ging. „Stopp!",
rief er ihr zu, bevor sie den schiffsweiten Alarm-
knopf drücken konnte.

„Ich habe gerade auf SC1 gehört, dass die Parasitären versuchen auszubrechen. Lassen Sie
uns sie nicht noch weiter mit diesem lauten
Geräusch aufhetzen. Erinnern Sie sich, was mit
den Vögeln passiert ist."

Ted erinnerte sich, dass er das Mikrofon noch
offen hatte und überlegte, was er der Sicherheit
auf SC3 sagen sollte.

Wasano kam von der Steuerbord-Schwenkbrücke zurück, ein Fernglas in
der Hand. Er sah aus, als stünde er unter
Schock. „Sie sind alle tot", keuchte er.

Die gesamte Brücke hielt für einen Moment
kollektiv den Atem an und verdaute, was gerade gesagt worden war, und dann ging der
Wahnsinn weiter.

„Ted", fuhr Wasano mit seiner normalerweise kontrollierten Stimme fort. „Rufen Sie
E1 an und sagen Sie dem gesamten Maschi-
nenraumpersonal, dass sie über das hintere
Besatzungstreppenhaus zu Deck 3 evakuieren
sollen."

Ted folgte seinen Anweisungen, ließ das Mikrofon los, beendete seine Übertragung und schaltete den Kanalwähler auf E1, Technik.

Ted übertrug: „Achtung an die gesamte Maschinenraumbesatzung. Der Maschinenraum wird in Kürze von äußeren Kräften angegriffen, die Ihnen Schaden zufügen wollen. Bitte evakuieren Sie den Maschinenraum sofort. Ich wiederhole, evakuieren Sie den Maschinenraum sofort durch das hintere Besatzungstreppenhaus und gehen Sie weiter zu Deck 3. Gehen Sie das Besatzungstreppenhaus hinauf zu Deck 3 und warten Sie auf weitere Anweisungen."

Während der Kapitän mit jemandem namens Mrs. Johansson sprach, wollte Ted sehen und hören, was mit den Parasitären los war, und auch mit seiner Frau sprechen. Aber er konnte nicht alles auf einmal tun. Er schaltete das Radio auf SC1 um, während er versuchte, die Kameras auf seinem Monitor aufzurufen. Er tippte einen Befehl nach dem anderen ein, konnte aber keine funktionierenden Kameras im Heck finden.

Chapter 22

Violet

Als Violet Johansson zum ersten Mal das dumpfe, dröhnende Geräusch hörte, gefolgt von einem Zittern unter ihren Füßen, ließ sie sich auf die Knie fallen. Die Erinnerung an einen Terroranschlag in Istanbul während eines ihrer Hafenaufenthalte war noch frisch in ihrem Kopf. Ziemlich schnell wurde ihr klar, dass dies etwas anderes war, und sie schritt zur Tat.

„Mr. Ivonov", brüllte sie, „überprüfen Sie bitte noch einmal die Innentür und stellen Sie sicher, dass sie gesichert ist. Mrs. Kashatri und Mr. Akashi, bitte sichern Sie die Außentür."

„Was war das, Violet?", flehte Mrs. Kashatri.

„Ich werde es gleich herausfinden." Violet nahm die Direktleitung zur Brücke und drückte den Plastikknopf. Er blinkte sofort rot auf und ihr Hörer gab einen Wählton von sich.

Der Plastikknopf leuchtete durchgehend grün.

Es klickte eine Verbindung, was bedeutete, dass jemand abgehoben hatte.

„Backbord-Gangway, Mrs. Johansson hier", meldete sie sich.

„Hier spricht Kapitän Haggard, Mrs. Johansson. Geht es Ihnen gut?"

„Ja, Kapitän." Sie war ein wenig überrascht, dass der Kapitän selbst antwortete und nicht der diensthabende Offizier oder jemand anderes. „Wir versuchen gerade herauszufinden, was eben passiert ist, Sir."

„Wir wissen es noch nicht, Mrs. Johansson, aber ich würde Sie bitten, Ihren Bereich zu sichern. Und lassen Sie niemanden an Bord ohne die Genehmigung eines zweiten Offiziers oder höher. Ist das verstanden?"

Sie sah zu, wie die Gangway-Tür geschlossen wurde, ihr Team tat genau das, worum gebeten wurde. „Wir sind hier bereits gesichert... Ähm, Sir. Wir haben auch etwas gehört, das wie Schüsse klang. Was können wir hier tun, Sir?"

„Moment", bat der Kapitän. Dann konnte sie Stimmen von der Brücke hören und die Worte „Sie sind alle tot" von ihrem neuen Sicherheitsdirektor.

Violet spürte, wie sich Gänsehaut ihren Nacken hinunter ausbreitete, trotz des starken Schwitzens. Dann begann sie zu zittern. Sie war absolut verängstigt, als der Kapitän wieder ans Telefon kam.

Sie hörte ihn tief Luft holen, bevor er sprach. „Mrs. Johansson, wir glauben, die Inselbewohner versuchen, unser Schiff zu beschädigen. Halten Sie die Position. Allerdings brauche ich jemanden aus Ihrem Team, um den Steuerbord-Ausgang zu überprüfen. Die Crew antwortet nicht auf unsere Anrufe. Es könnten dort Angreifer sein, also seien Sie wachsam und vorsichtig. Wenn möglich, sichern Sie diesen Ausgang. Falls es nicht sicher ist, melden Sie einfach den Status zurück."

„Aye, Sir." Sie holte selbst mehrmals tief Luft, bevor sie den Hörer zurück in die Gabel legte.

Dann drehte sie sich um, um ihrem Team gegenüberzutreten.

Sie starrten Violet an, ihre tellergroßen Augen waren todernst. Erwartungsvoll.

„Ich glaube, wir werden angegriffen", sagte sie. „Der Kapitän möchte, dass wir diesen Ausgang schützen, aber er will auch, dass einer von uns den Steuerbord-Ausgang überprüft, der sich nicht meldet." Sie wandte sich an den großen Russen. „Mr. Ivanov, ich bitte Sie zu gehen, aber der Kapitän warnt, dass dort möglicherweise Angreifer sind. Gehen Sie keine Risiken ein, aber..." sie machte eine Pause. „Wenn Sie in der Lage sind, den Außenausgang zu sichern, tun Sie es. Dann kommen Sie zurück und erstatten Bericht."

„Aye, Mrs. Johansson."

Igor Ivanov zögerte nicht. Er öffnete vorsichtig die Innentür und wartete darauf, dass Violet von hinten kam und bereit war, sie hinter ihm zu sichern. Als sie da war, überprüfte er den Bereich direkt außerhalb der inneren Türöffnung,

Es war frei und so schlüpfte er hindurch, Violet schloss sie sofort und verriegelte sie.

Igor Ivanov spürte, wie sich die Tür hinter ihm schloss. Als er hörte, wie das Schloss von der anderen Seite einrastete, wusste er sofort, dass dies eine schlechte Idee war.

Es gab fast keinen Ort zum Verstecken. Wie die Amerikaner sagen würden, er war ein sitzendes Entlein.

Ein gutes Stück des Backbord-Flurs, der nach vorne und achtern führte, war in beide Richtungen offen. Der Treppenabsatz lag weit offen und direkt vor ihm. Und die Öffnung zum Steuerbord-Flur und dann zum Steuerbord-Ausgang war ebenfalls gleich da, offen bis nach draußen. Und da sah er das tote Crewmitglied.

Igor suchte sofort Deckung hinter der Kante der Flurwand, für den Fall, dass ein böser Kerl aus dieser Gangway-Tür oder dem Treppenhaus oder den Aufzügen kam. Er wusste auch, dass er einen Teil seiner Mission erfüllt hatte, den Status des Steuerbord-Ausgangs und ihrer Crew zu ermitteln: er war ungesichert und ihre Crew war tot. Aber er sollte keine Risiken eingehen und es war zu riskant, über diesen Punkt hinauszugehen. Er wusste, dass er an die Tür hätte klopfen und sich in Sicherheit zurückziehen sollen.

Aber was dann?

Sollte er diese Mörder einfach machen lassen, was sie wollten? Und wie lange konnten die vier von ihnen in ihrem Bereich eingeschlossen bleiben? Und bedeutete das nicht auch, dass der Rest des Schiffes Hilfe brauchte? Er konnte nicht einfach nichts tun. Dann schaute er nach unten.

An seiner Hüfte hing seine einzige Waffe, ein Elektroschocker. Doch sie hatten echte Waffen – sie hatten die Schüsse gehört. Das war ein Kampf, den er auf jeden Fall verlieren würde.

Aber es war niemand in Sicht und seine Mission war noch nicht erfüllt.

Igor überzeugte sich selbst, einen schnellen Blick auf den Steuerbord-Ausgang zu werfen, ihn zu schließen und dann für einen vollständigen Bericht zum Kapitän zurückzukehren. Vielleicht würde der Kapitän ihnen dann raten, wie sie zurückschlagen könnten.

Igor überprüfte erneut den Flur achtern und vorwärts, bevor er in das Treppenhaus und den Aufzugabsatz vorging. Er ging schnell, während er immer noch darauf lauschte, ob jemand von Deck 1 heraufkam oder von Deck 3 direkt darüber herunterkam. Abgesehen von einem fernen Gemurmel von unten hörte er nichts.

Der Steuerbord-Flur war ebenfalls frei, also setzte er seinen Weg in den Steuerbord-Gangway-Bereich fort und hielt an der Schwelle inne.

Wie sein Team auf ihrer Steuerbordseite konnte er diesen Bereich hier mit einer großen Wand und Tür sichern, die sich in Position schieben ließ. Aber das hätte sie immer noch weiteren Eindringlingen von außen ausgesetzt. Er musste diesen Ausgang sichern. Zwischen ihm und dem Ausgang lagen die Leichen mehrerer seiner Crewmitglieder. Dann bewegte sich einer der Körper.

Über einem gefallenen Crewmitglied stand gebeugt ein anderer Mann... *und aß ihn auf.*

Es fühlte sich immer noch nicht real an, eine Person zu sehen, die lässig über einer anderen kniete und sie verzehrte, obwohl er dies ein paar Mal während des letzten parasitären Angriffs gesehen hatte. Aber hier war dieser Mann, der an einem toten Crewmitglied kaute, als würde er ein spätes Frühstücksbuffet genießen. In einer unsichtbaren Hand musste der Kannibale auch Essbesteck gehabt haben, denn das verschwommene Bild eines durchsichtigen Plastik-Messers tauchte auf, das am Arm des Toten schwang und ein weiteres Stück Muskel abtrennte.

Igor keuchte. Das hatte er noch nie gesehen. Er hatte sie bisher nur mit Fingern und Mund das Gewebe zerreißen sehen.

In diesem Moment hielt der Kannibale inne, hob seinen Kopf und starrte Igor direkt an, seine roten Augen loderten.

Igor zog scharf die Luft ein. Er musste beim Zusehen ein Geräusch gemacht haben und war nun erwischt worden, als er zurückwich.

Ebenso überraschend und neu war die Geschwindigkeit des Kannibalen, denn kaum hatte Igor sich mit der Schulter umgedreht, um wegzulaufen, als der messertragende Kannibale von dem toten Crewmitglied aufsprang und schon da war, ihn mit einer Hand im Schraubstockgriff packte und mit der anderen sein durchsichtiges Plastikmesser in Igors Bauch stieß.

Igor handelte aus reinem Adrenalin; er zog seinen Taser heraus, rammte ihn dem Kannibalen in die Halsseite und drückte den Knopf, wobei er 60.000 Volt in dessen Halsschlagader jagte. Der Kannibale ließ Igor und das Messer los und zog sich leicht zurück, was dazu führte, dass Igor auf den Rücken fiel, das Messer immer noch aus seinem Bauch ragend.

Der Kannibale zuckte noch zweimal, während er stand, als würde er eine makabre Tanzchoreografie aufführen. Doch dann gewann er rasch wieder die Kontrolle über seine Muskeln und

Nervenenden, obwohl er einen viersekündigen Stromstoß erhalten hatte, der ausgereicht haben sollte, um einen Elch umzuwerfen. Der Kannibale kam erneut auf Igor zu.

Diesmal führte das Kannibalen-Monster, mit rot pulsierenden Augen, den Angriff mit weit geöffnetem, blutverkrustetem Mund und einem unvorstellbar lauten Gebrüll. Igor versuchte, wegzurutschen, aber der Kannibale war zu schnell. Igor drehte sich zur Seite, um ein kleineres Ziel zu bieten und sich mit einem Arm zu schützen, als der Kannibale auf ihn herabstürzte.

Wieder einmal waren Igors Reflexe in diesem Moment seine Freunde. Und vielleicht auch der eindimensionale Verstand des Kannibalen, der nur darauf aus war, seine Zähne in den Russen zu versenken. Irgendwie schaffte es Igor, seinen Taser herumzuschwingen und ihn dem Kannibalen in den Mund zu rammen, als dieser versuchte, in seinen anderen, schützenden Arm zu beißen. Er drückte den Auslöser, hielt ihn so lange gedrückt, wie noch Ladung vorhanden war, und beobachtete, wie der Kannibale erneut tanzte.

Es war vielleicht nicht die beste Idee, aber da Terror und Adrenalin durch seinen Körper rasten, war sein Denken alles andere als logisch. Mit seiner freien Hand riss er das nun rot gefärbte Messer aus seinem Bauch und stieß es mit all seiner verbliebenen Kraft in den Hals des tanzenden Kannibalen. Dann ließ er los.

Der Kannibale tanzte noch fast zwanzig Sekunden lang, wälzte sich heftig auf dem Boden, bevor er endlich still war. Zur gleichen Zeit fühlte sich Igor sehr, sehr müde, obwohl in seinem Bauch ein wütendes Feuer brannte. Er legte seinen Kopf auf den Boden und starrte die Deckenbeleuchtung an. Schlafen klang in diesem Moment verlockend für ihn. Doch dann erinnerte er sich. Er hob seinen Kopf und blickte zur weit offenen Ausgangstür, die er eigentlich sichern sollte.

„Gut, erst die Tür. Dann schlafen."

* * *

Wie lange ist es schon her?", fragte Violet niemanden im Besonderen.

„Ungefähr zehn Minuten. Denke ich", sagte Mrs. Kashatri.

„Er sollte inzwischen zurück sein." Sie wusste, dass sie ihn nicht da draußen lassen konnte, egal was mit ihm passiert war. Sie hatte vom amerikanischen Militär gelesen, das nie einen Mann zurückließ. Sie hatte das schon immer als eine noble Einstellung empfunden und gelobte in diesem Moment, dasselbe für ihre Leute zu tun. „Mr. Akashi, ich gehe raus und sehe nach. Bitte sichern Sie diese Tür hinter mir."

Violet steckte ihren Kopf zur Tür hinaus; als sie nach vorne blickte, sah sie ihn sofort. Sie zog sich wieder zurück. „Ich brauche Ihre Hilfe", flüsterte Violet jetzt. „Mrs. Kashatri, Sie übernehmen die Tür."

Sie steckte ihren Kopf nochmal hinaus und prüfte alle Richtungen. Sie flüsterte erneut: „Kommen Sie mit mir" und huschte zur Tür hinaus. Mr. Akashi folgte ihr.

Violet sah schnell, dass es mehrere Leichen gab und ihr eigener Igor, der ebenfalls tot aussah, in einer Blutlache lag. Ein großer roter Fleck, der den Großteil seines weißen Hemdes bedeckte, verriet ihr, dass es sein Blut war. Die Tür zum äußeren Steuerbordausgang war geschlossen. Sie hörte auch jemanden die Treppe hochkommen.

„Wir müssen ihn zurückziehen", sagte sie und packte einen von Ivanovs Armen, Akashi griff den anderen.

Während sie Igor Ivanovs riesigen Körper über den Boden schleiften, konnte Violet sehen, dass er noch atmete, wenn auch kaum.

Sie schafften es zurück in ihren Bereich und sicherten ihn, wobei sie eine lange Blutspur hinterließen.

Sie hatte keine Ahnung, ob er überleben würde, aber sie ließ niemanden zurück. Nicht heute.

Chapter 23

Koordinierter Angriff

Die Explosion brachte Jay Falcone auf die Knie. Jay legte seinen Kopf in den Nacken und untersuchte die Decke, sicher, dass dies der Ursprung der Explosion war und sie über ihm zusammenbrechen würde.

Jay starrte weiter nach oben in die Dunkelheit und bemerkte erst jetzt, dass nur zwei kleine Lichter im gesamten Theater brannten. Er konnte sich nicht erinnern, ob das neu war oder ob es beim letzten Mal genauso gewesen war.

Die explosiven Erschütterungen ließen schnell nach, schwollen dann aber wieder an. Jetzt kamen das wachsende Grollen und das begleitende Geräusch – wie die trampelnden Füße Hunderter – nicht mehr von oben, sondern aus dem Bühnenbereich. Jay wandte seinen Blick den zunehmenden Erschütterungen zu und fragte sich, ob dies der Auftakt zu einer weiteren Explosion war.

Er hatte keine Ahnung, wie viel schlimmer es noch werden würde.

Erst vor wenigen Tagen hatte Jay nach einem Marathon-Pokertag, gekrönt vom Gewinn des Schiffspoker-Turniers, mit dem Eimer-Bier-Special und einer unkomischen Comedy-Show gefeiert, die auf eben dieser Bühne stattgefunden hatte. Diese aktuelle Darbietung war weitaus faszinierender. Und als Reaktion darauf klappte Jays Kiefer herunter. Sein Gehirn konnte einfach nicht akzeptieren, was seine Augen ihm zubrüllten: Eine Vielzahl nackter Männer und Frauen raste über die Bühne.

Wie versteinert rührte sich Jay nicht von der Stelle, selbst als die ersten dieser nackten Darsteller, die in seine Richtung rannten, den mit Teppich ausgelegten Gang erreichten. Als sie begannen, ihre qualvollen Schreie auszustoßen und nahe genug waren, dass er ihre roten Augen sehen konnte, da sprang Jay auf.

Bumm.

In seiner panischen Flucht erhaschte Jay nur einen flüchtigen Blick auf das Gewehr des Wachmanns, das vor ihm zu Boden krachte. Dann neben ihm.

Bumm-bumm-bumm!

Selbst in seiner Jugend war Jay kein besonders guter Läufer gewesen. Dennoch hatte er den Wachmann bereits überholt und ließ seinen Blick noch eine letzte Sekunde auf dem Mann ruhen, bevor er zur Tür hinausstürmte. Jay wagte es nicht, noch länger zurückzublicken.

Der Wachmann – Jay hatte seinen Namen schon wieder vergessen – blieb auf einem Knie und feuerte sein Gewehr ab, jetzt im Dauerfeuer. Mit Jays letztem Blick, bevor er sich dem Haupteingang zuwandte, sah er einen weißen Streifen, der den Wachmann so hart traf, dass er nach hinten geschleudert wurde.

Jay hatte gerade noch Zeit, die Gesichter der beiden erschrockenen Wachmänner wahrzunehmen, bevor sie hinter den sich schließenden Türen verschwanden – sein einziger Ausweg aus dieser Situation.

Die Erkenntnis traf ihn in dem Moment, als Jay spürte, wie etwas mit der Wucht eines Güterzugs in seinen Rücken krachte und ihn hart gegen drei umgestürzte Sitze schleuderte. Auf dem Rücken liegend, den Nacken verrenkt, sah er zu, wie mehrere weiße, braune und schwarze Schemen an seinem Blickfeld vorbeizischten. Seine Sinneswelt war überflutet von den banshee-artigen Schreien dieser menschlichen Tiere, ihrem betäubenden Hämmern gegen die Tür und dann dem Gesicht eines dieser nackten Monster.

Einst war es eine Frau gewesen, und noch dazu eine hübsche, mit langem rotem Haar und einer attraktiven Figur. Jetzt war diese Frau der Stoff, aus dem Albträume gemacht waren: Sie brüllte ihn an, ihr Mund weit aufgerissen, ihre roten Augen loderten vor absolutem Hass. Ohne Vorwarnung stieß sie ihren Daumen in seine linke Augenhöhle. Jay versuchte zu reagieren, hob eine Hand, um sein anderes Auge zu schützen, aber sie schlug erneut zu, mit der Kraft und Geschwindigkeit eines Blitzes.

Sein Geist – da er keine Augen mehr hatte, um zu sehen – füllte sich mit Blitzen hellen Lichts und ebenso stechenden Schmerzen. Alles, was er jetzt noch tun konnte, war, seinen blinden Terror hinauszuschreien.

Die Bestie tat ihr Bestes, um ihn zum Schweigen zu bringen, aber seine eskalierenden Schreie der

Panik und des Schmerzes dauerten die läng-
ste Minute seines verkürzten Lebens an. Er
spürte ihre Zähne, gefolgt von vielen anderen, die
gewaltsam in seine Haut rissen, alle zogen und
zerrten am Fleisch seiner Arme, Beine und Brust,
bis Jay schließlich nichts mehr fühlte.

Dann wurde es, wie für Jay, auch in der Lounge
dunkel.

Dr. Molly beobachtete mit Entsetzen, sowohl
als aufmerksame Wissenschaftlerin als auch
als mitfühlender Mensch.

Ihre Augen füllten sich mit Tränen, die sie nicht
zurückhalten konnte, als sie den Schmerz im
Gesicht des Freiwilligen sah, während eine ihrer
Parasitären ihn brutal angriff und buchstäblich in
Stücke riss.

Die Wissenschaftlerin in ihr staunte über die
Geschwindigkeit und Agilität des Angriffs sowie
über ihre rachsüchtige Gier, dem Mann zuerst das
Augenlicht zu rauben, bevor er sein Leben ver-
schlang. Es war, als würde die Parasitäre ihn dafür
bestrafen, dass er ihre Nacktheit angestarrt hatte,
obwohl Molly gedacht hätte, dass Parasitäre sich
um solche Dinge nicht mehr scherten: Parasitäre
waren nicht mit solch menschlichen Schwächen
wie Stolz, Angst oder Empathie belastet.

Molly hatte noch nie zuvor eine solche Aktion im Tier- oder Parasitärenreich gesehen: Tiere
und Parasitäre töteten für Nahrung oder um
zu erfüllen, wozu sie genetisch programmiert

waren. Die einzigen Wesen, die aus Rache oder zum Vergnügen töteten, waren Menschen. Molly beobachtete die schlimmste aller Kombinationen: menschlicher Zorn und Verschlagenheit, vermischt mit tierischen Reflexen und Kraft.

Die parasitäre Frau schien dann die anderen zu rufen. Viele schlossen sich ihr an, um auf den Mann zu springen, an ihm zu reißen und ihn zu fressen, während er offensichtlich noch sehr lebendig war und vor Schmerzen schrie.

Sie schauderte bei dieser ganzen Episode. Diese Kreaturen entwickelten sich auf so viel mehr Weisen weiter, als sie hätte vermuten können.

So gefesselt war sie von dem, was sich abspielte, dass Molly kaum wahrnahm, wie Mr. Deep weiterhin in sein Funkgerät brüllte. Er hatte endlich Kontakt zur Sicherheit und zur Technik hergestellt. Aber es würde nichts nützen. Sie wusste nach der Beobachtung dieses Angriffs, dass sie alle dem Untergang geweiht waren, sobald diese neue Spezies auf ihrem Schiff freikam. Es gab keinen Ort zum Verstecken, da diese Parasitären schließlich jede Tür einreißen würden, um an ihre Beute zu kommen. Sie waren so intelligent wie Menschen, jetzt koordiniert, blutrünstig und frei von allen menschlichen Hemmungen. Kurz gesagt, sie waren die perfekten Tötungsmaschinen und sie würden über ihre menschlichen Vorfahren triumphieren. Und es gab nichts, was sie oder irgendjemand sonst dagegen tun konnte.

Molly fühlte sich ausgehöhlt. Jeder Muskel und Knochen in ihrem alten Körper schrie vor körperlicher und emotionaler Qual. Sie wollte einfach aufgeben...

Aber sie taten es nicht.

Sie blickte vom großen Monitor auf, ihre wässrigen Augen verschwommen das Geschehen auf einem der anderen Monitore wahrnehmend. Als sie ihr Gefühl der Verdammnis wegblinzelte, konnte sie sehen, dass außerhalb der Lounge etwas vor sich ging.

Sie rutschte nach vorne und setzte sich in ihrem Stuhl auf, um besser sehen zu können.

Zumindest geben meine Mitmenschen noch nicht auf, dachte sie.

Sie hatte immer Hoffnung und einen starken Glauben an das, was nach diesem Leben kommen würde. Sie hatte nur die Hoffnung in die Menschen in diesem Leben verloren. Ted hatte gesagt, er habe wirklich an den menschlichen Geist geglaubt. Sie war sich nicht mehr so sicher gewesen. Und doch, hier war ihr Beweis.

Sicherheitskräfte und Freiwillige von überall auf dem Schiff trafen am Haupteingang und an der Seitentür ein, um sie zu verstärken. Sie arbeiteten alle zusammen, um zu versuchen, ihr Schiff zu retten, und schienen die Horde zurückzuhalten.

Die Seitentür war ihr größtes Problem. Der Schaden, der von nur zwei Parasitären verursacht worden war, war zu groß. Jetzt drängte sich eine unzählbare Horde dagegen, hämmerte und schlug die Tür ein.

Und doch konnte Molly ihre Mitmenschen auf der anderen Seite sehen, wie sie versuchten, die Parasitären mit Stangen zu erstechen. Sie vermutete, dass sie, da sie dort hinten keine Kameras hatten, die gleichen Techniken anwendeten wie am Haupteingang: schwere Gegenstände und Keile. War das überhaupt möglich?

Dann wurden die vier Monitore, auf die sie ihre ganze Aufmerksamkeit gerichtet hatten, schwarz.

Molly faltete die Hände und sprach ein stilles Gebet, während sie die entsetzlichen Schreie aus Deeps Funkgerät ausblendete.

Chapter 24

Letztes Gefecht

Als Paulo Oliveira sah, wie die stürmende Horde von Verrückten ihre Leute überrannte, war er sicher, dass sie zu lange gewartet hatten, um die Türen der Lounge zu schließen. Aber irgendwie schafften sie es doch, gerade als ihre unmenschlichen Körper auf die Türen prallten, einer nach dem anderen, und eine unvorstellbare Menge an Schlägen und Erschütterungen verursachten.

Er und Jason Anderson, ein Neuzugang in seinem Sicherheitsteam, machten mehrere Schritte zurück und beobachteten, wie die Türen bebten und wackelten. Sie konnten die Erschütterungen unter ihren Füßen und um sich herum spüren. Und es wurde immer stärker. Als Paulo ein Knacken hörte, wusste er, dass er entweder die Flucht ergreifen oder etwas unternehmen musste, bevor sie durchbrachen.

Dann gingen die Lichter aus und der gesamte Bereich wurde in Dunkelheit getaucht. Das Hämmern ging jedoch unverändert weiter. Als die Notbeleuchtung ansprang, wusste Paulo, was er zu tun hatte.

„Hilf mir", bellte er Anderson an.

Sie packten einen schweren Kaffeetisch, der gerade außerhalb des Loungeeingangs stand, und rammten ihn hart gegen die Tür.

Andere schlossen sich ihnen an, einige vom Sicherheitspersonal und einige aus der Mechanik, alle griffen nach schweren Möbelstücken und bewegten sie zur Tür.

„Halt! Wir müssen sie verkeilen", rief ein schmächtiger Mann aus der Mechanik, seine fettigen Hände demonstrierten es. Der Mann sah sich in der Gegend nach etwas um, bis ihn eine Vision aus einem anderen Sitzbereich durchfuhr.

„Hier. Hilf mir jetzt." Der Mann packte Paulos Ellbogen und zog ihn mit sich zu einem anderen aufwendigen Holztisch mit geschwungenen Füßen.

„Du zerbrechen. Wir benutzen unter Tür als Keil."

Paulo verstand sofort und nickte. Er drehte den schweren Tisch auf die Seite; die Glasplatte rutschte herunter und zerbrach in hundert Stücke, einige lang und tödlich aussehend. Er suchte nach dem Schwachpunkt in den Beinen und trat mit dem Fuß hinein, wobei er zwei Beine an ihren Gelenken trennte. Er zog eines weg und reichte es dem kleinen Mann aus der Mechanik, der zur Tür eilte, dann um die Gruppe von Helfern herum, die Möbel gegen die Türen schoben, und vor dem Tisch anhielt, den Paulo und Anderson gerade benutzt hatten, um eine der Türen zu verstärken. Schon waren zwei weitere darauf.

Der kleine Mann steckte den gebogenen Keil unter die Tür und trat ein paar Mal dagegen. „Noch einen", rief er.

Paulo zertrümmerte den Tisch in drei gebo-
gene Keilstücke und rannte zu dem kleinen Mann,
reichte ihm eines der Stücke. Paulo nahm ein
anderes und benutzte es wie einen Hammer,
um den bereits gesetzten Keil fester einzuschla-
gen, während der kleine Mann den, den er ihm
gegeben hatte, unter der anderen Tür platzierte.
Paulo hämmerte auch auf diesen ein.

„Danke", verkündete Paulo mit einem Lächeln.

Der Mann lächelte nicht zurück; er stand auf
und sagte: „Komm mit mir, brauche andere." Er
nahm Paulo die anderen Stücke ab. „Seitentür
schlecht. Muss reparieren, bevor sie ausbrechen."
Der kleine Mann schnappte sich eine Werkzeugtasche, die er wohl auf dem Boden gelassen hatte, und rannte zur Besatzungszugangstür am anderen Ende des Flurs.

„Stapelt mehr Möbel hier unten dagegen", rief
Paulo den mittlerweile zwanzig Männern und
Frauen zu, die gekommen waren, um zu helfen,
während er auf den unteren Teil der Türen zeigte.
„Dann brauche ich ein Dutzend von euch, die hier
warten."

Paulo eilte zurück zu der Stelle, wo er die Tis-
chplatte zerbrochen hatte, und hob vorsichtig
Stücke des dicken zerbrochenen Glases auf.
Er zog sein Arbeitshemd aus und wickelte die
Stücke darin ein. In einem schnellen Sprint zurück
passierte er seine mehr als ein Dutzend Freiwilligen und rief: „Folgt mir."

Paulo sah sich nicht um, als er zum Seit-
eneingang der Lounge rannte, der nur von der
Besatzung und den Künstlern benutzt wurde.
Tausend Erinnerungen rasten durch seinen Kopf,

als er ihn öffnete und für die anderen aufhielt, damit sie folgen konnten.

Vor ein paar Jahren hatte Paulo eine Affäre mit einer der jungen Künstlerinnen gehabt. Er hatte diesen Eingang benutzt, um sie vor und nach ihren Auftritten zu besuchen. Und drinnen war einer der wenigen Orte, von denen er wusste, dass sie dort intim sein konnten, ohne dass jemand davon erfuhr.

Am Ende eines dunklen Flurs, der kaum von der einzelnen Notbeleuchtung in der Ecke erhellt wurde, befand sich eine Abstellkammer. Als er und Lucy ihre Affäre gehabt hatten, war dieser Raum gerade ausgeräumt worden. Zuletzt hatte er gesehen, dass die Hauswirtschaft ihn zur Lagerung nutzte. Darauf setzte er jetzt.

Er knipste seine Maglite an, beleuchtete den Türgriff, hielt das Bündel eingewickeltes zerbrochenes Glas unter dem Arm und kramte nach seinen Schlüsseln. Einmal geöffnet, leuchtete er mit seiner Taschenlampe hinein. „Eureka", sagte er. Er legte das Bündel mit dem zerbrochenen Glas ab und betrat den Lagerraum.

Paulo kam mit mehreren Schiebebesen wieder heraus. „Du", sagte er zu einem seiner Freiwilligen, „dreh die Besen von den Stielen ab."

Bei einem weiteren Gang in den Raum kam er mit einem Stapel Lappen heraus. „Okay, etwas Platz bitte." Er ließ seinen Stapel neben sein Hemd-Bündel plumpsen, das er öffnete. Er schnappte sich ein extra langes Stück Glas und einen Lappen und stellte sich aufrecht hin.

„Okay, schaut zu", sagte er, während er den Lappen in drei lange Stücke schnitt. Er wickelte eines der Stücke um die Basis des langen Glass-plitters, den er als Messer benutzte. „Du", sagte er zu einer Frau, die ihm am nächsten stand, „mach mehr lange Stücke wie dieses aus diesen Lappen." Er drehte das Glasmesser um und reichte es ihr.

„Okay, ich brauche einen Besenstiel." Jemand reichte ihm einen.

„Jetzt", er griff in sein Hemd und nahm ein weiteres Fragment heraus. „Wir werden Speere machen. Bindet das Glas so an die Enden der Besenstiele. Macht das jetzt und trefft mich dann hinten."

Paulo verließ sie dann, seinen neu gefertigten Speer haltend, in der Hoffnung, dass sie seinem Beispiel folgen würden. Er bog um eine Ecke und spürte, wie seine Hoffnung starb.

Der kleine Mann stach auf einen Verrückten ein, der versuchte, durch den oberen Teil der zerbrochenen Tür zu kommen. Er zwängte sich durch die Öffnung am oberen Ende der Tür und packte den kleinen Mann und warf ihn zu Boden, wobei er ihn entweder bewusstlos schlug oder tötete.

Der Verrückte drehte sich gerade um, als Paulo seinen Speer in dessen Augenhöhle trieb. Er zog zurück und trat dem nackten Verrückten dann mit seinem Stiefel gegen den Kopf, nur zur Sicherheit.

Er drehte sich zur Tür um, als sie buchstäblich aus den Angeln gerissen wurde.

Paulo stach mit seinem Speer zu und erwischte mehrere.

Dann schlossen sich andere an, die ebenfalls mit ihren selbstgebastelten Speeren zustachen und zuhieben.

Das Schiff hätte sie alle töten sollen, anstatt zu glauben, sie könnten sie aufhalten. Es gab kein Zurückhalten dieser Bestien. Er wusste, dass sie schließlich durchbrechen würden.

Obwohl Paulos Gehirn diese Gedanken im Schnelldurchlauf abfeuerte, verspürte er keinen Zorn auf die Offiziere seines Schiffes wegen ihrer Unwissenheit. Tatsächlich war er aus irgendeinem seltsamen Grund gerade mit Stolz erfüllt.

Anstatt ihn im Stich zu lassen, wie er es wahrscheinlich getan hätte, nachdem er gesehen hatte, wie aussichtslos ihre Situation war, tauchten seine Freiwilligen einer nach dem anderen mit ihren selbstgebastelten Speeren auf. Sie stellten sich den Bestien Auge in Auge entgegen, stachen und hieben auf sie ein, töteten wahrscheinlich ziemlich viele.

Nie wankten seine Freiwilligen. Sie hielten bis zum bitteren Ende durch, als die Tür nachgab und sie überrannt wurden.

Chapter 25

Jaga

Jaga wurde unsanft aus dem Schlaf gerissen. Desorientiert starrte er in die Dunkelheit und versuchte, sich zurechtzufinden. Seine Hand tastete ins Leere, wo eigentlich ein Tisch mit seiner Taschenlampe hätte stehen sollen. Dieses Hilfsmittel ermöglichte es ihm normalerweise, sich leise zwischen den Etagenbetten seiner Mitbewohner zur Badezimmertür am Ende ihrer Kabine zu bewegen. Jetzt waren sowohl der Tisch als auch die Taschenlampe verschwunden.

Ein Funke der Angst begann in seinem Inneren zu glühen.

Als Nächstes drehte er sich nach links und tastete nach Taufan, der oft neben seinem Kopf schlief, aber sein Frettchen war auch nicht da. Und die Kabinenwand, die sonst immer da war, fehlte: Das Bett schien endlos weiterzugehen, ebenso wie die Leere darüber.

Die glimmende Kohle der Furcht loderte zu einer heißen Flamme der Besorgnis auf.

Er schwang seine Beine aus den Laken und auf den Boden, wobei seine Füße sofort einen weichen Teppich spürten anstatt des gummierten Bodens, an den er gewöhnt war. Der gummierte

Boden, über dessen mangelnde Reinigung durch Asap sich seine Mitbewohner ständig beschwerten, war verschwunden. „Leute, seid ihr da?"

Stille.

Das Feuer der Besorgnis in seinem Bauch explodierte nun zu einem Flächenbrand der Panik.

Er stieß schwere Atemzüge aus und nahm kurze Züge faulig riechender Luft ein. Auf der Suche nach einem Hauch von Vertrautheit bemerkte er einen schmalen Lichtstrahl, der sich hinter einem Vorhang seinen Weg bahnte, wo eigentlich keiner sein sollte. Eine Flut von Bildern schoss ihm durch den Kopf: Er war in einer neuen Kabine; er hatte sich auf sein neues Bett gelegt und dessen Weichheit genossen; er musste eingeschlafen sein, obwohl er das nicht beabsichtigt hatte; er hatte keine Mitbewohner mehr und war von seinem besten Freund Yacobus getrennt; Catur war tot und Asap war jetzt ein Monster.

Er stürzte zum Vorhang, verzweifelt darauf bedacht, dass das Licht der Realität bestätigte, dass dies kein Albtraum war, zögerte dann aber.

Will ich wirklich die Realität oder lieber zurück in einen Traum fallen?

Die Vorhänge flogen auf, und ein nebliger Lichtstrahl erhellte seine neue Kabine. Die Luft drinnen hatte Substanz... *Rauch!*

Ein schnelles Schnüffeln ließ ihn nur husten. Es roch ein wenig nach Rauch, aber auch nach etwas anderem... *Tote Fische?*

Er suchte nach einem Lüftungsschacht, da er sich nicht erinnerte, wo dieser in diesem Raum war. Seine Augen schmerzten nun, als würden sie brennen. Er fand ihn über dem Badezimmer und betrachtete ihn für einen Moment genauer. Kleine weiße Rauchschwaden drangen aus dem Gitter.

Das reichte. Irgendetwas ging vor sich, und er wusste nur, dass er raus musste.

Taufan!

„Taufan? Taufan, wo bist du, Kumpel?", rief er, nun überwältigt von einem rasenden Feuer der Panik. Er musste Taufan finden und sofort raus!

„Taufan, bitte, wo bist du?"

Jaga schlüpfte in seine Sandalen, froh darüber, dass sie neben dem Bett standen, genau dort, wo er sie gelassen hatte.

Er tappte zum Kleiderschrank. Er hatte keine Zeit, sich aus seinem Schlafanzug zu schälen, aber er würde seinen Bademantel anziehen, falls es kühl wäre und wegen seiner speziellen Tasche.

„Taufan", flehte er, fast den Tränen nahe. „Bitte, sag was."

Er erstarrte.

War es das Quietschen seiner Sandalen auf dem Teppich oder hatte er seinen kleinen Kumpel gehört?

Quiek-quiek-quiek.

Jaga hörte die gedämpften Schreie aus dem Kleiderschrank. Er betätigte den Lichtschalter, aber nichts geschah – *der Strom war ausgefallen.* Er riss die Falttür aus Glas viel zu heftig auf, und Taufan schoss heraus, hüpfte einmal auf dem Teppich und sprang dann in seine Arme. Er bellte einmal und gab dann ein langsames Winseln von sich; sein Körper zitterte. Jaga küsste seinen Kopf, nahm sich aber keine Zeit, diesen Moment zu genießen.

„Wir müssen hier raus, Taufan", verkündete Jaga, während er ihn mit einer Hand festhielt und mit der anderen in seiner Segeltuchreisetasche im hinteren Teil des Schranks wühlte. Er hatte sie bei seiner Ankunft dort hineingeworfen.

Natürlich war sein Bademantel ganz unten.

Nachdem er ihn gegriffen hatte, schlüpfte Jaga mit einem Arm hinein, wechselte dann Taufan in die andere Hand und schlüpfte mit dem anderen Arm hinein.

„Okay, mein Freund. Zeit für einen Ausflug", lockte er und hielt Taufan über die übergroße Tasche. Er hatte diese in den Bademantel eingenäht, damit er sein Frettchen mit sich herumtragen konnte, ohne dass jemand davon wusste.

Taufan hüpfte hinein, immer noch winselnd.

Die Luft in seiner Kabine wurde sehr stickig und schwer zu atmen. Aber er brauchte noch etwas mehr.

Jaga hielt sich einen Ärmel vor den Mund und durchsuchte die Kabine erneut, bis er es fand.

Ein schneller Schritt zu seinem Tisch, der niedriger war als sein vorheriger Tisch und wahrscheinlich der Grund, warum seine Hand ihn nicht finden konnte. Genau in der Mitte lagen seine große schwarze Maglite, ein Geschenk eines Passagiers vor einigen Jahren, und seine SeaCard. Er schnappte sich die schwere Taschenlampe, denkend, dass er sie vielleicht brauchen würde, falls es ein Feuer gäbe, und eilte dann zurück zur Tür.

Kurz bevor er sie öffnete, hörte er Stimmen. Viele davon.

Ein Schwarm von Menschen befand sich direkt vor seiner Tür, lief umher und sprach in kurzen, erregten Sätzen miteinander.

„Jaga, hallo", rief eine vertraute Stimme aus der Menge, die er als eine Mischung aus Passagieren und Besatzung erkannte. *Oder sollte das neue Besatzung und alte Besatzung heißen?*

Es war Samuel Yusif aus Somalia. Er traf Samuel nicht oft, weil er in der Küche arbeitete, aber er mochte ihn. „Hey Samuel, gibt es ein Feuer?" Jaga klemmte die Maglite zwischen Tür und Rahmen und fragte sich nun, warum er nicht auch seine SeaCard mitgenommen hatte. Er richtete sich wieder auf und fand Samuel dort stehend.

„Wir versuchen selbst gerade, das rauszufinden. Dis riecht wie verbrannter Knoblauch... Nach der Explosion sehen wir Gas in Kabinen. Komm raus hier. Das wenn-"

„Explosion? Welche Explosion?"

„Manche sagen, es Bombe."

Jaga war darüber verwirrt und wurde sich nun bewusst, dass es die Explosion gewesen sein musste, die ihn geweckt hatte. „Hey schau, der Rauch kommt in den Flur." Jaga zeigte auf einen Lüftungsschacht im Gang. Derselbe weiße Rauch strömte aus dem Schacht, aber nicht wie bei einem normalen Feuer. Dies war etwas anderes, wie ein Gas.

„Es ist Gift", rief jemand.

„Vielleicht", brüllte Jaga über den Lärm der hastigen Gespräche hinweg, „sollten wir ins Treppenhaus gehen. Dort ist die Belüftung am besten. Und wenn nötig, können wir die Treppe runter und weg vom Gas oder Rauch laufen, falls es nicht sicher ist." Er wollte es nicht Gift nennen, nur weil jemand das gesagt hatte. Aber er fragte sich, ob es das war.

Seine Worte zeigten Wirkung, denn die Leute in seinem Flur bewegten sich bereits den Gang hinunter und bogen ins Treppenhaus ein.

„Kommst du nicht mit?", fragte Samuel und folgte der Gruppe.

Jaga warf einen Blick auf seine Tür, die durch seine Taschenlampe leicht geöffnet gehalten wurde. Eigentlich wollte er seine SeaCard holen, aber jetzt kamen ihm Zweifel. Falls es sich um ein giftiges Gas handelte, war das Letzte, was er wollte, noch mehr davon einzuatmen. Und im Moment fühlten sich seine Haut und sein Hals stechend an, als wären sie verbrannt. *Wahrscheinlich spielt mir nur mein Verstand einen Streich, aber sicherheitshalber...* Er schnappte sich die Taschenlampe von der Tür, die sofort zuschnappte. Er würde sich eine andere Karte besorgen oder jemanden bitten, ihn wieder reinzulassen, falls er die Chance dazu bekäme. „Ich komme."

Die Gruppe von etwa zehn Leuten, jetzt seine Nachbarn, hatte sich bereits auf dem Absatz zwischen den Aufzügen in der Mitte und dem Treppenhaus versammelt. Er folgte ihnen schnell, begierig darauf, dem giftigen Gas zu entkommen, das langsam in ihre Kabinen und den Flur sickerte.

„Ich bin so froh, dass du hier bist, Jaga", sagte Samuel. „Was sollen wir jetzt tun?"

Die anderen unterbrachen ihre Gespräche und sahen ihn an. Er fand das seltsam, denn abgesehen von einigen Freunden fanden die Leute selten interessant oder gar wichtig, was er zu sagen hatte.

„Ich denke, wir warten hier. Das Gas scheint sich nicht schnell zu bewegen, und ich vermute, das liegt daran, dass der Stromausfall und wahrscheinlich die Explosion automatisch die Lüftungsklappen geschlossen haben. Wir haben hier eine gute Belüftung. Ich würde vorschlagen, dass wir auf Anweisungen vom Kapitän oder der Besatzung warten und ihnen zuhören."

Also warteten sie leise. Aber anstatt einer erwarteten Durchsage hörten sie etwas Seltsames über ihnen.

„Hört ihr das?", flüsterte jemand.

Es klang wie Tiere... Hunderte von atemlosen Tieren in großem Aufruhr.

Chapter 26

Maschinenraum

Die erfahrene Mannschaft im Maschinenraum folgte ruhig dem Protokoll, sofort nachdem sie die Explosion gespürt hatten, die das Schiff erschütterte, noch bevor sie eine Bestätigung von ihrem Chefingenieur erhielten. In Erwartung einer Gasexplosion oder sogar eines Terroranschlags versuchten sie, das zu tun, was sie zuerst tun sollten: alle Türen zu sichern. Die automatischen Systeme erledigten den Rest. Das Protokoll und die automatisierten Systeme waren darauf ausgelegt, die Möglichkeit einer Brandausbreitung zu verringern und/oder den Zugang von Terroristen zu ihren Motoren zu unterbinden. Viele der neuen und unerfahrenen Besatzungsmitglieder taten jedoch das Gegenteil. Sie gerieten in Panik.

Bobby Gibson, ein pensionierter Banker aus Cheltenham, rannte so schnell er konnte zum nächsten Ausgang, der sich glücklicherweise direkt vor ihm befand. Als sein neuer Vorgesetzter, Edger Ivonovich, ihn verlassen hatte, um einem „Notfallprotokoll" zu folgen, beschloss Bobby, sein Glück an Deck zu versuchen. Er würde von hier verschwinden und sich später den Konsequenzen stellen.

An der kleinen Stahltür hing ein Schild mit der Aufschrift „Deck 1" und einem Pfeil nach oben. Das war alles, was Bobby brauchte. Er hob den Metallgriff an, bis er nachgab, zunächst langsam, dann schließlich mit einem lauten Klirren ganz nach oben glitt. Er zog am selben Metallriegel, um die Tür zu öffnen, aber sie klemmte. Also zerrte er mit all seiner Kraft daran und zog dann erneut, bis etwas in der Tür und in seinem Rücken mit einem lauten *Knall* nachgab. Er hielt sich am Riegel fest und holte mehrmals schnell Luft. Abgesehen von dem, was er sich im Rücken gezerrt hatte, schlug sein Herz jetzt so schnell, dass er dachte, es würde explodieren.

Ein Geräusch hinter ihm ließ ihn sich umdrehen. Er sah sie nicht, aber er konnte hektische Stimmen hören, die auf ihn zukamen. *Muss mich beeilen.*

Ein weiterer Ruck an der Tür ließ sie aufschwingen. Ohne zu zögern trat er blind in einen suppigen Nebel auf der anderen Seite. Seine Haut brannte sofort, als der Nebel – oder war es Rauch – ihn umhüllte. *Wo Rauch ist, ist auch Feuer*, dachte er. Doch das roch wie schmelzende Fischinnereien. Hier stimmte etwas nicht, und er musste einen anderen Weg aus dem Maschinenraum finden.

Bobby machte eine schnelle Wendung und versuchte, den Weg zurückzugehen, den er gekommen war. Er machte einen Schritt und prallte gegen etwas Festes; ein stechender Schmerz schoss durch seine Stirn. Er konnte in diesem Rauch verdammt noch mal nichts sehen, und seine Augen brannten. Seine Lungen auch. Er holte noch einmal Luft und hustete heftig.

Jetzt wirklich in Panik geraten, drehte er sich weiter nach links auf der Ferse. Er dachte, er sei zu früh abgebogen, machte einen weiteren Schritt und rannte diesmal mit dem Gesicht direkt in einen scharfen, aber ebenso festen Gegenstand. An diesem Punkt verlor Bobby die Fassung.

„Helft mir!", schrie er.

Würgend vom Rauch streckte er die Hände aus und versuchte verzweifelt, sich den Weg zur Öffnung zu ertasten. Jeder Quadratzentimeter seiner Haut fühlte sich an, als stünde er in Flammen. „Hilfe-hust-hust, bit-hust-hust."

Er fand die Öffnung, streckte seine beiden Arme aus, um sie zu bestätigen, und stürzte dann darauf zu. Diesmal vergaß er, seine Füße über die Schwelle der Schottür zu heben, die luftdicht und wasserdicht sein sollte. Seine Füße blieben im Zugang, aber sein Körper bewegte sich weiter vorwärts, bis er mit dem Kopf zuerst auf den Gittersteg prallte. Bobby spürte keine Panik mehr, auch nicht das Brennen des giftigen Gases.

Während er langsam starb, strömte das giftige Gas, das seinen Auslass gefunden hatte, in den Maschinenraum und füllte ihn schnell.

⁓⟋⬩⟍⁓

Flavio erledigte einen weiteren der Inselmänner. Dieser lungerte am Haupteingang des Maschinenraums herum. Zunächst wollte er ihn mit seinem Gewehr erschießen. Schnell und einfach. Aber er entschied sich für eine leisere Methode und zog sein Morakniv.

Flavio überraschte den Mann, und bevor dieser reagieren konnte, schnitt Flavio ihm quer über den Hals und stieß dann sein Messer tief in die Brust des Mannes, während er gleichzeitig mit seinem ganzen Gewicht schob, um den Mann auf den Rücken zu werfen. Der Mann tat, was jeder getan hätte: Er umklammerte mit seinen Händen seinen Hals, um den Blutfluss zurückzuhalten. Mit einer behandschuhten Hand noch am Messer, das in der Brust des Mannes steckte, legte Flavio die andere über den Mund des Mannes, um ihn ruhig zu halten, während er darauf wartete, dass er starb und nach den anderen suchte.

Es dauerte weniger als eine Minute, bis sich sein Ziel nicht mehr bewegte. Es war sonst niemand in der Nähe.

Als er wieder auf den toten Mann blickte, erschrak Flavio kurz. Die Augen des Mannes waren blutrot. Sie waren genau wie die Augen von Mrs. Williams. Das bedeutete, dass sein Mann symptomatisch war wie sie.

Er zögerte, bevor er sein Messer herauszog und das Blut an der Brust des Symptomatischen abwischte. Sofort fühlte er eine Erleichterung. Er konnte wahrscheinlich keinen Nahkampf mit einem dieser Dinge gewinnen. Mrs. Williams konnte ihm sicherlich den Hintern versohlen, wenn sie es versuchte. Und sicherlich wäre jeder halbwegs kräftige Mann mit doppelter oder dreifacher normaler Stärke eine schwer zu stoppende Kraft. Noch schlimmer wären mehrere von ihnen auf einmal.

Keine Heimlichtuerei mehr, überlegte er, als er sein Messer zurück in die Scheide an seinem Gürtel schob. Er ließ seinen kleinen Rucksack an der Tür liegen, stand auf und brachte sein Gewehr wieder in Anschlag. Er entsicherte es, scannte erneut seine Umgebung und öffnete dann die Haupteingangstür zum Maschinenraum.

Seine Waffe war nach innen gerichtet, aber er hielt dort inne und lauschte. Die Leuchtstofröhren oben offenbarten eine neblige Ödnis. Eine Art Nebel hielt sich am Boden und bedeckte vier oder fünf Körper. Einer trug einen schwarzen Pullover, wie er ihn von der Crew erwartet hätte, die hier arbeitete. Sein Kopf sah eingeschlagen aus und seine Kehle schien herausgerissen. Das sagte Flavio, dass mehr von diesen Inselmännern symptomatisch oder parasitär waren. Er fragte sich, ob die beiden Männer, denen sie im Essensbereich begegnet waren, es auch waren, obwohl Mrs. Williams gesagt hatte, sie seien es nicht. Aber sie hatte auch gesagt, dass etwas mit ihnen nicht stimmte.

Als der Nebel begann, sich durch die Tür zu schieben und seine Stiefel zu umgeben, untersuchte Flavio die anderen Leichen genauer. Es waren die Inselmänner, die die gleiche schmutzige Kleidung und Sonnenbrillen trugen – *viele von ihnen hatten Sonnenbrillen, genau wie Mrs. Williams, um ihre Augen zu verbergen.* Er konnte nur zwei von ihnen deutlich sehen. Ihre Gesichter waren von roten Wunden bedeckt und ihre Münder weit geöffnet, als wären sie erstickt. Ihre Hälse waren auf das Doppelte ihrer normalen Größe angeschwollen.

Der Nebel kroch bis zu seinem Knie hoch. Und das war nah genug. Er zog sein Gewehr aus der

Öffnung zurück und trat zurück, schloss schnell die Tür und sperrte das Gas aus.

Er hatte dieses Zeug schon einmal gesehen, um Ratten und auch Menschen zu töten. Er zögerte und dachte darüber nach, was passieren würde, wenn jemand anders zufällig die Tür öffnen würde. Wer auch immer im Maschinenraum war, war wahrscheinlich schon tot oder würde es bald sein, und es war nicht wert, andere zu gefährden. Er schwang sein Gewehr auf den Rücken und öffnete seinen Ledergürtel.

Es dauerte nur eine Minute, den Griff der Tür festzubinden, gerade genug, damit niemand versehentlich hineinstolpern würde.

Dann verließ er den Maschinenraum mit der Absicht, TJ bei der Abwehr der Männer zu helfen, die die Brücke angriffen. So talentiert sie auch war, würde sie trotzdem Hilfe brauchen.

Während er lief, meldete er den wahrscheinlichen Tod der gesamten Maschinenraumbesatzung und der Inselmänner, die versucht hatten, diesen Bereich anzugreifen. Er kündigte auch seine Absicht an, Mrs. Williams zu helfen, und dass einige der Inselbewohner symptomatisch waren.

Flavio erreichte das Treppenhaus von Deck 2 und teilte Mr. Williams mit, dass er beabsichtigte, das Treppenhaus bis Deck 8 hinaufzusteigen und dann nach vorne zur Brücke zu gehen.

„Flavio, gehen Sie nicht diesen Weg", warnte Williams. „Die Parasitären brechen direkt über Ihnen aus. Ich schlage stattdessen vor, Sie-" Flavio schaltete das Funkgerät aus.

Direkt über ihm waren die Geräusche vieler Menschen – er vermutete jetzt, dass es die Para-

sitären waren – zu hören, die diese Treppe herun-
terkamen, und sie waren weniger als ein Deck
entfernt.

Chapter 27

TJ

Nachdem TJ die Explosion gehört und gespürt hatte, wusste sie nicht, was sie erwarten sollte. Die Worte des widerlichen dicken Mannes hallten in ihrem Kopf nach: „Während du mich betatschst, übernehmen meine Männer deine Brücke und sprengen deine Motoren, damit ihr nirgendwo hinkönnt." Neben der Verderbtheit dieses Mannes brachte sie die schiere Dreistigkeit dieser Leute, an Bord zu kommen und zu glauben, sie könnten mit ihren Leuten machen, was sie wollten, zur Weißglut.

TJ war bereit zu töten, und es war ihr egal, welche Konsequenzen das haben würde. Sie war es leid, sich zurückzuhalten und ihr Verlangen zu töten zu unterdrücken. Diese Männer mussten auf grausamste Weise sterben, und sie würde jeden Moment davon genießen. Dann würde sie zurück zu dem Ort gehen, wo sie den Dicken festhielten, und seinen Kopf wie einen Pickel zerquetschen.

Ihr Lächeln wurde breiter, ebenso wie ihre Schritte, als sie von der I-95 abbog, in der Hoffnung, dass diese Abkürzung sie vor den Inselbewohnern zur Brücke bringen würde, oder zumindest bevor sie die Brückentür sprengen konnten.

Sie bog in das extrem dunkle Treppenhaus für die Crew ein, das kaum von Notlichtern beleuchtet wurde. Sie stürmte durch den düsteren Bereich, nahm drei Stufen auf einmal und war in kaum einem Wimpernschlag auf Deck 8. Es war fast erschreckend, wie schnell sie sich jetzt bewegen konnte. Auf der obersten Stufe erstarrte sie und kam abrupt zum Stehen.

Vor ihr war ein Mann, der genauso gekleidet war wie der Dicke und der Dünne: Eine Schicht aus Dreck, Schmutz und Schweiß bedeckte seine Haut, sein Gesicht und seine Kleidung. Dieser hier hatte einen gebrochenen Knöchel; sein Fuß war in einem Neunzig-Grad-Winkel verbogen. Er saß auf dem Deck, die Beine gespreizt, und machte sich über den Arm von jemandem her.

Der Mann blickte auf, starrte TJ mit seinen roten Augen an und stieß eine Reihe von Gekicher aus. TJ wusste sofort, dass das bedeutete: „Bleib weg, das gehört mir."

Unter seinem Ellbogen, in Pfützen aus Blut und Dreck, lag seine Sonnenbrille. *Einige trugen Sonnenbrillen und einige trugen schwarze Kontaktlinsen*, überlegte sie.

Aber warum kein Geruch?

Doch da war ein Geruch; zwischen dem nicht infizierten Blut konnte sie ihn riechen.

Sie zog das Messer, das Flavio ihr gegeben hatte, aus der Falte ihrer Shorts und stieß es dem dreckigen Parasitären ins Ohr. Sein Kopf kippte zur Seite und der halb aufgegessene Arm, an dem er genagt hatte, fiel zu Boden. Mit ihrer anderen Hand wischte TJ die Schicht aus Dreck und Schweiß vom Gesicht des Mannes und roch daran, dann an ihm.

Sie erinnerte sich an etwas, das sie bei dem Dicken gesehen hatte, drückte den Kopf des toten Mannes zurück und starrte in seine Nasenlöcher, die wie bei den anderen erweitert waren.

Dann verstand sie sofort: Die Nasenlöcher waren mit Watte gefüllt, damit sie nichts riechen konnten. Ihr eigener Geruch war der Körpergeruch und Schmutz von jemand anderem. Sie benutzten den Körpergeruch und Schmutz von Nicht-Infizierten, um die Infizierten der Insel zu maskieren. Diese Männer waren infiziert und symptomatisch wie sie, obwohl einige wie dieser hier parasitär aussahen, alles um ihr Schiff zu übernehmen. Und damit sie nicht verrückt wurden, bis man sie brauchte, hatten sie sich Watte in die Nase gestopft, damit sie ihre eigenen Geruchsmasken nicht riechen konnten.

„Diese..." So viele Schimpfwörter schossen in diesem Moment durch ihren Kopf, dass sie sich an ihrer Zunge stauten und nicht herauskamen. Sie trat vor, zertrat die Sonnenbrille des toten Mannes unter ihren Füßen, drehte den Griff und warf die Tür auf, ohne sich darum zu kümmern, ob sie leise war oder nicht.

Sie würde über diese Männer herfallen.

TJ sprang in den Flur und rannte um das öffentliche Treppenhaus herum, um den Steuerbordflur zur Brücke zu nehmen.

Sie bog um die Ecke, vorbei am Eingang von Eloise Carmichaels Kabine, und stürzte auf die

Männer zu, die bereits da waren und Sprengstoff am Eingang zur Brücke anbrachten.

Das Funkgerät eines der Männer schrie ihn an und er hob es gerade ab, um zu antworten, als er TJ sah. Der Mann ließ sein Funkgerät fallen und starrte auf den wunderschönen Schemen, der direkt auf ihn zukam. Seine Lippen versuchten, Worte zu formen, aber alles, was herauskam, war „Schau mal-", bevor TJ ihn wie eine Abrissbirne traf und hart gegen den Türrahmen von Kabine 8000 schmetterte.

TJ konnte genau dort anhalten, wo sie ihn getroffen hatte, und ersparte sich selbst einen möglicherweise erschütternden Aufprall. Aber etwas traf sie genauso stark wie den Mann, den sie angerannt hatte und der sich nun vor Schmerzen am Boden wand. Der Mann war nicht infiziert. Und das bedeutete, dass nur einige aus ihrer Gruppe infiziert waren und andere nicht. Das war rätselhaft.

Es war eine blitzschnelle Bewegung, gerade außerhalb ihres Blickfelds. Sie riss ihren Kopf in diese Richtung. Dort, wenige Meter von ihr entfernt, war ein lächelndes Gesicht, das einen Revolver auf sie richtete; die Trommel des Revolvers war mit .357er Patronen gefüllt; es klickte. Bevor sie reagieren konnte, drückte das lächelnde Gesicht ab.

Chapter 28

Tomas

Tomas Novo, der einzige überlebende Agent von Via de Corvo, hörte seinem Chef geduldig zu, wie er am Funkgerät tobte.

„Team A. Team B. Meldet euch verdammt nochmal, meldet euch!", brüllte Sal und spuckte dabei Speichel und Wut in das Funkgerät. Als er keine Antwort bekam, fühlte er sich natürlich zum Handeln veranlasst, wie immer. Er holte aus, das Handfunkgerät in seiner Handfläche. Dann, weil er keine Antwort bekam, schmetterte er das Funkgerät gegen das raue Mauerwerk des Gebäudes, in dem sie sich befanden. Das Funkgerät zersplitterte in eine Vielzahl nun nutzloser Teile. Sal starrte aus dem Fenster auf das Kreuzfahrtschiff und dann auf die zerbrochenen Teile dessen, was einmal sein Funkgerät gewesen war.

Tomas saß ruhig hinter seinem Chef und war nicht willens, auch nur einen Gedanken oder Vorschlag zu äußern. Er würde warten, bis er gefragt wurde. Und er wollte jetzt sicher keine Vermutung anstellen, wenn er so wütend war. Wenn Sal wütend wurde, starben Menschen. Und

Sal war so zornig, wie Tomas ihn seit Tagen nicht gesehen hatte.

Es war ein häufiges Muster bei seinem Chef: Er verlor die Beherrschung und zerbrach dann etwas oder jemanden. Erst dann war er in der Lage, seine logischen Gedanken zu sammeln und sich wieder auf die anstehende Aufgabe zu konzentrieren.

Tomas wusste, dass es das Beste war, ihn in Ruhe zu lassen und zu warten, bis der Zorn verflogen und seine Logik zurückgekehrt war. Bis dahin gab er keinen Mucks von sich.

„Tomas? Gib mir dein Funkgerät."

Tomas sprang von seinem Sitz auf und machte die wenigen Schritte zu Sal. Er legte es auf den Tisch zwischen Sal und dem Fenster, durch das er immer noch auf das schwer fassbare Objekt starrte, das sich seiner Eroberung entzog. Das war der Grund für seinen Zorn, dass er die *Intrepid* nicht so einfach in Besitz nehmen konnte, obwohl er gedacht hatte, es wäre so leicht; obwohl er all die Pläne gemacht hatte. Er konnte es kaum erwarten, sie in die Finger zu bekommen und genug Nahrung, um seine Leute mindestens ein oder zwei Jahre zu versorgen.

Tomas zog sich schnell zurück und kehrte zu seinem Stuhl zurück.

Sal nahm das Funkgerät und untersuchte es, als wäre es eine Art Puzzlebox, die er nicht zu öffnen wusste.

Das passierte oft nach seinem Wutausbruch. Er wurde fast wahnsinnig vor Wut und danach verwirrt.

„Warum?", Sal pausierte, als wäre er sich nicht sicher, welche Worte er an das Ende des Satzes setzen sollte. Obwohl Tomas ziemlich sicher war, was die Frage war: „Warum... antworten sie nicht?"

Hier musste Tomas besonders vorsichtig sein.

Er hatte genau das Gleiche mit dem anderen Agenten passieren sehen, vielleicht zwei Tage nachdem die Fähre auf ihrer Insel gestrandet war. Sal geriet in einen Wutanfall und zertrümmerte ein Auto mit einem Cricketschläger, nur weil er die Schlüssel nicht finden konnte, die sich, wie sich herausstellte, in seiner Schreibtischschublade in der Station befanden.

Nachdem Sal zehn Minuten lang mit dem Cricketschläger auf das Auto eingeschlagen hatte, ging der andere Agent nach drinnen, holte Sals Schlüssel und kam zurück, um sie ihm anzubieten. Als Sal seine Tirade beendete und nur noch leer auf das Auto starrte, für eine unbestimmte Zeit, sagte er schließlich: „Ich frage mich, wo ich meine Schlüssel hingelegt habe."

Der andere Agent sagte: „Ich hab sie hier, Sir", und ließ sie wie eine Trophäe klimpern.

Sal blickte auf die Schlüssel und dann auf den Agenten und schlug ihn daraufhin mit dem Cricketschläger zu Tode.

Da wussten Tomas und die anderen in der Stadt, dass Salvadore Calderon geistig instabil und ein Psychopath geworden war.

Aus diesem Vorfall und den Versuchen und Irrtümern anderer Leute lernte Tomas, eine Antwort zu geben, die logisch klang, aber auch nicht vollständig war. Diese Kombination schien Sal dazu zu zwingen, intensiver darüber nachzudenken. Das verband aus irgendeinem Grund seine logischen Gedanken wieder und verwandelte ihn zu jemandem zurück, mit dem Tomas umgehen konnte.

Sal hatte bisher zwei Teams losgeschickt. Team A sollte zur Brücke gehen, die Tür sprengen und den Kapitän als Geisel für spätere Folter nehmen. Team B sollte den Schiffsmotor sprengen – Tomas hatte Sal nie gesagt, dass es zwei Motoren gab – und so das Schiff manövrierunfähig machen, sodass es dauerhaft an ihrem Dock bleiben müsste. Dann würden sie das Schiff übernehmen und sich das Essen nehmen, wie sie es wollten.

Keines der Teams hatte sich über Funk gemeldet, was sie hätten tun sollen, nachdem sie ihre Sprengsätze gezündet und ihre Missionen abgeschlossen hatten. Sie hatten eine Explosion gehört. Aber seitdem nichts mehr.

„Vielleicht", bot Tomas an, „versuchen die Teams, leise zu sein und die Leute der *Intrepid* nicht darauf aufmerksam zu machen, wo sie sich befinden."

Sal stand fast völlig bewegungslos da, abgesehen von seinem Atem. Dann wandte er sich Tomas zu und sagte: „Okay, es ist Zeit, jetzt Team Z loszuschicken!"

Zuerst dachte Tomas, vielleicht wollte Sal, dass er sein Funkgerät zurücknahm und den Befehl durchgab, aber dann tat Sal dies selbst. „Team C, schickt Team Z los. Stellt sicher, dass sie das Schiff außer Gefecht gesetzt haben, bevor sie an Bord gehen."

Dieser Teil war entmutigend, obwohl Tomas wusste, worauf das hinauslief. Tomas hoffte irgendwie, dass er sich bei Sal irrte, obwohl er es besser wusste.

Es war nur so, dass er, so verrückt dieser Mann auch war, auf kranke Weise immer noch wie ein Vater für ihn sorgte. Und er wusste, dass Sal ihn wie einen Sohn behandelte. Das war der wahre Grund, warum Tomas tatsächlich nie ernsthaft von Sal bedroht worden war. Obwohl Sal ihm mit dem Tod oder Verstümmelung drohte und dies bei so vielen anderen tat, glaubte Tomas es nie wirklich.

Er machte die ganze Zeit bei Sal mit, immer in der Hoffnung, dass er nicht wirklich all diese Menschen töten würde. Aber als er Team Z rief, also die letzte Gruppe von A bis Z: die Endlösung, wusste Tomas, dass die Würfel gefallen waren. Es gab kein Zurück mehr.

Während er zuhörte, öffneten drei von Sals vier Männern, die Team C bildeten, die Türen der drei Schiffscontainer – die gut sichtbar hinter ihnen am Dock standen. Dann blies das vierte Mitglied von Team C ein Horn am anderen Ende des Docks. Das war das Signal.

Der Mob von Menschen, etwa dreißig Männer und Frauen, stürmte aus den drei Schiffscontainern und rannte das Dock hinunter mit nur einer Absicht: jeden auf der *Intrepid* zu töten.

Tomas sah sie an dem kleinen Gebäude vorbeirennen, in dem sie selbst sich befanden, ihren Kampfschrei ausstoßend, und Tomas senkte den Kopf.

Er konnte nichts dagegen tun, aber er konnte etwas gegen seinen Chef unternehmen. Er wusste in diesem Moment genau, was er als Nächstes tun würde, und wann.

„Komm, mein Sohn. Es ist Zeit für den letzten Teil meines Plans. Du und ich sind dran."

Chapter 29

Flavio

Zuerst richtete Flavio sein Gewehr die Treppe hinauf, dann zweifelte er jedoch: Wenn Hunderte von Parasitären die Treppe herunterkämen, hätte er nicht genug Munition. Er drehte sich um, suchte nach einem Ausweg und sah, dass nur der Seitengang an Steuerbord offen war; er musste die Tür schließen... Sie waren bereits hier. Er drehte sich zurück, stellte sein Gewehr auf Vollautomatik und machte sich bereit. Ihre Füße waren zwischen den Stufen sichtbar, und dann sah er sie, als sie den Zwischendeckabsatz erreichten.

Er schaltete die Sicherung wieder ein.

Es waren nur ein Haufen verängstigter Menschen. Das war alles.

Er erkannte den Anführer der Gruppe als Jaga, der ihn ebenfalls erkannte.

„Sie kommen", sprang Jaga die letzte Stufe herunter und bewegte sich nach links. „Die Verrückten sind über uns." Jaga war als Nächstes auf dem Weg zu Deck 1.

Flavio hatte eine Idee.

„Nein. Geht dorthin", zeigte er auf den Seitengang an Steuerbord. „Schiebt die innere Tür zu und seid leise. Los, jetzt!"

Flavio wartete nicht einmal auf sie, er sprintete zur Innentür an der Backbordseite, die zu dem Ausgang führte, den seine Sicherheitsleute gesichert hatten. Bevor er daran klopfte, beäugte er den frischen Blutstreifen, der nach innen führte, und fragte sich, ob es ihnen gut ging. „Hier ist Flavio Petrovich... Äh, Zweiter Offizier Petrovich. Seid ihr da?"

Flavio konnte das Grollen von oben hören, das die Treppe herunterkam, während das Dutzend oder so Freunde von Jaga sich, wenn auch viel zu langsam, zum Ausgangsbereich an Steuerbord bewegten.

Die Tür glitt auf. „Hallo, Sir", sagte Violet Johansson.

Er wollte sie nach dem Blutstreifen fragen, aber dafür war keine Zeit. „Öffnet die Innenwand und versteckt euch. Dann, wenn ich es euch sage, öffnet die Ausgangstür."

„Aber die Inselbewohner... Sie sind auf der anderen Seite." Johansson warf ihm einen Blick neugieriger Furcht zu.

Flavio konnte hören, wie sie auf der anderen Seite der Metallklappe hämmerten. Das machte seinen Plan noch besser.

„Vertrau mir. Das wird für alle funktionieren. Öffnet genau dann, wenn ich es sage, aber jeder muss sich jetzt verstecken, oder ihr sterbt."

Sie nickte.

Er machte ein paar Schritte in Richtung des Steuerbordausgangs, gerade außerhalb des Ganges an Backbord. Bei einer schnellen Überprüfung konnte er sehen, dass Jagas Gruppe Schwierigkeiten hatte, die innere Wand zu schließen. Als er sein Gewehr ablegte, blickte er zurück zur Backbordseite. Sie schoben ihre Wand auf, aber nicht schnell genug. „Beeilt euch!", rief er beiden Seiten zu.

Von oben hörte er eine Ansammlung von animalischen Grunzlauten und inbrünstigen Bellen sowie das Scharren einer Vielzahl von Füßen. Sie waren nah und bewegten sich schnell.

Flavio musste sich bereit machen.

Er senkte seinen Rucksack und zog ein Signalhorn heraus. Er dachte, er könnte es vielleicht brauchen, und hatte Recht.

Sie waren jetzt direkt über ihm.

Johansson hatte die Backbordseite bereit. Sie waren versteckt, und Flavio konnte ihre Hand auf dem Kontrollfeld-Knopf sehen, der die Luke öffnen würde. Das Hämmern von der anderen Seite schien lauter zu werden.

Als er nach Steuerbord blickte, war er schockiert zu sehen, dass ihre Wand immer noch halb offen war, wobei Jaga und ein anderer zogen, bis einer den Halt verlor und zu Boden fiel.

Sie waren leichte Beute.

Er drückte den Schalter auf der Druckluftdose mit seinem Daumen, ließ sie durch das Horn strömen und verursachte einen schrecklich lauten Ton. Dann ließ er seinen Daumen los. „Kommt und holt euch etwas feines rumänisches Fleisch", rief Flavio.

Die Horde kam in sein Blickfeld, hielt aber auf dem Zwischendeckabsatz an. Eine Traube von Parasitären füllte die Treppe bis nach oben und außer Sichtweite. Vor der Horde stand Ágúst Helguson, sein bleiches Gesicht hervorgehoben durch einen roten Ring um seinen Mund. Helguson blickte zu Flavio, der nur zurückstarrte. Helguson drehte sich nach rechts und sah all die Leute, die versuchten, sich in dem halboffenen Bereich zu verstecken.

Die Horde der Parasitären hinter ihm war wie ein riesiges Rudel wahnsinniger Pitbulls, die knurrend ihre Vorfreude darauf zeigten, einen Nachbarn zu beißen, der sie gestört hatte. Alle schienen von Helguson zurückgehalten zu werden, als würden sie auf seinen Befehl warten.

Jaga und seine Leute waren leichte Beute, und Flavio war es auch, aber er war nur eine Person. Das Ziel war offensichtlich.

Helguson drehte sich zu Flavio zurück, ein Grinsen formte sich langsam auf seinem rotumrandeten Gesicht. Dann zeigte er abrupt auf Flavio und bellte wie ein Seehund.

Das war sein Stichwort.

Flavio hatte ein langes Stück Klebeband an der Seite des Signalhorns befestigt. Er zog eine Seite des Klebebands über die Oberseite und befestigte es auf der anderen Seite, sodass es Druck auf den Knopf ausübte. Das Signalhorn ertönte erneut, während Flavio zum Backbordausgang rannte. „Jetzt. Öffnet die Tür!", brüllte er aus voller Kehle.

Johansson musste ihn gehört haben, denn der Seitenausgang an Backbord glitt auf und enthüllte einen Mob von Menschen, die alle selbst verrückt aussahen.

Flavio rannte direkt auf sie zu, sein tönendes Signalhorn hochhaltend – die Druckluftdose war jetzt eiskalt.

Der Mob hielt an der Tür inne, obwohl sie leichten Zugang hatten, offenbar völlig aus der Fassung gebracht von Flavios Aktionen und dem lauten Horn. Dann sahen sie die Horden von Parasitären, die auf sie zuströmten.

Flavio warf das Signalhorn über den Mob, vorbei an der Gangway und auf den Steg, wo es einmal aufprallte, bevor es liegen blieb, immer noch seinen Ruf an alle Parasitären ausstoßend. Flavio sprang in Richtung des Mobs, der bereits den Kurs korrigiert hatte und in die andere Richtung rannte, zweifellos wegen der Horde, die weniger als zwei Sekunden hinter ihnen war.

Flavio fühlte sich ein wenig wie ein Gymnast, als er seinen Sprung perfekt landete, über das Geländer der Gangwaybrücke segelte und über die Seite des Bootes aus dem Blickfeld verschwand. Während des Fluges griff er zurück und erwischte gerade noch das Schutznetz, das verwendet wurde, um Passagiere vor dem Überbordgehen zu bewahren. Er knallte hart gegen die Seite ihres Schiffes, knapp über der Wasserlinie.

Chapter 30

TJ

Die Kugel hatte ihre Wange durchschnitten und den Wangenknochen gestreift, aber sie spürte es nicht einmal. Sie wusste es nur und reagierte.

Was als Nächstes geschah, erforderte keine Berechnung; es war reiner Instinkt, der TJ dazu brachte, sich auf dem Absatz zu drehen und herumzuwirbeln.

Die zweite Kugel ging weit daneben.

Der lächelnde Mann versuchte, beim dritten Schuss zu korrigieren, während er den Abzug drückte, aber sie war viel schneller. Mit ihrem linken Handgelenk blockte sie seine Waffe ab und gleichzeitig schnitt ihre rechte Hand mit dem geliehenen Morakniv – sie erinnerte sich nicht einmal daran, es gezogen zu haben – eine blutige Linie von der Wange des Mannes über seinen Hals bis zu seiner Brust. Wie im Flug wurde das Messer in die andere Richtung gedrückt und tief in die entblößte Seite des Mannes gestoßen.

Als er zu Boden stürzte, riss etwas in TJ. Ein Blutstrom schoss aus ihrer Wange, lief ihren Hals hinunter und bedeckte ihre Schulter, aber sie spürte ihre Verletzung immer noch nicht.

In diesem Moment hatte sie Klarheit über ihren Zweck. Ihre Wut war über den Siedepunkt hinaus, aber es war so viel mehr als nur Wut. Sie hatte in diesem Moment nur eine Sache, die zählte, und nichts auf dieser Welt konnte sie davon abbringen: Sie würde die anderen vier Männer ermorden.

Als hätte sie sich von ihrem bewussten Selbst entfernt, nicht länger aktiv an dem beteiligt, was als Nächstes geschah, schnitt, schlug, trat und biss sie auf diese Männer ein. So wahnsinnig sie auch vor Raserei war, war sie gleichzeitig erfüllt von einer seltsamen Ruhe, die ihren ganzen Körper wie ein innerer Heizkörper wärmte.

Dieses Feuer wurde von einem unstillbaren Hunger geschürt, der alles wollte. Bis zu diesem Moment hatte sie so verzweifelt versucht, dieses Verlangen zu unterdrücken, aber jetzt gab sie ihm nach. Und obwohl sie riechen und schmecken konnte, dass einige dieser Männer wie sie infiziert waren, kümmerte es sie nicht. Sie schwelgte in ihrem warmen Blut und dem Gemetzel, während sie ihre Feinde zerfetzte, zerriss und an einem Punkt sogar zerstückelte.

In kaum der Zeit, die es brauchte, um Atem zu holen, stand nur noch einer: derjenige, auf den sie zuerst getroffen war. Sein wimmerndes Weinen klang wie ein Ruf an sie, und sie wollte ihn deswegen noch mehr. Er kam nicht weit, als er sich an seine gebrochene Brust klammerte und langsam auf einem zerschmetterten Bein humpelte, stolpernd in Richtung Boden. Sie schoss so schnell zu ihm, dass sie ihn auffing, bevor er den Boden berührte, während sie gleichzeitig in einer fließenden Bewegung ihr Messer quer über seinen Hals zog und dabei seine Halsschlagader und den größten Teil seiner Luftröhre durchtrennte. Es war eine bessere Behandlung, als er verdient hatte.

Sie hielt seinen zitternden Körper, seine braunen Augen wurden trübe und die Arterie spritzte einen Blutbrunnen auf ihr Gesicht und in ihren Mund.

Ohhh, dieser Geschmack.

Sie sah zwei weitere auftauchen, während sie sich die Lippen leckte und etwas vom Leben des Mannes trank. Sie ließ ihn zu Boden fallen und richtete ihren Blick auf diese beiden, die ihr bekannt vorkamen.

Einer rief ihr zu, als wolle er sie verhöhnen.

Sie schluckte den Köder bbereitwillig.

* * *

A ls Ted den Schuss hörte und wusste, dass seine Frau TJ auf dem Weg zur Brücke war, war er besorgt. Mit Wasano, der sein Gewehr hinter ihm trug, stieß Ted die Tür auf, gerade als eine blutüberströmte TJ sich von einer Leiche vor ihnen löste, um den Gang an Steuerbord hinunterzurasen und einen anderen anzugreifen.

Ihre Geschwindigkeit war faszinierend, sie packte den Mann, bevor er wegen seines üblen offenen Bruchs fiel. Aber nicht, um ihn zu retten. Es war, um ihm das Leben auszusaugen.

Er sah ihr angewidert zu, wie sie dem Mann die Kehle aufschlitzte und sogar gierig sein Blut trank, als es herausspritzte.

Ted konnte nicht glauben, dass dies seine Frau war. Sie sah aus wie ein wildes Tier, das einen Mantel aus dem Blut anderer Menschen trug.

Es war noch unheimlicher, als sie ihre wilden Augen auf sie richtete.

„TJ, kannst du mich hören? TJ, es ist alles in Ordnung, Liebling."

Ihre Augen wanderten von Wasano zu Ted, zu Wasano und wieder zurück. Dann konzentrierte sie sich nur noch auf Ted.

Sie sah aus, als wollte sie ihn angreifen.

Ted spürte eine Bewegung neben sich und sah, dass Wasano einen Schritt weiter weg war und sein Gewehr anhob, direkt auf sie gerichtet.

Sie ließ den toten Mann zu ihren Füßen fallen, sein Blut bedeckte ihr Gesicht, rote Rinnsale liefen ihr Kinn hinunter. Ihr Mund öffnete sich, als wolle sie etwas sagen. Ihre roten Augen glühten wie zwei Aufzählungspunkte, fokussiert durch das Weiße ihrer Lederhaut, beide bohrten sich wie auf ein Ziel in ihn hinein. Dies war nicht länger seine Frau.

Wasano entsicherte. Sie stürmte vor. Wasano schoss.

Chapter 31

Eloise

Freiheit war das einfache Ziel, das sie für ihr Volk gehabt hatte, und sie hatten es gerade erreicht, nachdem sie aus ihrem eingegrenzten Bereich ausgebrochen waren. Und in ihrer vorprogrammierten Begeisterung, Geräuschen zu folgen, waren ihre Leute sogar noch weiter gegangen, oder Ágúst hatte sie weiter geführt.

Eloise war die Letzte ihres Volkes, die das Schiff verließ. Alle anderen waren unwissentlich dem lauten Horngeräusch gefolgt, das sie vom Schiff zu einer anderen Gruppe von Menschen führte. Sie hatte ohnehin gewollt, dass sie das Schiff verließen, aber erst nachdem sie die Besatzung getötet und sich von ihr ernährt hatten. Die Insel zu finden, war nur ein Bonus. Auf einer großen Insel zu sein, würde größere Möglichkeiten zur Nahrungsaufnahme bedeuten, nachdem all ihre Nahrungsmöglichkeiten auf diesem Schiff sehr begrenzt gewesen waren.

Als sie sich der Gangway an der Backbordseite näherte, konnte sie nicht anders, als sich an dem zu ergötzen, was sie vor sich sah.

Selbst der Himmel über ihr wurde von Minute zu Minute zorniger. Ein knatterndes Donnerecho warnte die Welt unter ihr – jetzt ihre Welt – vor der nächsten Stufe ihres anhaltenden Zorns.

Das Dock unter ihr war voll von ihren Leuten, die nun die Menschen draußen überfielen, nachdem sie ihren menschlichen Gefängniswärtern auf diesem Schiff entkommen waren. Diese Insel war jetzt ihre Insel.

Sie stand am Rand der Gangway und verspürte Stolz auf ihr Volk.

Aber etwas stimmt nicht, dachte sie.

Die Gerüche waren falsch.

Jenseits der Gangwaybrücke bemerkte sie vielleicht fünfundzwanzig oder mehr, die nicht zu ihrem Volk gehörten, draußen auf dem Dock, aber sie rochen nicht wie Menschen. Tatsächlich konnte sie gerade keine Menschen draußen riechen, als sie sich diesem Ausgang näherte. Nicht einen einzigen Menschen. Und sie sollte viele Menschen riechen können, selbst aus der Ferne, wenn diese Insel groß war.

Der fallende Regen machte es ihr schwerer, den Geruch von Menschen wahrzunehmen.

Und dann tat sie es doch.

Gerade dann witterte sie einen Hauch starker menschlicher Gerüche, aber sie kamen nicht von draußen.

Sie drehte sich um, wandte sich dem Schiffsinneren zu und schnüffelte erneut. *Die menschlichen Gerüche sind hier, in diesem Raum,* dachte sie.

Ihr Kopf schnellte zurück, um die Luft aus diesem direkten Bereich einzuatmen, jetzt noch mehr davon auffangend. Es war mehr als einer hier, aber sie konnte sie nicht sehen. Sie kniff die Augen zusammen, um nach jedem Detail zu suchen, das sie zu ihnen führen würde. Dann sah sie das menschliche Blut – sie konnte es auch riechen. Eine rote Spur, die am Treppenabsatz begann, sich durch den Flur zog, durch diesen Bereich und dann zu einem Vorhang zu ihrer Rechten führte. Genau in diesem Moment bewegte sich der Vorhang.

Da sie wusste, dass sie da waren, hätte sie in der Lage sein sollen, sie zu hören, wie sie sich dahinter versteckten. *Als ob sie sich vor mir verstecken könnten,* prahlte sie vor sich hin. Aber bei den lauten Geräuschen draußen konnte sie in diesem Raum nichts hören. Wenn ihre Umgebung ruhig war, konnte sie ihre Herzschläge hören.

Aber sie hörte etwas und drehte sich nach links. Dort sah sie die Hände eines Menschen, die sich gerade außerhalb der Öffnung am Schiff festhielten. Und noch einer, der sich direkt hinter der Tür versteckte, hinter den Kontrollen für die Tür.

Dann wusste sie es.

Das war eine Falle.

Und wo war Ágúst? Er sollte hier sein, bei ihr. Sie hatte ihn ausgewählt und ihm gesagt, was er tun sollte, nachdem er geworden war. Sie hatte sich ihm hingegeben. Das hatte sie selten getan, als sie noch ein bloßer Mensch war.

Sie drehte sich zu ihren Leuten zurück, die nicht mehr so aufgebracht waren wie zuvor, weil das Horngeräusch aufgehört hatte. Sie hatten aufgehört, mit den anderen von der Insel zu kämpfen, weil sie alle von der gleichen Art waren.

Aber Ágúst war nirgends zu sehen.

Sie rief nach ihm, stieß ein langes, gutturales Grunzen aus.

Ihre Leute und die Inselbewohner blickten zu ihr auf und beachteten ihre Schreie.

Dann hörte sie ihn. Ágúst war nicht draußen bei ihren Leuten; er war noch drinnen.

— —— ——— —— —

Á gúst konnte nichts davon erklären, aber er wusste, dass es richtig war.

Er hatte sie in Richtung der Falle gewiesen und gespürt, was der Mensch namens Flavio versuchte zu tun. Er versuchte, sie vom Schiff zu führen, obwohl Eloises Anweisungen darin bestanden, das Schiff zu übernehmen und den Rest der Menschen zu töten. Aber er konnte das nicht zulassen.

Ágúst hatte gedacht, er hätte sein menschliches Selbst verloren, als er ihr Fleisch verzehrt und sich ihr hingegeben hatte. Aber als sie ausgebrochen waren und er ihr Volk anführte, jeden tötend, der ihnen im Weg stand, verstand er, dass er immer noch eine Wahl hatte. Und er wählte seine Menschlichkeit, auch wenn nur noch so wenig davon übrig war.

Als sie der Gruppe von Menschen die Treppe hinunter folgten und auf Flavio trafen, erkannte er, dass all diese Leute, denen sie folgten, ebenfalls infiziert waren. Flavio war nicht infiziert, und er führte sie hinein.

Und so hatte er sich entschieden, sein Volk vom Schiff zu schicken und die Menschen zu retten und ihnen eine Chance auf Überleben zu geben. Und als sie den Köder schluckten und das Schiff verließen, war er glücklich. Er hatte nicht einmal gewusst, dass er dieses Gefühl noch kannte.

Und so versteckte er sich mit der kleinen Gruppe infizierter Besatzungsmitglieder auf der anderen Seite und beobachtete, wie sie alle weggingen.

Aber Eloise hielt inne.

Sie war zu schlau für ihre einfachen Tricks, auch wenn die anderen es nicht waren. Und als er beobachtete, wie sie ihre Falle in Betracht zog, wusste er, dass sie es wusste. Und er wusste, dass sie sie dort riechen konnte, wie sie sich vor ihr versteckten.

Als sie nach ihm rief, wusste Ágúst, was er tun musste.

Er trat aus den Schatten und machte sich auf den Weg zu ihr, während ihr Rücken noch zu ihm gewandt war und sie nach draußen blickte. Als sie nach ihm rief, antwortete er mit seinem Ruf in ihrer Sprache, von dem er wusste, dass sie ihn verstehen würde. Er sagte ihr: „Ich war die ganze Zeit hier."

Sie drehte sich schnell um, um ihn zu sehen, ihr Blick fragend. Unsicher.

Da nutzte er seine neu entdeckte Geschwindigkeit und stürmte auf sie zu.

Sie sah ihn, aber wusste nicht wirklich, was er tat, bis es zu spät war.

Als er aufprallte, schlang er seine Arme um sie und trieb sie aus dem Schiff, auf die Gangwaybrücke, wo sie beide ineinander verschlungen hinunterrollten.

Während er noch die Chance hatte, blickte er zurück und sah Flavio zurück ins Schiff klettern. Er wusste, dass sie ihn dafür töten würde.

„Schließen, jetzt!" brüllte Ágúst.

Ágúst erhaschte ein wissendes Grinsen von Flavio, der sein Opfer verstand. Aber es fühlte sich nicht wie ein Opfer an. Es war einfach das Richtige.

Als Eloise sich von ihm loswand, sah er zu, wie sich die Tür zum Schiff schloss und sie aussperrte.

Er drehte sich um, um Eloise und seinem Schicksal entgegenzublicken, von dem er wusste, dass es so schnell kommen würde wie ihre Rache.

Als bloßer Mensch hatte er immer Angst vor dem Tod und allem anderen gehabt, was Teil seines Menschseins war. Jetzt nicht mehr.

Er blickte seinem Tod entgegen und erinnerte sich an sein Leben als Mensch und daran, dass er sein Schiff gerettet hatte.

Chapter 32

Tomas

Der kalte Nieselregen verwandelte sich schnell in einen peitschenden Regen, der so heftig gegen die Fenster schlug, dass Tomas fürchtete, sie könnten zerbrechen. Er war kein besonders erfahrener Schiffskapitän und hatte die P114 nur ein einziges Mal zuvor gesteuert, nachdem sein Chef ihm einen Crashkurs in der Bedienung gegeben hatte. Während er versuchte, im Auge zu behalten, wohin er fuhr, suchte er überall nach den Scheibenwischern, konnte sie aber nicht finden. Plötzlich erschien Sals Hand lautlos hinter ihm und ließ ihn zusammenzucken.

„Es ist genau hier", erklärte Sal und drehte an einem Knopf auf der Konsole, der die Wischerblätter heftig hin und her schlagen ließ.

Sie umrundeten das Heck der *Intrepid* und hatten nun die volle Sicht auf das riesige Kreuzfahrtschiff.

„Sie wirken nervös. Kein Grund dafür. Wir werden Erfolg haben, ganz wie geplant." Sals Stimme war jetzt ruhig und kontrolliert, ganz anders als zuvor. Dies war auch der Moment, in dem er sich aller um ihn herum am meisten bewusst war.

Tomas wusste, dass sein Chef nur Unsinn redete. Sal hatte erwartet, zu diesem Zeitpunkt die vollständige Kontrolle über das Kreuzfahrtschiff zu haben. Aber irgendwie hatte die Besatzung des Schiffes jeden von Sals Zügen vereitelt. Sie sollten nicht einmal Treibstoff von der Barge bekommen, die nur ein Vorwand war, um ihre bewaffnete Crew an Bord zu bringen, oder was Sal seine Version eines trojanischen Pferdes nannte.

Aber offensichtlich hatte das auch nicht funktioniert.

Tomas war sich ziemlich sicher, dass es nur Sals Art war, rachsüchtig zu sein, als er all seine verrückten Leute schickte, um das Schiff zu entern, mit der Idee, dass sie jeden in Sicht töten würden. Sie waren nicht nur nicht in der Lage, das Schiff zu betreten, sondern zusätzlich zu den über dreißig Verrückten auf ihrer Insel hatte das Schiff ihnen über hundert weitere aufgehalst. Ihnen gingen sowieso bereits die Lebensmittel für ihre derzeitigen verrückten Bewohner aus, da sie nur noch wenige nicht infizierte Menschen hatten. Deshalb brauchten sie dieses Kreuzfahrtschiff.

Ihr kleinen Leute könnt nicht gewinnen. Wir sind euch überlegen", knurrte der Dicke, seine rötlichen Augen wanderten zwischen Flavio und TJ hin und her. „Du weißt, was ich meine, Schätzchen. Oder?", grinste er TJ an, als er das sagte.

Es war ein reiner Reflex, als TJ ihm mit ihrer geballten Faust einen Schlag versetzte. Ein Lächeln schlich sich auf ihr Gesicht, obwohl sie versuchte, es zurückzuhalten, um die neuen Stiche in ihrer Wange nicht zum Platzen zu bringen. Sie genoss das irgendwie, verzweifelt darauf bedacht, diesem schmutzigen, höhnisch grinsenden, perversen Mann, der zufällig ein Symptomatischer wie sie war, eine Welt voller Schmerzen zu bereiten.

Dickie versuchte, seine Hände und Beine aus den festgezogenen Tischfesseln zu befreien. Sein Kopf war ebenfalls festgeschnallt, eine zusätzliche Maßnahme von Flavio, der den dicken Gurten nicht ganz zutraute, das Monster vollständig festzuhalten.

Sie waren vom Kapitän beauftragt worden, Informationen von diesem Mann, den sie Dickie nannten, zu bekommen, und zwar „mit allen Mitteln".

„Mit allen Mitteln" gab ihr viel Spielraum bei der Befragung, und sie plante, diesen Befehl voll auszunutzen.

„Ihr verschwendet eure Zeit. Ihr wisst, dass ich keinen Schmerz empfinde. Und irgendwann werde ich einen Weg finden, freizukommen. Dann werde ich jeden von euch töten und fressen. Aber dich..." wieder wandte er sich TJ zu, „Dich werde ich zuerst ablecken, bevor ich-"

TJ traf ihn am Adamsapfel, ihre Hand steif wie eine Messerschneide.

Ein unkontrollierbarer Hustenanfall brach aus Dickie hervor.

TJ ließ ihr Lächeln hochsteigen und spürte, wie die Spannung ihrer Stiche ihre Grenze erreichte, während sie ihre Krücke unter der anderen Achsel zurechtrückte.

„Sag uns einfach, warum ihr unser Schiff und unser Essen wollt. Wir haben wenig rohes Fleisch, und das ist es, was ihr esst, richtig? Und warum die Motoren beschädigen?", fragte Flavio und musterte den kleinen, knolligen Mann mit der tiefen Narbe im Gesicht.

„Ihr ..." Dickie versuchte etwas zu sagen, brach dann aber in einen Anfall von Lachen und Husten aus.

„Das bringt uns nirgendwohin", brüllte Flavio. „Beantworte die Fragen, oder ich töte dich selbst."

„Ihr Leute seid wirklich" - er räusperte sich - „dumm, nicht wahr? Ihr habt es selbst gesagt. Wir essen nur rohes Fleisch."

Wieder starrte er TJ an, seine Zunge leicht herausgestreckt. „Abgesehen von diesem leckeren Exemplar hier, hatte ich die Wahl unter all euren Passagieren. Und mit dreitausend wären wir lange Zeit nicht hungrig geworden. Und ihr brachtet euer eigenes Essen mit. Wir konnten unser Glück kaum fassen, als ihr aufgetaucht seid. Es war, als würde uns ein Bauer frische Nutztiere bringen, und die Tiere waren einverstanden, sich mit ihrem eigenen Futter zu mästen. Ihr wart so leichtgläubig zu glauben, dass wir euch für nur ein wenig F-"

TJ hatte genug. Diesmal schlug sie mit ihrer freien Hand mit einem schweren Metalltablett zu, das sie auf dem Tisch neben ihnen gefunden hatte, und wäre dabei fast umgefallen.

Tomas hatte so getan, als wüsste er nichts von Sals wahren Plänen, hauptsächlich um sich selbst zu schützen. Er dachte, wenn Sal sich genug darum kümmerte, ihn nicht wissen zu lassen, dass sie planten, jeden zu fressen, der auf ihre Insel gelockt wurde, musste er ihn wohl noch eine Weile brauchen.

Aber es war zu weit gegangen, und er war es einfach leid, ständig Angst zu haben. Er lebte in ständiger Furcht vor dem Zorn seines Chefs oder einem von dessen Leutnants oder vor einem der Verrückten, von denen er wusste, dass sie ihn töten und in Stücke reißen wollten. Er war es leid, sein Schicksal zu akzeptieren.

Als dieses Kreuzfahrtschiff ihre Aktionen vereitelte, dachte er, es könnte eine Chance geben, einen Weg für ihn, dieses Monster zu stoppen und von dieser Insel wegzukommen und an einen sicheren Ort zu gelangen.

Er schauderte in Erwartung.

„Du zitterst. Du hättest eine Jacke mitbringen sollen", sagte Sal, seine Aufmerksamkeit hauptsächlich auf die *Intrepid* an ihrer Backbordseite gerichtet.

„Also gut, halt hier an." Sal zeigte auf eine Stelle an der Steuerbordseite der Brücke der *Intrepid*. „Ich schätze, ich brauche diese Dinger nicht mehr." Er zog seine Sonnenbrille ab und warf sie auf den kleinen Tisch neben Tomas. Sal blitzte ihn mit seinen dunkelroten Augen an. „Ich werde unsere Forderungen bekannt geben", sagte Sal, schnappte sich ein Megafon aus einem Regal und stieß dann die Tür ihrer kleinen Brücke auf.

Ein Wirbel von Regenwasser strömte herein, und dann schlug die Tür zu.

Tomas beobachtete, wie sein Chef durch das Wasser zu ihrer Waffe auf dem Vorschiff watete, die geladen und bereit war. Sal drehte sich zu Tomas um und hob seine Handfläche, um anzuzeigen, dass er hier anhalten wollte.

Tomas zog den Gashebel des Bootes ganz zurück, wodurch sie auf ein paar Knoten verlangsamten. Er schaltete die Motoren in den Rückwärtsgang, um ihren Vorwärtsschub zu stoppen, als er die Stimme seines Chefs über das Megafon hörte.

„Ahoi, Kapitän Jean Pierre Haddock von der *Intrepid*. Hier spricht Salvadore Calderon. Wir haben uns vor Kurzem getroffen. Offenbar habe ich meine Forderungen nicht klar genug gemacht; stattdessen habe ich versucht, List anzuwenden, wo ich es doch eindeutig mit einem intelligenten Mann zu tun habe. Also werde ich mich jetzt unmissverständlich ausdrücken, und ich sage es nur einmal, also hören Sie gut zu, Kapitän Haddock von der *Intrepid*. Sie werden Ihr Schiff in den nächsten zwei Minuten übergeben, oder ich werde es versenken. Ist das deutlich genug?"

Sal stellte sein Megafon mit der Öffnung nach unten auf den nassen Boden zu seinen Füßen, richtete sich auf und schwenkte dann das 12,7-mm-Maschinengewehr herum, sodass es direkt auf das Kreuzfahrtschiff zielte.

Tomas zählte in Gedanken sechzig Sekunden herunter.

Neunzig Sekunden später erschien der Kapitän der *Intrepid* auf dem Schwenkdeck etwa zehn Meter über ihnen. Auch er hatte ein Megafon in der Hand. Er hob es an, was zuerst ein Quietschen verursachte. „Wir verhandeln nicht mit Terroristen. Verschwinden Sie jetzt, und unsere Sicherheitskräfte werden nicht schießen und Sie zerstören." Er legte sein Megafon beiseite und schien auf Sals Antwort zu warten.

Tomas kannte dieses Spiel. Es wurde Chicken Game genannt. Wer zuerst kniff und sein Auto zur Seite lenkte, bevor beide Autos frontal ineinander krachten, war der Verlierer.

Die Antwort des Kapitäns musste Sal wütend gemacht haben, denn er trat nach dem Megafon und ließ es klappernd gegen die andere Seite des Bootes prallen, die er nicht sehen konnte. Sal zielte zuerst auf den Kapitän, hob dann aber den Lauf hoch in den Himmel und richtete die große Waffe über das Schiff. So konnte der Kapitän sehen, dass Sal absichtlich versuchte zu verfehlen, aber nur dieses Mal: das Äquivalent dazu, sein Auto zu beschleunigen, um den anderen Kerl schneller zum Aufgeben zu zwingen. Sal feuerte und schickte zwanzig Leuchtspurgeschosse über die Brücke der *Intrepid*.

Tomas musste dieses Spiel jetzt beenden, bevor es zu spät war.

Er trat hinaus in den Regen und ging langsam auf seinen Chef zu, der ihm den Rücken zugewandt hatte und seine ganze Aufmerksamkeit auf das Schwenkdeck der *Intrepid* richtete.

Tomas konzentrierte sich auf Sals Kopf und hoffte inständig, dass er sich nicht zu ihm umdrehen würde.

Der Regen verbarg das Platschen seiner Schritte und hüllte die Welt um sie herum in einen lauten, trommelnden Rhythmus.

Als Tomas auf halbem Weg von der Brücke zu Sal war, zog er seine Beretta, die unter seinem Hemd versteckt war, und hielt sie tief und leicht hinter sich, sodass Sal sie nicht sehen konnte.

Sal schnaubte und murmelte eine Salve von Worten vor sich hin, allesamt nicht gut. Er wurde wieder sehr wütend. Dieses Mal schwenkte Sal die Waffe nach unten und richtete das Fadenkreuz des Visiers auf den Bug der *Intrepid*, direkt an der Wasserlinie. Die Geschosse waren panzerbrechend, also stellte sich Tomas vor, dass sie ziemlich leicht durch den Rumpf gehen würden. Die *Intrepid* würde nicht überleben, wenn Sal die Waffe von Bug bis Heck abfeuern würde, selbst wenn er nur die Hälfte der Munition verschießen würde, für die er geladen hatte.

Tomas war jetzt drei Meter entfernt und hob seine Pistole, direkt auf Sals Kopf zielend.

Sal zog erneut den Spannhebel des Maschinengewehrs zurück und machte die 12,7x108mm-Geschosse für ihr beabsichtigtes Ziel bereit, offensichtlich in der Überzeugung, dass, wenn er dieses Schiff nicht haben konnte, er es auch niemandem anderen überlassen würde.

Zwei Meter entfernt schaltete Tomas die Sicherung aus.

„Wirklich?", brüllte Sal laut genug, dass Tomas ihn im Regen hören konnte. „Denkst du wirklich, du könntest mich täuschen, Tomas?"

Tomas hielt inne, sein Arm begann zu zittern, ebenso wie seine Nerven.

„Ich wusste, dass du das planst..." – Tomas war sich nicht sicher, ob er für einen Effekt pausierte oder laut nachdachte – „Deshalb habe ich eine Patrone aus der Kammer entfernt... Du wirst jetzt eine Patrone in den Lauf bringen müssen, bevor du schießen kannst, und du weißt, dass ich in dieser Zeit mich umdrehen und dir die Kehle herausreißen kann. Oder Tomas, du kannst deine Waffe niederlegen und dich mir anschließen."

Tomas dachte über Sals Worte nach, nun unsicher, ob Sal bluffte oder nicht. Tomas überprüfte immer die Kammer seiner Waffe, bevor er sie holsterte, und Sal wusste das. Aber Sal hatte ihn seine Waffe früher entfernen und holstern lassen, und Tomas war so nervös gewesen, die Waffe unter seinem Hemd zu verstecken, dass er sich nicht erinnern konnte, sie überprüft zu haben.

Er drückte trotzdem ab.

Der Klang war hohl, aber seine Kugel traf mit all der Kraft, die er brauchte.

Sals Kopf wurde zurückgeworfen, aber er ging nicht zu Boden. Sal drehte sich um und sah ihn an, seine bösen Augen forderten ihn zu mehr heraus.

Tomas zögerte nicht. Er setzte eine weitere Kugel in Sals Kopf und vier weitere in seinen Körper, bis der Mann endgültig zu Boden ging. Sal war übermenschlich gewesen, aber er konnte immer noch wie alle Menschen sterben.

Tomas ließ seine Beretta fallen, hob seinen Kopf und sah sofort, dass vom Schwenkdeck aus ein Gewehr auf ihn gerichtet war. Er duckte sich, außer Sichtweite, und rutschte zum Megafon hinüber.

Er schüttelte die Wasserschicht ab und hielt das Megafon an seine Lippen. „Bitte schießen Sie nicht auf mich. Ich gehöre nicht zu ihnen. Er hat mich gezwungen, hier zu sein."

Sich erhebend, ungeschützt vom Rumpf, hielt Tomas beide Hände hoch in die Luft. Er wartete darauf, beschossen zu werden, ohne sich wirklich noch darum zu kümmern.

Chapter 33

Vier Befehle

Jean Pierre ließ Tomas fast acht Stunden warten, bevor er ihm erlaubte, an Bord zu kommen. Es war keine Bestrafung oder ein Plan, um einen potenziellen Gegner zu zermürben. Jean Pierre und seine Crew hatten einfach viel Arbeit zu erledigen, bevor sie jemand anderen an Bord lassen würden.

In Suite 8000 berief der Kapitän sein Offizierskorps ein und lud seinen stellvertretenden Sicherheitsdirektor und seinen Umweltschutzbeauftragten dazu ein. Zuerst besprach er ihren vorläufigen Status und dann ging er seine vier Befehle durch, wobei er sicherstellte, dass alle sie verstanden und ihm ihr Feedback gaben. Er schickte sie weg und kehrte zur Brücke zurück.

Um genau 10:30 Uhr stand Jean Pierre vor der Schiffsgegensprechanlage und drückte den Mikrofonknopf.

„Achtung an alle Besatzungsmitglieder der Intrepid, sowohl neue als auch alte. Es ist jetzt sicher, Ihre Kabinen zu verlassen, da die Gefahr vorüber ist. Ich werde Sie alle in den kommenden Tagen ansprechen und detaillierter erklären, was passiert ist und wie unsere Situation aussieht, aber im Moment gibt es viel Arbeit, die wir erledigen müssen.

„Zu diesem Zweck habe ich vier Befehle an meine gesamte Crew ausgegeben, und das schließt Sie ein. Die ersten beiden wurden bereits meinen ranghöchsten Crewmitgliedern erteilt, und sie führen sie aus, während ich spreche. Die letzten beiden betreffen alle anderen, die sich derzeit auf diesem Schiff befinden.

„Die vier Befehle lauten wie folgt: erstens, einen sicheren Abstand zwischen uns und den Hafen der Insel zu bringen; zweitens, sicherzustellen, dass wir ordnungsgemäß betankt sind und uns dann von der Betankungsbarge an unserer Steuerbordseite zu lösen; drittens, sicherzustellen, dass keine weiteren Kämpfer von der Insel oder Parasitären an Bord sind; und der vierte Befehl lautet, das Chaos aufzuräumen.

„Da Sie alle Teil meiner Crew sind und wir alle gemeinsam in dieser Situation stecken, informiere ich Sie über alle meine Befehle. Nochmals, nur mein dritter und vierter Befehl gelten für alle, die dies hören.

„Wir glauben, dass die unmittelbare Bedrohung vorüber ist. Die Parasitären, die wir in unserer Wayfarer Lounge festgehalten hatten, sind nicht mehr an Bord. Außerdem sollten, obwohl wir einige an Bord gelassen haben, keine weiteren Gäste von der Insel" - Jean-Pierre entschied sich, ihre symptomatische Natur noch nicht zu enthüllen - „an Bord sein.

„Ich werde Sie nicht anlügen; viele sind durch die Hände der Inselbewohner und der Parasitären umgekommen. Und viele von ihnen wurden ebenfalls getötet. Aber die Bedrohung ist vorüber.

„Hier kommen Sie ins Spiel, und das führt zu meinem dritten und vierten Befehl, die ich jetzt jedem von Ihnen erteile.

„Jeder mit einem Nachnamen, der mit den Buchstaben A bis L beginnt, ist in der Suchpatrouille. Jeder mit einem Nachnamen, der mit den Buchstaben M bis Z beginnt, ist in der Aufräumpatrouille.

„Zunächst zur Suchpatrouille. Ihre Aufgabe ist es, beginnend mit dem Ende dieser Ankündigung, jede Kabine und jeden Raum auf dem gesamten Schiff zu durchsuchen, vom Deck 3 bis zum höchsten Aussichtsdeck. Sie suchen nach Inselbewohnern oder Parasitären. Wenn Sie einen sehen, lebendig oder tot, greifen Sie ihn nicht selbst an. Machen Sie eines unserer Besatzungsmitglieder, die das Blau von Regal European tragen, darauf aufmerksam. Sie werden unser Sicherheitspersonal anweisen, sie vom Schiff zu werfen.

„Für unsere Aufräumpatrouille, Ihre Aufgabe ist genauso wichtig. Neben dem Aufräumen der Trümmer in den beschädigten Bereichen, um zukünftige Gefahren zu minimieren, werden Sie uns auch bei der Identifizierung und Entsorgung von Leichen helfen. Wenn Sie eine Leiche finden, berühren Sie sie bitte nicht selbst. Melden Sie dies einem unserer Besatzungsmitglieder, die das Blau von Regal European tragen, und sie werden Ihnen sagen, was zu tun ist.

„Unser Personal, das das Blau von Regal European trägt, ist bereits auf dem Weg zu verschiedenen Standorten. Wenn Sie sich nicht sicher sind, was zu tun ist, fragen Sie sie einfach.

„Für beide Gruppen betrachten Sie dies als die ultimative Schnitzeljagd, bei der der Preis nicht eine Flasche Wein oder ein feines Essen ist, sondern unser aller Überleben. Ihre Arbeit in den nächsten Stunden könnte genauso wichtig sein.

„Das sind meine Befehle. Als Mitglieder meiner Crew erwarte ich von jedem von Ihnen, dass Sie ihnen folgen. Danke für Ihre Kooperation.

„Hier spricht Ihr Kapitän, Jean-Pierre Haddock. Ende.“

***

Flavio wurde damit beauftragt, ein Team zu leiten, um den ersten Befehl des Kapitäns auszuführen: ihnen einen sicheren Abstand vom Hafen von Vila de Corvo zu verschaffen. Dieser Befehl stellte ihre größte Herausforderung dar. Sie wollten sicherlich keine weiteren unbefugten Eindringlinge, und das Festmachen ihrer Backbordseite an diesem Dock machte sie zu exponiert und verwundbar. Und genau dort schien ihre Herausforderung zunächst am größten. Doch bald wurde ihnen klar, dass sie ihren größten Glücksfall hatten.

Flavio hatte gerade persönlich alle ihre Parasitären durch ihren Ausgang auf das Dock geworfen, wo sich weitere dreißig Parasitäre befanden, die alle hungrig, wütend und darauf erpicht waren, wieder an Bord zu kommen und seine Crew zu verspeisen, sobald sie ihre Gangway wieder öffneten.

Ihm wurde gesagt, dass sie die Festmacherleinen nicht einfach zurücklassen konnten, da sie nur eine begrenzte Menge des speziell entwickelten Seils an Bord hatten und sie bereits eines durchtrennt hatten, als sie aus dem Hafen von Malaga hatten fliehen müssen.

Und da keine Hafenarbeiter auf dem Dock waren, um die Leinen vom Dock zu lösen, bedeutete das, dass Flavio ein fähiges Team von Männern und Frauen, von denen nur wenige Experten im Lösen der schweren Festmacherleinen von den Pollern des Docks waren, auf das Dock führen musste.

Flavio war sich nicht sicher, was sie tun würden, wenn die Parasitären das Dock überfluteten. Und da erkannte er, dass sie einen riesigen Glücksfall hatten. Bevor er sein Team an der backbordseitigen Gangway auf Deck 2 traf, überprüfte Flavio zuerst das Dock von der Außenlaufbahn auf Deck 10 aus.

Der starke kalte Regen musste die meist nackten Parasitären vertrieben haben. Sie waren jetzt verschwunden, bis auf einige Leichen, und auch der Regen hatte aufgehört.

Kurz bevor er die Tür öffnete, sprach er noch einmal per Funk mit Ted, der das Dock vom backbordseitigen Schwenkdeck aus im Auge hatte.

„Okay, öffnen Sie, Mrs. Johansson", sagte Flavio, das Gewehr schussbereit.

Die Tür glitt auf und Flavio trat auf die Gangwaybrücke hinaus und suchte ihr Umfeld ab.

Alles war sauber, abgesehen von den drei toten Parasitären und zwei toten Inselbewohnern, die sich bei dem ersten Angriff gegenseitig getötet haben mussten. Es gab keine anderen Anzeichen von irgendjemandem, nirgendwo.

Er trat an die erste Leiche heran und gab ihr einen Tritt, um sicherzugehen, dass sie nicht nur so tat. In der Ferne hörte er etwas.

Flavio hob eine geballte Faust in die Luft, um allen zu signalisieren, ruhig zu sein und auf ihn zu warten.

Vermischt mit dem wachsenden Tumult, der sich auf dem Schiff ausbreitete, als ihre Such- und Aufräumteams begannen, sich auszubreiten und ihren Weg an Deck zu finden, hörte er noch etwas anderes. Von der Insel vernahm er gelegentlich einen Schrei oder sogar ein Grunzen. Er nahm an, dass dies bedeutete, dass ihre Parasitären weitergezogen waren, um sich von den übrigen Inselbewohnern zu ernähren, die wahrscheinlich leichter zu erreichen waren als die Passagiere eines versiegelten, stählernen Kreuzfahrtschiffes.

Er ging zum nächsten Körper hinüber und versetzte ihm einen Tritt. Keiner der anderen rührte sich, nicht einmal ein bisschen.

Und dann bewegte sich einer doch.

Flavio entsicherte das Gewehr und richtete es auf die bekleidete Gestalt an Deck, die von einer roten Pfütze umgeben war. Sie atmete. Mit dem Finger am Abzug, bereit, ihrem offensichtlichen Leiden ein Ende zu setzen, erkannte er schnell, dass es sich um Ágúst Helguson handelte, den Parasitären, der im Alleingang ihr Schiff gerettet hatte.

Flavio formte mit seinen Händen einen Trichter vor seinem Mund, bevor er sprach, sodass ihn nur diejenigen auf der Gangway hören konnten. Gerade über einem Flüstern sagte er: „Ich brauche hier ein medizinisches Team."

Er drehte den ehemaligen zweiten Offizier um, der bewusstlos aussah, dessen Brust sich aber immer noch bewegte.

Drei Personen, die ihr medizinisches Team darstellten, allesamt kürzlich rekrutierte Crewmitglieder, übernahmen und machten sich daran, den fast toten Mann zu retten zu versuchen.

Er ist ein Parasitärer, kein Mann mehr, korrigierte sich Flavio in Gedanken.

Am oberen Ende der Gangway verkündete er laut genug, damit alle es hören konnten: „Okay Team, es ist sicher. Arbeitet schnell und leise!"

Wasano war damit beauftragt, den zweiten Befehl des Kapitäns auszuführen, nämlich sicherzustellen, dass sie ordnungsgemäß betankt und dann von der Tankbarge gelöst wurden. Es ging auch darum, ihren Chefingenieur „um jeden Preis" zu schützen.

Der Kapitän war besorgt, dass ihnen das Ingenieurpersonal ausging, da die meisten entweder getötet worden waren oder sich in Monster verwandelt hatten. Fast die Hälfte ihres verbliebenen Ingenieurpersonals war gestorben, als giftiges Gas von ihrer eigenen Crew in einem verräterischen Versuch, die Parasitären an Bord zu töten, in den Maschinenraum geleitet worden war. Wenn sie in Sicherheit wären, plante Wasano, vom Kapitän zu verlangen, ein Verfahren abzuhalten und alle Beteiligten zu bestrafen, die noch am Leben waren.

Der Mangel an fähigem Ingenieurpersonal bedeutete, dass Niki Tesler, ihre punkfrisierte Chefingenieurin, für ihr Schiff fast so wichtig war wie der Kapitän, wenn es um entscheidendes Schiffswissen ging, das nicht sofort jemand anderem beigebracht werden konnte.

„Okay, Erster Offizier, können wir anfangen?", fragte Niki.

„Kapitän?", fragte Wasano über sein Funkgerät. Sein Ohrhörer knackte sofort mit der Bestätigung des Kapitäns von oben, dass alles klar sei.

„Sie können loslegen, Sicherheitschef."

Die Tür öffnete sich mit einem knirschenden Quietschen und enthüllte ein Schlachtfest draußen. Über ein Dutzend ihrer Crewmitglieder waren ermordet worden und lagen an Deck der Tankbarge. Und so bitter es auch war, sie würden diese Männer und Frauen nicht einsammeln und eine ordentliche Seebestattung abhalten, wie sie es früher für diejenigen getan hatten, die während der ersten Angriffswelle gestorben waren. Stattdessen wurde eines ihrer Teammitglieder damit beauftragt, ein Foto von jedem toten Crewmitglied zu machen, zur späteren Identifizierung, und dann wurden mehrere ihres Teams damit beauftragt, die Leichen über Bord zu werfen.

Die Befehle des Kapitäns waren in dieser Hinsicht eindeutig. Sie hatten einfach nicht genug

Zeit. Und ihr medizinischer Direktor sagte, die Leichen stellten ein zu großes Gesundheitsrisiko dar, um sie für eine spätere Bestattung an Bord zu behalten.

Der Rest des Teams eilte zu jedem der Schläuche, Niki hinter ihnen, Anweisungen bellend, einen Schlauch abzuziehen, den mit dem Schweröl. Und dann den anderen Schlauch für ihr GMO anzuschließen. Niki sagte ihnen, dass sie genug Schweröl hätten, um monatelang auszukommen, wenn sie sparsam damit umgingen. Und so brauchten sie jetzt nur noch das GMO. Sie sollten in weniger als einer Stunde fertig sein.

Sie hatten auch beschlossen, die Tankbarge vom Dock zu lösen und an einer Ankerboje festzumachen, sodass sie später darauf zugreifen könnten, falls sie es benötigten. Es war nicht abzusehen, wann sie jemals wieder einen Ort zum Auftanken sehen würden.

Als Wasano die Aktivitäten auf der Barge und besonders Niki beobachtete, wollte er nicht einmal in Betracht ziehen, an diesen Ort zurückzukehren. Soweit es ihn betraf, konnten sie nicht schnell genug von hier verschwinden.

Chapter 34

Nachwirkungen

Nachdem sie endlich vom Dock von Via de Corvo abgelegt und das gesamte Schiff nach Toten durchsucht hatten, wobei sie auch bestätigten, dass keine Parasitären oder Inselbewohner mehr an Bord waren, luden sie den Mann, den sie als Tomas Novo kannten, ein, an Bord zu kommen. Er wurde umgehend verhaftet.

Ted und TJ waren gebeten worden, an der Befragung von Mr. Novo teilzunehmen, damit sie danach entscheiden konnten, was mit ihm geschehen sollte. Der Sicherheitsdirektor und der Kapitän sollten die Befragung durchführen.

Ted war der Erste, der in einem un-markierten Raum neben dem ebenfalls un-markierten Gefängnis auf Deck 1 ankam, wo sie den symptomatischen Inselbewohner festhielten, den Flavio und TJ zuvor verhört hatten.

Während Ted auf die anderen wartete und da-rauf, dass ihr „Gast" hereingeführt wurde, ging er seine Notizen des Tages durch. Er plante, diese Details in sein Logbuch zu übertragen, wenn er die Gelegenheit dazu hätte.

Eine Sache störte ihn, und er wollte die Antwort wissen, bevor jemand ankam. Jede Zahl in seinen

Notizen addierte er im Kopf zur vorherigen und kritzelte eine Zwischensumme rechts neben jede Zahl auf der Seite. Am unteren Rand der zweiten Seite schrieb er eine Endzahl und kreiste sie ein. 215. Das war die vorläufige Zahl der gemeldeten Toten, die ihre Teams gefunden hatten, einschließlich Infizierter und Nicht-Infizierter, unabhängig davon, ob sie durch die Angriffe der Parasitären oder der Inselbewohner gestorben waren, dem giftigen Gas erlegen waren oder sogar etwas natürlicheren Ursachen. Es waren grobe Zahlen, aber soweit er sich erinnerte, bedeutete das, dass ihre Gesamtbesatzung jetzt, sowohl bestehend als auch neu rekrutiert, irgendwo unter vierhundert lag.

Er fragte sich, wie viele Crewmitglieder es brauchte, um ein Kreuzfahrtschiff dieser Größe zu betreiben, und zweifelte, ob sie genug hatten, selbst nachdem die neu Rekrutierten einsatzfähig gemacht worden waren.

Die Tür klickte auf und der Kapitän trat ein.

„Hallo, Kapitän", begrüßte Ted ihn.

„Ted", erwiderte er. Sein Tonfall und sein Gesichtsausdruck waren die eines sehr müden und schwer belasteten Menschen. Es war derselbe Blick, den Jörgen gehabt hatte, bevor er brutal getötet wurde. Ted wusste, dass dies für jeden Anführer einer großen Gruppe galt, die viel Leid erfahren hatte. Und das hatten sie sicherlich.

Der Kapitän setzte sich und starrte Ted finster an, als wolle er ihm etwas Schreckliches mitteilen, sei sich aber nicht sicher, ob er zu diesem Zeitpunkt dazu bereit war. Doch dann, in einem Augenblick, entschied er sich schließlich dagegen.

„Wie geht es Ihrem Knöchel?", fragte der Kapitän. Sein Gesicht und seine Körpersprache waren auf einmal entspannter, obwohl er immer noch besorgt wirkte.

„Es geht schon. Ich mache mir mehr Sorgen um TJ und natürlich um all die anderen mit viel schwereren Verletzungen als meiner."

Sein Gesicht wechselte sofort wieder zu dem eines Anführers, der sich von der Last eines Geheimnisses erdrückt fühlte, das ihm große Schmerzen bereitete. Ted wurde klar, dass das, was Jean Pierre ihm noch nicht mitteilen wollte, wahrscheinlich seine Frau betraf. Und es war schlimm.

Jean Pierre versuchte, seine Gefühle wieder zu verbergen und maskierte seinen wahren Gemütszustand nur teilweise mit einem gezwungenen Grinsen. „Sie ist eine der zähesten Personen, die ich je getroffen habe. Es wird ihr gut gehen. Doc Chloe sagt, sie heilt bereits, dank... nun ja, was auch immer mit den Infizierten wie ihr passiert."

„Ich weiß, ich habe vorher nach ihr gesehen. Der Doc hat ihr ein starkes Beruhigungsmittel gegeben, um sie für eine Weile außer Gefecht zu setzen. Deshalb bin ich überrascht, dass sie sich uns bei diesem... Gespräch mit unserem Gast anschließt."

„Wir brauchen sie nur für einen Zweck, um zu bestätigen, ob Mr. Novo eine faule Birne ist-"

„Sie meinen Apfel."

„Was?"

„Sie meinen, ob Mr. Novo ein fauler Apfel ist."

„Ja", seine Stirn runzelte sich, und wieder einmal änderte sich die ganze Erscheinung des Mannes.

„Und wir können die Höflichkeiten auslassen. Das wird mindestens ein Verhör und schlimmstenfalls eine Hinrichtung. Sie sind auch nur für einen Zweck hier: zu beobachten und Ihre Meinung abzugeben, aber erst, wenn wir fertig sind und nur, wenn ich danach frage. Ich vertraue Ihrer Meinung, Ted. Aber ich werde derjenige sein, der entscheidet, was mit Mr. Novo geschieht. Ist das klar?"

„Völlig klar."

Die Tür öffnete sich, und TJ kam herein, sauber und jetzt in einer leichten Jacke, die über ihrem Laufoutfit mit einem Reißverschluss geschlossen war. Das letzte Mal, als Ted sie gesehen hatte, hatte sie auf einer Liege in ihrer Krankenstation gelegen, halb schlafend und noch immer mit getrocknetem Blut bedeckt, das über ihre zahlreichen Kratzer und zwei Verbände verkrustet war, die ihre Schusswunden bedeckten: eine an der Wange und die andere am Bein.

Sie humpelte herein, gestützt auf Krücken, und wirkte benommen. „Hi Ted", lächelte sie und setzte sich auf den Stuhl neben seinem. Das einzige Blut an ihr war das, das noch ihren Nasenclip verfärbte, der fest an ihrer Nase angebracht war.

Bevor sich die Tür von selbst schließen konnte, wurde Tomas Novo in Handschellen von Wasano hereingeführt.

Mr. Novo wurde auf einen schweren Stuhl in der Mitte des Raumes gesetzt. Wasano zog ein weiteres Paar Handschellen heraus und klickte sie um die Kette der Handschellen, die er bereits trug. Das andere Ende wurde schnell an der Armlehne des Stuhls befestigt.

„Ich habe Ihnen gesagt, dass das nicht nötig ist. Ich bin derjenige, der Salvadore getötet hat", flehte Mr. Novo. Sein Akzent klang seltsam. Ted vermutete, dass es sein Portugiesisch war, mit dem Ted wenig vertraut war. „Ich werde Ihnen alles sagen, was Sie wollen. Bitte schicken Sie mich nur nicht zurück auf diese Insel. Ich versuche schon, sie zu verlassen, seit ich dorthin geschickt wurde."

Ihr Verhör, das sich eher als ein Interview herausstellte, verlief gut, da der Mann ihnen jedes Detail darüber erzählte, wie er zuerst als einfacher Stellvertreter, oder wie sie es nannten, Agent, auf die Insel kam. Und wie er versucht hatte, nach Lissabon versetzt zu werden, aber sein Chef ihn die Insel nicht verlassen ließ.

Dann erzählte er ihnen von der Barge, die in ihre Stadt gekracht war, und wie über drei Viertel ihrer Stadt verrückt geworden waren oder zumindest Anzeichen der Rage-Krankheit zu zeigen begonnen hatten.

Tomas sagte, dass er Salvadores Methoden, die Infizierten von denen zu trennen, die wie er nicht infiziert waren, nicht völlig ablehnend gegenübergestanden hatte.

Jedes Mal, wenn Mr. Novo die Infizierten oder das, was er Verrückte oder die Rage-Krankheit nannte, erwähnte, schaute er zu TJ, die die ganze Zeit über ruhig blieb und nur zweimal ihren Nasenclip abnahm, schnüffelte und sich dann mit einem Kopfschütteln zum Kapitän wandte, was Ted vermutete, bedeutete, dass Mr. Novo nicht infiziert war.

Tomas sagte, dass er bemerkt habe, wie sich das Verhalten seines Chefs verändert hatte, dass

er weniger Mitgefühl zeigte und ständig wütend war. Eines Nachts, so Mr Novo, folgte er
seinem Chef und wurde Zeuge, wie dieser einen
Mann folterte und ermordete, der Anzeichen
der Krankheit zeigte. Es war auch das erste Mal,
dass er sah, dass sein Chef einer von ihnen war,
mit roten Augen und blasser Haut, nur nicht so
außer Kontrolle wie die anderen.

Davor hatte er einfach angenommen, sein
Chef kämpfe gegen eine Erkältung.

Mr. Novo erläuterte dann den ausgeklügelten
Plan, den sein Chef und zwei andere Männer
ausgeheckt hatten, um ein Schiff wie die *Intrepid* anzulocken, indem sie vorgaben, Treibstoff
gegen Nahrung anzubieten, während das Treib-
stoffangebot in Wirklichkeit nur dazu diente, ein
Schiff in die Falle zu locken und die Menschen
als Nahrung festzuhalten.

Er hatte versucht, einen Weg zu finden, sie
zu verlassen, stand aber unter ständiger Todes-
drohung. Erst als er mit seinem Chef allein war,
fand er einen Weg, ihn aufzuhalten.

Wasano zeigte ihm ein Bild des untersetzten
Insulaners, den TJ zuvor gefoltert und dann
mit Flavio verhört hatte. Dann hatte er von
Flavio gehört, dass der Insulaner mit dem Plan
prahlte, den Mr. Novo gerade bestätigt hatte.
Mr Novo erkannte die Männer nicht nur, er gab
ihnen auch die Namen und Details dieser Männer.

„Wo haben Sie das Militärschiff her?", fragte
der Kapitän.

„Oh, Sie meinen die P114?", fragte Mr. Novo.
„Mein Chef hat sie von dem geschlossenen Mil-

itärstützpunkt auf der anderen Seite der Insel gestohlen."

„Der ehemalige US-Militärstützpunkt, der vor Jahren geschlossen wurde?", fragte der Kapitän.

„Ja. Wir betrachteten den Stützpunkt als einen Ort, an dem wir die Verrückten von den etwa zehn normalen Dorfbewohnern wie mir und den etwa fünfzehn Männern wie Salvadore, die Anzeichen der Rage-Krankheit zeigten, getrennt halten konnten.

„Wir waren vor ein paar Tagen dort und kamen zufällig zur gleichen Zeit wie dieses Patrouillenboot an. Wir wissen nicht, woher es kam, weil Salvadore und seine Männer die beiden Militärtypen töteten und das Boot übernahmen. Er sagte mir, es sei, um die Bedrohung zu begrenzen und weil er das Boot wirklich wollte." Tomas blickte auf seine Handschellen und hatte dann einen Gedanken. „Hey, Sie können das Boot haben, wenn Sie wollen. Ich kann Ihnen zeigen, wie man es bedient." Er warf einen Blick auf den Kapitän. „Obwohl Sie wahrscheinlich schon wissen, wie es geht."

„Haben Sie dort Vorräte gefunden?", fragte Ted und vergaß, dass er eigentlich ruhig sein und nur zuhören sollte.

„Nicht dass ich gesehen hätte oder mir gesagt wurde, aber der ganze Stützpunkt war intakt. Und es sah nicht so aus, als hätte der Tsunami ihn überhaupt beschädigt. Ich fragte mich, warum wir ihn nie für die Verrückten genutzt haben. Bis Ihr Schiff auf Salvadores Ruf antwortete. Erst nachdem er sie heute freigelassen hatte, verstand ich, warum er sie in der Nähe behalten wollte."

Mr. Novo verstummte, aber auch alle anderen.

Da es die Show des Kapitäns war, schauten alle zu ihm und warteten auf ein Zeichen, was er als nächstes fragen wollte.

Jean Pierres Augen bohrten sich in den Boden vor ihm, sein Gesicht war zu einem finsteren Blick verzogen, als ob er etwas in seinem Kopf berechnete. Dann kam er zu einer Antwort, sein Kopf schnellte nach oben und er fragte: „Mr. Novo, werden Sie uns morgen zu diesem Stützpunkt bringen?"

Chapter 35

Neuigkeiten

TJ Williams runzelte die Stirn, als sie ihr Spiegelbild betrachtete. Sie gewöhnte sich bereits an die Fremde, die ihr jeden Morgen entgegenblickte, aber sie war noch nicht an den zusätzlichen Aufwand gewöhnt, den sie betreiben musste, um es zum Wohle anderer zu verbergen. Während sie ihre Lippen mit Hollywood Red betupfte, ihrer bevorzugten Glossfarbe – *eigentlich ihrer bevorzugten Farbe* –, versuchte sie, ein seltsames Gefühl zu ergründen, das irgendwie fehl am Platz schien. Es begann in ihrem Magen. Es entwickelte sich schnell zu einem kratzigen Gefühl in ihrem Hals. Sie schluckte die rohe Bitterkeit hinunter, als ob etwas hochkommen wollte. „Oh nein." Sie beugte sich vor und erbrach in ihr Waschbecken.

„Was zum Teufel?", fragte sie sich selbst, als sie sich vom kühlen Becken abstieß und die nächste Welle der Übelkeit unterdrückte, die von ihr Besitz ergreifen wollte. Sie musterte sich erneut im Spiegel, konzentrierte sich auf jedes Detail oder jede Nuance in ihrem Gesicht und suchte nach einem Zeichen, das ihr verraten würde, was los war. *Werde ich krank?*, fragte sie sich.

Während sie ihre Zunge nach Flecken, ihren Hals nach Schwellungen und ihren Kopf nach Hitze untersuchte, geriet sie in Panik. Krankheit für Menschen, die symptomatisch waren, bedeutete Fieber. Fieber bedeutete, parasitär zu werden. Sie wollte sich nicht in eines dieser Dinge verwandeln, nicht nachdem sie so hart darum gekämpft hatte, menschlich zu bleiben.

Sie hatte gedacht, sie wäre zu einem geworden, als sie diese Männer getötet, etwas von ihrem Blut getrunken und dann fast ihren Ehemann angegriffen hatte. Aber Wasanos Kugel hatte sie zurückgebracht. Sie wollte um jeden Preis eine weitere Episode vermeiden.

Ein schneller Blick auf ihre Uhr bestätigte, dass sie es zur medizinischen Klinik schaffen würde, bevor sie sich mit JP traf, der ihr etwas Wichtiges mitteilen wollte, ehe sie ein Team zur Inspektion des Militärstützpunkts schickten. Sie würde dankbarerweise diesem einen fernbleiben und vielleicht etwas Zeit damit verbringen, sich bei ihrem Ehemann zu entschuldigen. Die letzten drei Male, als er sie gesehen hatte, war sie entweder verrückt oder unter Drogen gewesen.

Bei einer letzten Überprüfung ihres Aussehens und ihrer Kleidung bemerkte sie sofort, dass sie ihre Kontaktlinsen vergessen hatte. *Keine Zeit*, sagte sie sich. Sie würde eine Sonnenbrille tragen; ansonsten sah sie gut aus.

Sie setzte die Sonnenbrille über ihre Augen und schlüpfte aus der Tür, benötigte jetzt nur noch eine Krücke, um sich fortzubewegen. Sie eilte den Flur hinunter, so konzentriert, dass sie nicht ein-

mal Jaga hörte, der ihren Namen von einer Kabinentür in ihrer Nähe rief.

In den zwei Minuten, die sie brauchte, um zwei
Decks hinunterzugehen und zur Tür des RE Med-
ical Centers zu gelangen, hatte die Übelkeit sie
erneut fest im Griff.

― ～ ◆ ～ ―

Was ist es?", fragte Vicki. Sie hob ihren Kopf,
um ihn anzusehen, ihre Augen erwartungsvoll,
ein riesiges Lächeln war auf ihrem Gesicht. Flavio
dachte in diesem Moment, wenn ihr das Geschenk
nicht gefallen würde, wäre es allein für diesen
Blick schon die Mühe wert gewesen.

„Vielleicht öffnest du es und findest es heraus", sagte Flavio und versuchte, seine Worte
sachlich klingen zu lassen, als ob diese Schachtel
nicht wichtiger wäre als eine verlorene Haar-
bürste, die er gefunden hatte, oder ein Stück ihres
Lieblingskaugummis. Aber es war etwas, von dem
er wusste, dass sie es lieben würde.

„Ich kann nicht glauben, dass du mir ein
Geschenk gekauft hast." Vicki schenkte ihm ein
weiteres Lächeln und wandte sich der Schachtel
zu. Jede Ecke des Deckels war unter die nächste
gesteckt und verschloss die Oberseite locker, bis
auf ein kleines quadratisches Loch in der Mitte. Sie
steckte ihren Zeigefinger in das Loch und fühlte
etwas Weiches. Und dann bewegte sich dieses Etwas.

Sie zog ihren Finger heraus und strahlte ihn an.
„Das hast du nicht getan?"

Flavio zuckte mit den Schultern. An diesem Punkt wünschte er sich nur, sie würde die verdammte Schachtel einfach öffnen.

Die Schachtel miaute sie an.

Sie öffnete sie, griff hinein und zog Cat heraus, drückte sofort ihr Gesicht in den weichen Bauch, worauf Cat schnurrend reagierte.

„Pass auf. Sie hat scharfe Krallen und – geht es dir gut?"

Sie hielt die Katze unter ihr Kinn, als würde sie sie als Kinnstütze benutzen. Sie starrte Flavio an, Tränen flossen aus ihren Augen. „Woher wusstest du, dass ich mein Kätzchen so sehr vermisst habe? Ich glaube, ich habe sie dir nur einmal erwähnt."

Er lächelte nur und erinnerte sich daran, als sie ihm erzählt hatte, wie sehr sie ihre Katze vermisste. Warum es mit Worten verderben, pflegte seine Mutter zu sagen.

„Flavio Petrovich, ich glaube, ich könnte mich in dich verliebt haben." Sie lehnte sich zu ihm und küsste ihn sanft.

„Wo hast du sie gefunden?", schniefte sie.

„Sie ist mir gefolgt, nachdem sie an meinem Bein hochgeklettert war."

Sie schniefte noch mehr. „Sieh mich an, ich heule wie ein Baby."

Sie setzte Cat zurück in ihre Box und sah zu ihm auf, ihr Gesicht ernst. „Okay, also versprich mir, dass du vorsichtig sein wirst?"

„Das werde ich."

Sie umarmte ihn und wollte nicht loslassen.

„Ich verspreche es", sagte er und meinte es ernst.

„Und danke, Flavio."

Er hatte das Gefühl, die Faust in die Luft recken zu wollen, aber er wusste, dass das ein bisschen zu viel gewesen wäre. Also bot er ein einfaches „Gern geschehen" an, küsste sie noch einmal und ging zur Tür hinaus. Dann, als sie sich schloss, rannte er den Flur hinunter und das Treppenhaus hinauf. Er würde zu spät zu einem privaten Treffen mit dem Kapitän kommen, wenn er sich nicht beeilte. Er lächelte den ganzen Weg über.

Er erreichte Kabine 8000 mit einer Minute Vorsprung und streckte die Hand aus, um an die Tür zu klopfen, als Mrs. TJ Williams gerade herauskam. Sie blickte überrascht zu ihm auf, dass er da war, Tränen liefen über ihr Gesicht. Sie zögerte zwischen ihm und dem Türrahmen, als wäre sie schockiert. Sie sah völlig unsicher aus, was sie als nächstes tun sollte.

„Mrs. Villiams, geht es Ihnen gut?"

Sie blieb stehen, ohne zu antworten. Und Flavio hatte keine Ahnung, was er tun konnte, um ihr zu helfen oder sie zu trösten. Im Gegensatz zu Vicki, die Freudentränen weinte, war diese Frau sehr aufgebracht über etwas, das sie gehört oder gesehen hatte.

„Ich..." Ihr Blick fiel wieder nach unten, als ob die Worte hinter ihrer Zunge stecken geblieben wären und sie nicht herausfinden konnte, wie sie sie lösen sollte. Sie sah wieder auf. „Es tut mir leid." Dann drehte sie sich um und ging weg, ihre Krücke hinter sich herziehend.

Er sah ihr nach, selbst schockiert von dem, was er gesehen hatte. Diese Frau war eine der stärksten, die er je getroffen hatte, aber in diesem Moment sah sie hilflos aus.

Flavio bedachte nun die Tatsache, dass er als nächstes den Kapitän treffen würde und wahrscheinlich das zu hören bekäme, was der Kapitän Mrs. Williams erzählt hatte und was der Grund für ihre Bestürzung war.

Flavio war selten nervös wegen irgendetwas. Aber in diesem Moment spürte er, wie sich sein Magen zusammenzog.

Er klopfte. „Kapitän? Hier ist Flavio Petrovich."

„Bitte kommen Sie herein, Flavio."

Das tat er.

„Flavio, bitte setzen Sie sich. Ich muss Ihnen etwas mitteilen, das derzeit nur drei andere Personen wissen, aber es wird jeden auf diesem Schiff betreffen."

Chapter 36

Die Insel

Weniger als eine Stunde später brachen TJ, Flavio und Wasano auf dem militärischen P114-Boot auf, das von Mr. Novo gesteuert wurde, zur anderen Seite der Insel, um den Militärstützpunkt Layes zu inspizieren. Ted wusste das zunächst nicht, nur dass TJ nie zu ihrem Frühstückstermin um 8 Uhr erschienen war. Er fragte herum, aber niemand wusste, wo sie war. Als er zu ihrer Kabine ging, antwortete sie nicht. Die einzige Person, die sie gesehen hatte, war Jaga, ihr Zimmersteward, als sie ursprünglich an Bord gekommen waren, der jetzt in einer Kabine neben TJs vorübergehender Kabine auf Deck 3 wohnte. Jaga sagte nur, dass sie aufgebracht gewirkt hatte und so schnell wie möglich humpelnd weggegangen war und ihn nicht rufen gehört hatte. Jaga sagte auch, er sei sicher, dass TJ „nach unten" gegangen war.

Es gab nur zwei Ziele, mit denen sie unten zu tun haben könnte: die Ausgänge auf Deck 2 oder Deck 1 und die RE-Medizinklinik. Er hatte gehört, wie das Militärboot abfuhr, aber sie hatte nichts davon gesagt, dass sie darauf sein würde, also schloss er, dass sie zur Klinik gegangen sein musste. Und Jaga sagte, dass sie aufgebracht und in Eile ausgesehen hatte. Vielleicht war sie krank. Er war besorgt.

Jetzt eilte Ted die Treppe hinunter und durch den kleinen öffentlichen Bereich auf Deck 1, um Chloe in der Medizinstation zu sehen.

Ted hörte ihre Stimme, als er klopfte.

„Oh Ted, ich bin froh, dass Sie hier sind. Ich wollte mit Ihnen über meine Ergebnisse des T-Gondii-Bluttests sprechen. Haben Sie ein paar Minuten?"

Ted beobachtete sie aufmerksam, ohne sofort zu antworten. Er hatte mit ihr bezüglich der Parasitären zusammengearbeitet und Ideen und Theorien ausgetauscht. Sie war unglaublich intelligent und hätte eine brillante Ärztin werden können, wenn ihre normale Welt nicht geendet hätte. Stattdessen erhielt diese junge Frau eine der besten Crashkurs-Ausbildungen in Medizin.

Sie blickte von ihren Notizen auf, um zu sehen, warum er nicht geantwortet hatte.

„Haben Sie heute meine Frau gesehen?", fragte er und beobachtete genau, wie sie als Nächstes reagierte.

Sie sah nach unten und weg von ihm – ein sicheres Zeichen, dass sie etwas verbarg. „Ah, ja, das habe ich. Aber...", sie zögerte und warf ihm einen zögerlichen Blick zu, „Sie sollten wirklich mit ihr sprechen."

„Was ist los? Geht es ihr gut?" Er wurde wirklich besorgt.

„Es geht ihr gut, nur ein bisschen Übelkeit."

„Übelkeit?" Er blickte nach oben und versuchte sich zu erinnern, ob andere Symptomatische über

Übelkeit geklagt hatten, außer zu Beginn eines Fiebers, und das war nicht gut. „Sind Sie sicher, dass es ihr gut geht?"

„Ich bin sicher."

„Okay, können Sie mir wenigstens sagen, wo sie jetzt ist?"

„Ich weiß nur, dass sie nach mir zum Kapitän gegangen ist. Sie hatte tatsächlich einen Termin bei ihm."

„Danke." Ted drehte sich zum Gehen.

„Ted, was ist mit meinen Daten zum Toxo-Test?"

Normalerweise wäre er interessiert gewesen, aber er hatte nur eine Sache im Kopf: seine Frau. Ted schenkte ihr ein Lächeln. „Tut mir leid. Vielleicht später?"

***

Das P114 glitt mühelos durch die Wellen, die von der Windseite der Insel her aufgepeitscht wurden.

Tomas fuhr sie um eine Wellenbrechermauer in eine kleine Bucht mit einem Strand, aber ohne Anlegestelle. Üppige Bäume umgaben beide Seiten des Strandes, und der Rest des Gebiets war dicht mit Vegetation bewachsen, die sich um mehrere Gebäude ausbreitete, die sich über ein großes Areal erstreckten. Ein riesiger Zaun schien einen Teil der Insel zu teilen und trennte diesen Stützpunkt von dem größeren Landabschnitt, der sich ganz um die andere Seite herum erstreckte, wo sie die *Intrepid* vor Anker gelassen hatten. Anscheinend verband keine Straße auf der größtenteils ländlichen Insel die beiden Seiten.

Flavio blickte zurück zu Mrs. Williams, die ins Leere zu starren schien.

Er dachte an das, was der Kapitän gesagt hatte, und dachte an sie und all die anderen, die betroffen sein würden. Er konnte sich nicht vorstellen, was sie jetzt gerade dachte. Er empfand solch ein Mitgefühl für sie und Mr. Williams.

Sie landeten nur wenige Minuten später am Strand.

Flavio blickte auf Mrs. Williams und ihr Bein, wo Wasano sie angeschossen hatte, wie er verstand, um sie davon abzuhalten, sie anzugreifen. Sie schonte es immer noch, wenn auch weniger, als er erwartet hätte. Aber jetzt empfand Flavio so viel Mitgefühl für sie, dass er sich Sorgen machte, es könnte nass werden.

„Mrs. Villiams, kann ich Ihnen helfen zum-"

Sie wartete nicht, bis er fertig war, sprang vom Boot ins Wasser, das ihr bis zur Brust reichte. Sie hielt eine volle Leinentasche über ihren Kopf.

Flavio sprang als Nächster hinein und hielt sein Gewehr über den Kopf, bevor er eintauchte und sich bis zur Taille durchnässte. Er drehte sich um und sah seinen Sicherheitsdirektor dasselbe tun, nur dass dieser fast vollständig untergetaucht war.

Einen Moment lang fragte sich Flavio, ob Mr. Novo sie dort stranden lassen würde. Aber auch er sprang heraus und trug ein Seil, das am Bug befestigt war. Er watete durch das Wasser, dann den Strand hinauf und band die Leine an einen Pfahl, der an einem großen Felsen knapp außerhalb des

Wassers befestigt war. Er war offensichtlich schon einmal hier gewesen, genau wie er gesagt hatte.

Als sie alle aus dem Wasser waren, rief Mrs. Williams ihnen zu: „Kommt, lasst uns anfangen."

Die Anweisungen des Kapitäns waren, ihr zu folgen und sicherzustellen, dass der Ort frei von Parasitären oder anderen Bedrohungen und absicherbar war.

Sie holte ein Klemmbrett und einen Stift aus ihrer weichen Leinentasche. Sofort begann sie, eifrig Notizen auf den vorgedruckten Seiten zu machen.

Als sie von Gebäude zu Gebäude gingen, kritzelte sie wie wild Notizen nieder und bat gelegentlich einen von ihnen um Hilfe bei einer Messung.

Wasano ließ Flavio und Mrs. Williams allein, während er die gesamte Zaunlinie ablief, um sicherzustellen, dass es keine Durchbrüche gab.

In den nächsten zwei Stunden behielt Flavio weiterhin ihre Umgebung im Auge, sprang manchmal in Kriechkeller oder inspizierte dunkle Ecken und half ihr generell bei allem, worum sie bat. Sie schien genau zu wissen, wonach sie suchte.

Als sie fertig war, setzten sie sich auf die Veranda eines der Häuser am nächsten zum Strand und warteten darauf, dass der Sicherheitsdirektor zurückkehrte. In der Zwischenzeit prüfte sie ihre Notizen und er beobachtete sie. Er konnte nicht anders, als etwas zu sagen.

„Ich fühle solche Traurigkeit für Sie, Mrs. Villiams."

Sie blickte zu ihm auf und legte ihr Klemmbrett beiseite. Sie trug ihre Sonnenbrille nicht mehr, hatte sie entweder verloren oder fand es nicht mehr nötig, ihre Augen damit zu verbergen. Außerdem war es ein dunkler und bewölkter Tag. Ihre rötlichen Augen wirkten nicht länger unheimlich oder erschreckend. Für Flavio sahen sie schön, aber belastet aus.

„Bitte, Flavio", sagte sie leise. „Nach allem, was wir zusammen durchgemacht haben, würdest du mir den Gefallen tun und mich bei meinem Vornamen oder einfach TJ nennen?"

Er nickte.

Ganz behutsam legte sie ihre Hand auf seine. „Ich weiß, dass du weißt, warum wir hier sind. Und bald werden es alle anderen auch wissen. Ich vermute auch, dass du aufgrund deiner Bemerkung über meine persönliche Situation Bescheid weißt. Ich bitte dich, meinem Mann nichts davon zu sagen. Ich möchte es ihm selbst erzählen."

Er versuchte zu grinsen, aber sein Stirnrunzeln wollte nicht weichen. „Der Kapitän hat mich schwören lassen, es nicht zu erwähnen, nicht einmal gegenüber Vicki. Ich werde Ihr Geheimnis bewahren, Mrs... Teresa Jean."

„Es ist besser so, weißt du... für alle."

Sie lächelte ihn an, aber er wusste, dass es ihre eigene Traurigkeit überdeckte.

Er wollte sie trösten. Und wenn sie noch länger so dagestanden hätten, hätte er es getan. Aber genau in diesem Moment hörte er Wasano am Strand zurückkommen.

Sie löste ihre Hände von seinen.

Wasano gab ihnen ein Zeichen, ihn im Boot zu treffen, und Flavio winkte zurück, um dies zu bestätigen.

Sie beobachtete ihn, als er aufstand, und er bot ihr an, ihr aufzuhelfen, aber sie schüttelte den Kopf.

Und dann wusste er es.

„Sie kommen nicht mit uns zurück, oder?"

„Nein, Flavio. Es gibt viele Vorbereitungen zu treffen. Und ich möchte damit einen Vorsprung haben."

Flavio blickte zum Boot zurück und dann zu ihr. „Werden Sie zurechtkommen?"

„Ja, das werde ich." Sie streckte ihre Hand aus und Flavio hielt seine hin, in der Annahme, sie wolle sie schütteln, aber sie zog sich daran hoch, sodass sie Zehe an Zehe mit ihm stand. Sie beugte sich vor und küsste ihn auf die Wange.

„Du bist ein guter Mensch, Flavio. Das Schiff hat Glück, dich zu haben. Kümmerst du dich um meinen Mann?"

Er schenkte ihr ein schwaches Grinsen und nickte.

Sie setzte sich wieder auf die Stufe und winkte ihm zu.

Er wandte sich zum Boot um und bahnte sich langsam seinen Weg durch den Sand und dann durchs Wasser.

Er nahm die Hand von Mr. Agarwal und zog sich ins Boot hoch. Gleichzeitig startete Mr. Novo, der bereits die Vertäuungsleine eingeholt hatte, den Motor und steuerte sie rückwärts in die Bucht.

Als sie in der Bucht wendeten, um zu ihrem Schiff zurückzukehren, beobachtete Flavio TJ Williams – *Teresa Jean*, korrigierte er sich.

Sie saß immer noch auf dieser Stufe und starrte auf den Strand hinaus.

Es war das letzte Mal, dass er sie sah.

Chapter 37

Die Versammlungen

Nachdem Flavio sich von Teresa Jean verabschiedet hatte, dachte er darüber nach, was mit der Welt geschehen war, und was das für Teresa Jean und Ted bedeutete. Er schwor sich, nie wieder etwas zwischen Vicki und sich ungesagt zu lassen. Als er zum Schiff zurückkehrte, rannte er buchstäblich zu Vickis Kabine, gestand ihr seine Liebe und bat sie, ihn zu heiraten. Obwohl er ihr erzählen wollte, was passiert war, konnte er die Wahrheit erst preisgeben, nachdem die Nachricht des Kapitäns vier Tage später übermittelt wurde. An diesem Morgen sollten alle die grundlegende Wahrheit erfahren, einschließlich Ted.

Jeden Tag nach Flavios Rückkehr wurden zwei Beiboote mit Männern – die alle nur wenig von der Wahrheit wussten, aber zur Verschwiegenheit verpflichtet waren – sowie Lebensmittel, Rohmaterialien und andere Vorräte zur Insel transportiert. Jeden Tag kehrten die Beiboote nur mit den Männern zurück.

Jeder Mann wurde bei der Rückkehr zum Schiff zu seiner Kabine auf Deck 2 eskortiert, wo er aß und schlief, isoliert vom Rest des Schiffes und unter Bewachung bewaffneter Wachen. Der einzige andere Besatzungsangehörige, der diesen Teil des Schiffes betreten durfte, war Buzz, zur gleichen Zeit, als die ersten Beiboote ausgeschickt wurden, nur um die Überwachungskameras abzuschalten. Ihre Mission wurde vor allen anderen geheim gehalten.

In der Zwischenzeit wurde die *Intrepid* langsam gereinigt und instandgesetzt, während Teams von Besatzungsmitgliedern unermüdlich daran arbeiteten, sie wieder voll funktionsfähig zu machen. Jeder arbeitete Tag und Nacht an etwas, sodass kaum Zeit für etwas anderes als Essen und Schlafen blieb.

Flavio war tagsüber damit beauftragt, neue Rekruten für den Sicherheitsdienst auszubilden. An den Nachmittagen und Abenden hielt er Selbstverteidigungskurse für das ganze Schiff ab. Oft nahmen vierzig oder fünfzig Personen an jedem der beiden Kurse teil.

Er hatte die Freiheit, so zu unterrichten, wie er wollte, aber der Kapitän hatte ihm aufgetragen, sich darauf zu konzentrieren, jedem Besatzungsmitglied die Mittel zu geben, sich selbst zu verteidigen, falls ein Parasitärer angreifen sollte. Er tat wie angewiesen und nutzte seine persönlichen Erfahrungen aus dem direkten Kampf mit einigen dieser Dinger. Aber er wusste, dass es wahrscheinlich nichts nützen würde: So schnell, wie sie jetzt waren, war Flavio ziemlich sicher, dass es in fast jeder Situation ein aussichtsloses Unterfangen gegen einen von ihnen wäre. Und gegen zwei oder mehr gäbe es keine Chance. Das einzige Werkzeug, das funktionierte und einem eine Kampfchance gab, war eine automatische

Waffe wie seine. Aber da es auf dem ganzen Schiff nur drei automatische Waffen gab, musste Flavio sein Bestes geben, um sie im Umgang mit Messern und Knüppeln zu unterrichten.

Dennoch dankten ihm alle Teilnehmer und sagten, sie wollten sich einfach sicher und in Kontrolle fühlen, und er gab ihnen diese Macht durch seinen Unterricht. Flavio musste zugeben, dass ihn das mit unermesslichem Stolz erfüllte.

Jeden Moment, in dem Flavio nicht arbeitete oder schlief, verbrachte er mit Vicki und behandelte jeden, als könnte es ihr letzter sein. Das war das geheime Geschenk, das Teresa Jean ihm gemacht hatte, und er hoffte, dass Vicki auch die Nutznießerin von TJs Geschenk sein würde.

Die ganze Zeit dachte er in ruhigen Momenten oder kurz vor dem Einschlafen an Ted und Teresa Jean, wenn Flavio gezwungen war, sich mit seiner eigenen Schuld auseinanderzusetzen.

Zwei Tage vor den Versammlungen war das einzige Mal gewesen, dass er Ted gesehen hatte. Sie begegneten sich auf dem Promenadendeck und gingen in entgegengesetzte Richtungen. Flavio beobachtete Ted, aber Ted starrte in den Raum und marschierte in seinem üblichen schnellen Tempo – sein Hinken von seinem verstauchten Knöchel war jetzt kaum noch wahrnehmbar. Flavio musste sich vor ihn stellen, weil Ted so in Gedanken versunken war, dass er nicht einmal seinen eigenen Namen hörte. Flavio wollte Ted in Ruhe lassen, aber er musste mit ihm sprechen, obwohl er nicht wusste, was er sagen sollte, weil er eigentlich nichts sagen konnte.

„Wie geht es Ihnen, Mr. Villiams?"

Er gab Flavio einen leeren Blick. „Du weißt es doch... Und würdest du mich bitte Ted nennen? Nach allem, was wir zusammen durchgemacht haben."

Flavio lächelte bei der Erinnerung daran, dass Teresa Jean ihn um das Gleiche gebeten hatte. „Ihre Frau... Sie..." Er konnte es nicht übers Herz bringen, es auszusprechen. Er konnte es nicht sagen, ohne mehr zu verraten, als er sollte. „Bitte lassen Sie es mich wissen, wenn Sie etwas brauchen, Ted."

Ted nickte, schenkte ihm ein kleines Lächeln und ging weiter.

Wie bei jedem festgelegten Moment in der Zukunft konnten weder Arbeit noch freudiges Spiel den stetigen Marsch der Zeit verlangsamen. Der Tag, den er fürchtete, war nun da. Der Morgen der Versammlungen war gekommen.

Flavio sollte an der vom Kapitän geleiteten Versammlung teilnehmen. Ted sollte die andere leiten.

Die Ankündigung kam um 7:30 Uhr, genau wie vorherige Ankündigungen und Flugblätter alle Crewmitglieder gewarnt hatten, sich darauf vorzubereiten und genau zuzuhören. Der Kapitän erklärte, dass in dreißig Minuten zwei verpflichtende Versammlungen stattfinden würden. Die eine in der Wayfarer Lounge, die wie durch ein Wunder rechtzeitig ausgeräumt und bereit war, sollte von allen besucht werden, deren Kabinen sich in der hinteren Hälfte des Schiffes befanden, vom mittleren Treppenhaus bis zum Heck. Die zweite Versammlung, die gleichzeitig stattfand, war im Tell Tale Theatre angesetzt und sollte von

allen Kabineninhabern vom vorderen Treppenhaus bis zum Bug besucht werden.

Niemand außer Flavio, Wasano, Ted, dem
Kapitän und nun allen bis auf fünf ihrer
Sicherheitsleute, deren Zahl auf fünfundzwanzig
angewachsen war, kannte den Inhalt der
Botschaft der Versammlungen. Gerüchte hatten
sich verbreitet, dass es etwas mit der Militärbasis zu tun hatte, besonders da viele die Beiboote
hin- und herfahren sehen konnten. Und sicherlich
konnten die Crewmitglieder, die die Versorgungs-
güter verladen sahen, vermuten, dass die Männer, die auf den Beibooten reisten und in Isola-
tion gehalten wurden, die Militärbasis bewohnbar
machten. Aber wofür, wussten sie nicht. Flavio
war erstaunt, dass der Kapitän dieses Geheimnis
so gut unter Verschluss gehalten hatte.

Als die Leute in die jeweiligen Räume strömten,
war es die Aufgabe seines Sicherheitspersonals,
sie schnell und ruhig zu ihren Plätzen zu bringen. Dreißig Minuten zuvor, unmittelbar nach
der Ankündigung, waren einige seiner Sicherheitsleute zu jeder der hinteren Kabinen gegangen,
um sicherzustellen, dass deren Bewohner an der
Versammlung in der Lounge teilnahmen.

Andere Sicherheitsleute trieben die wenigen
Nachzügler in ihre jeweiligen Räume, sodass es
Flavio zur vollen Stunde schien, dass alle dort
waren, wo sie sein sollten.

In diesem Moment verriegelten Flavio für die
Versammlung des Kapitäns und Wasano für Teds
Versammlung die Haupteingangstüren, sodass
niemand gehen konnte, bis es Zeit war.

Ted marschierte zum Rednerpult auf der Bühne und musterte kurz sein Publikum. Alle sahen nervös aus. Er nicht. Es schien wie ein anderes Leben, als er oft von überwältigender Panik erfüllt gewesen war, vor einer großen Gruppe sprechen zu müssen. Jetzt fühlte es sich an wie ein alter Hut: eng, bequem, bereit, seine Aufgabe zu erfüllen. Das Sprechen war nicht das Problem; es war die Furcht davor, diese Botschaft zu überbringen. Er hatte das gefürchtet, seit dem Tag, an dem der Kapitän ihm gesagt hatte, was als Nächstes passieren würde. In diesem Moment setzte er seinen Rednerhut auf und legte los.

„Guten Morgen." Er machte eine Pause, um sicherzugehen, dass alle aufmerksam waren. Sie mussten hören, was als Nächstes kam.

„Mein Name ist Ted Williams und ich bin im Auftrag unseres Kapitäns, Jean Pierre Haddock, hier, um eine besondere Ankündigung zu machen, die jeden auf diesem Schiff betrifft. Während ich zu Ihnen spreche, überbringt der Kapitän auf der anderen Seite des Schiffes fast dieselbe Botschaft.

„Zunächst einmal, damit Sie es wissen: Das Schiff hat allen benötigten Treibstoff und wir haben die Bedrohung durch die Insel beseitigt." Normalerweise hätte Ted hier eine Pause eingelegt, um diese gute Nachricht wirken zu lassen. Doch er ging direkt zum ersten Teil des Geheimnisses über, das er mit sich herumgetragen hatte.

„Außerdem liegt die Gefahr von Parasitären-Angriffen an Bord hinter uns... vorerst. Es stimmt, wir haben die Parasitären von unserem Schiff entfernt, aber die Bedrohung durch sie ist immer noch hier. Das liegt daran, dass jeder, der mit dem Toxo-Parasiten infiziert ist, in dem Moment parasitär werden kann, wenn seine Körpertemperatur auf 37,2 Grad Celsius steigt. Viele von uns haben das aus erster Hand miterlebt: Ein Passagier schien in einem Moment noch in Ordnung zu sein und im nächsten Augenblick wirkte er verrückt, mit Mordlust in den Augen.

„Heute werden wir diese Bedrohung endgültig von diesem Schiff entfernen. Alle von Ihnen in diesem Raum wohnen derzeit in den vorderen Kabinen, aber Sie wurden nicht aus Bequemlichkeit hierher eingeladen. Es gab einen einfachen Grund: Keiner von Ihnen ist derzeit mit dem Parasiten infiziert."

Jean Pierre machte eine Pause, um es sacken zu lassen.

„Ja, was ich Ihnen sage, ist wahr. Jeder in diesem Raum ist derzeit mit dem Toxo-Parasiten infiziert. Viele von Ihnen wissen das und haben es schon länger gewusst. Aber für einige von Ihnen ist dies das erste Mal, dass Sie davon hören, weil Sie möglicherweise noch keine Symptome zeigen. Andererseits haben einige von Ihnen bereits Symptome und die verräterischen Anzeichen wie rote Augen, blasse Haut, Gewaltgedanken, Verwirrung und grundlose Wut bemerkt."

Der Raum füllte sich mit Gemurmel und Getuschel von fast allen Anwesenden.

Jean Pierre hielt inne und hob die Hände. Und als sie sich nicht sofort beruhigten, rief er: „Ruhe! Hören Sie zu. Jeder Einzelne von Ihnen wird irgendwann in der Zukunft einige oder alle dieser Symptome erleben. Und als jemand, der infiziert ist, können Sie parasitär werden, sobald Ihre Körpertemperatur 37,2 Grad erreicht. Und wenn das passiert, wären Sie eine Bedrohung für jeden nicht infizierten Menschen auf diesem Schiff. Und das bedeutet, Sie sind eine Bedrohung für dieses Schiff.

„Als Kapitän der Intrepid kann ich nicht zulassen, dass diese Bedrohung auf meinem Schiff weiterbesteht. Deshalb habe ich für jeden von Ihnen vorübergehende Unterkünfte und Vorräte in einem sicheren Militärstützpunkt auf der anderen Seite dieser Insel organisiert. Wir werden in wenigen Minuten beginnen, Sie dorthin zu bringen. Ihre persönlichen Sachen wurden bereits für Sie gepackt und warten auf einem Beiboot, das Sie und Ihr Gepäck zur Insel bringen wird. Und bevor Sie fragen: Das ist nicht verhandelbar." Er holte tief Luft. „Wenn Sie sich nicht fügen oder sich weigern, das Schiff zu verlassen, werden Sie erschossen. Bitte beginnen Sie jetzt mit dem Verlassen. Sie werden von unserer Sicherheit begleitet.

In diesem Moment öffnete Flavio die Türverriegelung und rief: „Folgen Sie diesem Mann hier, sofort."

Ein Sicherheitsmann hielt ein Schild mit der Nummer 1 hoch. Andere Wachen hatten Plakate mit anderen Nummern auf ihren Schildern.

Ted hob die Hände, um die Menge zu beruhigen.

„Leute... Das passiert jetzt gerade."

Das Theater war erfüllt von Flüstern, Weinen und einigen wütenden Kommentaren. Zwei Personen erhoben sich von ihren Sitzen und machten sich auf den Weg zum Ausgang, aber Wasano trat ihnen einen Schritt entgegen und richtete sein Gewehr auf sie. Die Botschaft war klar: Wer sich einmischt, wird erschossen.

„Alle bleiben bitte sitzen, bis diese Ankündigung vorbei ist. Die Sicherheit geht jetzt durch die Gänge und verteilt Listen mit den Namen der infizierten Personen, die auf die Insel gebracht werden. Wenn Sie einen Namen nicht auf der Liste finden, dann ist diese Person nicht infiziert. Wenn ein Familienmitglied oder ein geliebter Mensch zu denjenigen gehört, die infiziert sind und daher auf die Insel gehen, und Sie selbst nicht infiziert sind, wird es Ihnen nicht erlaubt sein, sie auf die Insel zu begleiten. Dies dient Ihrer Sicherheit und der Sicherheit derer auf der Insel. Irgendwann in der Zukunft werden wir eine Möglichkeit für Besuche auf der Insel einrichten. Glauben Sie mir, wenn ich sage, dass dies eine schwere Entscheidung war, die jeden betrifft."

Ted wollte gerade sagen: „Meine Frau ist auch dort." Aber er wollte die Grenzen nicht verwischen. Es stimmte, er hatte gelitten, seit er von ihr getrennt war, nachdem sie beinahe gestorben und symptomatisch geworden war. Und er hatte sie nicht mehr gesehen, seit sie auf der Insel war, um sie vorzubereiten und den Infizierten zu helfen, die gezwungen waren, dorthin zu gehen, damit sie sich auf ihr Leben als infizierte Person vorbereiten konnten.

Aber dann erwartete Ted, dass sie zum Schiff zurückkehren würde, als die einzige Ausnahme von der Regel des Kapitäns, nicht nur, weil sie sich mehrfach bewährt hatte, sondern auch, weil sie immer noch jemanden mit Symptomen brauchten, der in der Lage war, regelmäßig jedes ihrer Besatzungsmitglieder zu überprüfen, um sicherzustellen, dass niemand infiziert wurde, egal wie unwahrscheinlich das auch sein mochte.

Chapter 38

Neues Leben (51 Tage später)

Flavio kam nach Hause und fand seine Frau Vicki direkt hinter der Tür stehend vor, mit einem breiten Lächeln im Gesicht und dem kurzen blauen Kleid, das er so liebte.

„Ahh... Hallo", erwiderte Flavio, wobei sein Lächeln nur eine Wange erreichte. „Hab ich was angestellt?"

Sie kicherte: „Na ja, das könnte man so sagen."

Sie streckte ihre Hände aus und er nahm sie an.

„Komm her." Sie führte ihn in ihre Kabine und versperrte mit ihrem Körper etwas, das sie ihm noch nicht zeigen wollte. Als sie zur Seite trat, enthüllte sie ihren Couchtisch, der mit einer karierten Tischdecke bedeckt war. Er war fast förmlich gedeckt, mit schönem Besteck, zwei abgedeckten Tellern – er konnte sehen, dass sie warm waren – und einem Guinness-Bier, an dessen Hals Schweißperlen hinunterliefen. Er konnte den köstlichen Duft thailändischer Gewürze in der Luft wahrnehmen.

„Hast du was angestellt?", fragte er, überzeugt davon, dass etwas nicht stimmte; sonst hätte sie sich nicht solche Mühe gegeben.

„Ja, das habe ich!", verkündete sie und hüpfte fast. „Was ist das da am Rand des Tisches?", fragte sie verspielt.

Er sah sie an und dann den Tisch und bemerkte jetzt etwas dort. Er ging hinüber und nahm den einzigen fremd aussehenden Gegenstand von ihrem Tischgedeck auf.

Dann traf es ihn. Er riss seinen Kopf zurück zu Vicki und nun war ihr ganzes Gesicht von einem Lächeln umhüllt. „Heißt das etwa..."

Sie nickte, hüpfte zweimal und sprang dann auf ihn zu. „Wir sind schwanger."

Er wirbelte sie herum, überlegte es sich dann aber anders und ließ sie vorsichtig runter. „Entschuldige. Du musst jetzt vorsichtig sein."

Sie boxte ihm in den Arm. „Du kannst manchmal so dämlich sein. Mir geht's gut. Oh, und das ist nicht die einzige große Neuigkeit."

Flavio war von der Schwangerschaftsankündigung schon ganz benommen. Er war sich nicht sicher, ob er noch weitere große Neuigkeiten verkraften konnte.

„Komm her." Sie ergriff seine Hand und führte ihn ins Badezimmer.

„Was?"

„Wirf mal einen Blick rein, aber sei nicht zu laut; du willst sie nicht aufwecken."

Er verzog sein Gesicht, als ob sie irgendein Fangspiel spielte und er gerade dabei war, in eine Falle zu tappen.

„Nun mach schon...", drängte sie.

Wenn es sie glücklich macht, besonders in ihrem Zustand, dachte er und öffnete die Badezimmertür.

In der Ecke, wo sie Katze – sie bestand darauf, sie Liz zu nennen – untergebracht hatten, war nicht nur Katze, sondern fünf kleine Kätzchen.

„Ist das nicht süß? Liz hat kleine Babys bekommen."

Alles, woran Flavio denken konnte, war, wie sie jetzt sechs Katzen verstecken sollten; eine war schon schwer genug.

„Kannst du jetzt einen Antrag auf eine Familienkabine stellen, oder müssen wir warten, bis der kleine Flavio geboren ist?"

Er ignorierte ihre Bitte. Natürlich würde er den Antrag stellen. Aber etwas kam ihm seltsam vor.

Er trat ins Badezimmer und kniete sich hin, um Mama Katze und ihre Kätzchen, die blind an ihr saugten, genau zu betrachten. Cat sah zu Flavio hinüber und miaute ihn an, und er sah es wieder. Es war eines ihrer Augen: Es war rot geworden.

Das Beiboot durchschnitt die aufgewühlte See und Ted versuchte, die aufkommende Übelkeit zu unterdrücken. Normalerweise wurde er nicht seekrank, besonders nicht nach über zwei Monaten Leben auf einem Schiff. Aber er wusste, dass es nicht nur die schaukelnde See war, die sein Gleichgewicht durcheinanderbrachte; es war der Gedanke, seine Frau nach zwei Monaten wiederzusehen. Aber das war nicht alles.

Es war das Gefühl, dass dieses Treffen, anstatt eine freudige Feier zu sein, stattdessen ein Abschied war.

Ted war kein Dummkopf. Er wusste, dass sie auf ihrem Schiff keinen Symptomatischen mehr brauchten: Chloe hatte einen vollständigen Bluttest für die Toxo-Infektion entwickelt. Ein einfacher Fingerstich und ein kleiner Bluttropfen waren alles, was nötig war, und der Kapitän hatte bereits eine verpflichtende Untersuchung alle zwei Monate für jeden an Bord angeordnet. Und diejenigen, die positiv getestet wurden, würden auf die Insel gebracht werden.

Der einzige Grund, warum TJ zu ihnen hätte zurückkehren können, wurde also durch Chloes neuen Test eliminiert. Aber Ted hegte immer noch Hoffnung.

Der Kapitän hatte sogar zugestimmt, dass sie für kurze Besuche an Bord kommen und bleiben könnte. Es war keine dauerhafte Lösung, aber ein Anfang. Aber nur, wenn er sie davon überzeugen könnte, zurückzukommen.

Ihr letztes Gespräch über Funk deutete darauf hin, dass sie anders dachte. Sie war kühl und schien von seiner Logik nicht überzeugt zu sein.

Das Boot krachte hart vom Kamm einer großen Welle herunter und erschütterte dabei seine Knochen.

Ted blickte auf und sah den Ring des Strandes, jenseits der Wellenbrechermauer, fast vollständig mit Punkten bedeckt: zweifellos die Bewohner, die darauf warteten, all die Besucher auf ihrem ersten Besucherbeiboot zu begrüßen, seit die Infizierten vor einundfünfzig Tagen umgesiedelt worden waren.

Er blickte zurück und sah all die glücklichen Gesichter, die auf den Strand zeigten, einige winkten sogar, als ob sie ihre Ehepartner, Geliebten oder Freunde aus dieser Entfernung sehen könnten.

Ted wandte seinen Blick wieder nach vorne und versuchte, das Gleiche zu tun und herauszufinden, welche seine Frau war.

TJ stach für ihn immer aus der Menge heraus, auch wenn sie nicht die glamouröseste oder klassisch schönste Person war. Die meisten häten sie als schöne Frau beschrieben, und viele hatten im Laufe der Jahre ihm und ihr gegenüber Kommentare zu ihrem Aussehen gemacht. Aber für Ted war ihre Schönheit und Präsenz so viel mehr als das. Sie hatte eine Ausstrahlung, die heller leuchtete als jede körperliche Schönheit es könnte.

Ziemlich schnell konnte er sie identifizieren, wie sie allein am oberen Ende der Strandebene stand. Sie war in einen weißen Kapuzenumhang gehüllt, der im Wind flatterte.

Ted stellte fest, dass sein Herz raste und so heftig schlug, dass es ihm schwerfiel zu atmen. Er konnte es kaum erwarten, sie zu halten, in ihre seltsamen neuen Augen zu blicken und die Liebe zu sehen, die sie immer für ihn empfunden hatte.

Das Beiboot glitt auf den Strand und ein Crewmitglied warf eine Leine zu einer wartenden Person, die sie an einem Poller links von TJ festmachte. Sie stand dort stoisch, wie ein Poller, der unbeweglicher aussah als der leblose Pfosten neben ihr.

Ted war der Erste, der ausstieg und mit beiden Füßen ins Wasser sprang, ohne sich darum zu kümmern, nass zu werden. Er watete durch das

Wasser und rannte dann den Strand hinauf, in dem Verlangen, sie zu umarmen. Er stürmte an anderen vorbei, als ob sie nicht existierten; sein Blick war auf sie fixiert.

Immer noch blieb sie regungslos und scheinbar unberührt von ihm stehen.

Als er nur noch wenige Schritte von ihr entfernt war, erhellte ein Lichtschimmer die Dunkelheit in ihrer Kapuze, die sonst ihren Kopf vor ihm verbarg. Er erhaschte nur einen flüchtigen Blick auf ihr vertrautes Lächeln, das sich auf ihrem unbekannten Gesicht ausbreitete.

Er hielt nur wenige Meter von ihr entfernt an, weil sie sich immer noch nicht bewegt hatte. *War sie unwillig oder unfähig?* Er kniff die Augen zusammen, um mehr in der verhüllten Düsternis ihrer Kapuzenrobe zu sehen, nach einem weiteren Schimmer seiner Frau, die dort in dieser fremden Gestalt stand.

Schließlich hob sie ihre Hände zu den Rändern der Kapuze und zog sie zurück, um ihre neuen, auffälligen Gesichtszüge zu enthüllen. Es war absichtlich und raubte ihm den Atem.

Ihr Haar war kurz geschnitten, gerade über den Ohren, und geisterhaft weiß gefärbt, wie feine Seidenfäden; ihre Wimpern, so dünn, dass sie fast unsichtbar auf ihrer Haut waren, waren ebenfalls weiß; ihr Hautpigment war vollständig ausgebleicht; ihre Lippen waren auch fast unsichtbar; beide Augen leuchteten wie zwei Blutmonde, die sich gegen weiße Teiche abhoben. Und doch waren es die zwei schönsten Augen, die er je gesehen hatte.

Eine Träne fiel aus einem ihrer Augen. Dann eine weitere. Und noch eine, bis sie beide wie ein Sommerregen niederprasselten.

„Oh, Ted", schluchzte sie und mit einem einzigen Satz sprang sie auf ihn zu und schlang ihre Arme um ihn.

Da er das nicht erwartet hatte, wäre er fast nach hinten gefallen, aber er grub sich ein und hielt sich fest an ihrem zierlichen Körper, nicht gewillt, loszulassen. Ihre Lippen fanden seine und sie blieben leidenschaftlich verschlossen für einen alles verzehrenden Atemzug.

Und dann löste sie sich, atmete aus und stieß sich von ihm weg. Er ließ los und sie fiel in den Sand und trat zurück, schwer atmend, während sie sich die Augen wischte.

Normalerweise hätten Tränen ihr Make-up verwischt, aber sie trug keines. Ihr Gesicht kehrte fast augenblicklich in seinen natürlichen Zustand zurück, gerade vor den Tränen, ohne jegliche normale rosige Röte in ihren Wangen oder andere verräterische Zeichen, dass sie geweint hatte. Es war, als wäre es nicht passiert, obwohl er immer noch den Beweis ihrer Salzigkeit von diesem Moment schmecken konnte.

Ihre Robe hatte sich während ihrer Umarmung etwas geöffnet und der Wind peitschte wieder auf, versuchte, sie weiter zu öffnen. Sie bändigte sie sofort, bevor mehr von ihr enthüllt wurde, strich mit einer Hand sanft über ihren Bauch und zog mit der anderen grob daran, wo sie sich über ihrer Brust kreuzte. Unter der Robe trug sie ein ärmelloses olivgrünes T-Shirt, anstatt ihres üblichen – zumindest war es üblich gewesen, als er sie zuletzt gesehen hatte – Sport-BHs. Am auffälligsten fehlte an ihrer blassen Brust ihre Orion-Kette, die er ihr vor über zwei Monaten zu ihrem Jahrestag geschenkt hatte.

Seine Augen mussten zu lange dort verweilt haben, denn sie zog nun mit beiden Händen an den Rändern der Robe und bedeckte sich bis zum Hals. „Ich habe sie verloren", platzte es aus ihr heraus. „Die neue Kette, die du mir gegeben hast, ist zerbrochen." Sie sagte dies ohne Emotion, als spräche sie über etwas Bedeutungsloses.

Er kümmerte sich nicht wirklich um die Kette, zumindest nicht sehr. Aber er konnte nicht anders, als zu fühlen, dass es etwas bedeutete, eine Metapher für ihre Beziehung... *War sie wirklich zerbrochen? Verloren?*

Fast als Antwort, kaum laut genug, um über dem aufgeregten Chaos um sie herum von Liebenden und Freunden, die sich umarmten, genau wie sie es vor zu vielen Momenten getan hatten, gehört zu werden, sagte sie: „Ich gehe nicht mit dir zurück. Ich muss hierbleiben."

Da war es, jetzt in unmissverständlichen Worten ausgedrückt. Und so sehr ihre Worte ihn wie ein Schlag in den Solarplexus trafen, wusste er, dass es so sein musste.

Selbst wenn sie zugestimmt hätte, mit ihm zurückzukommen, hätte man ihr nie erlaubt zu bleiben. Und es war töricht von ihm, auch nur daran zu denken. Sie mochte immer noch seine Frau sein, und es war offensichtlich, dass sie ihn liebte, wie ihre Tränen und leidenschaftliche Umarmung bewiesen, aber das änderte nichts daran, was sie jetzt war: ein Raubtier, das seine

Kabine ebenso wenig bewohnen konnte wie ein Leopard.

Ihre zarten Lippen öffneten sich leicht, zitterten, hielten dann aber stand. Dann zitterten sie wieder, bevor sie sagte: „Du weißt, dass ich dich immer noch liebe?"

Er lächelte. „Ja, da bin ich mir sicher." Er wollte sie etwas fragen, war sich aber nicht sicher, wie. „Geht es dir... gut? Ich meine, bist du hier glücklich?"

Jetzt lächelte sie. Und es war echt.

„Ja, mir geht es gut. Und zum ersten Mal, seit diese ganze Sache begonnen hat, bin ich im Frieden mit mir selbst."

Ted konnte nicht anders, als einen fragenden Blick auf sie zu werfen, weil er es wirklich nicht verstand. Aber er wollte es verzweifelt verstehen. Er überlegte gerade, wie er fragen sollte, als sie sich anbot, ihm beim Verstehen zu helfen.

„Ich dachte, es wäre eine Art inneres Böses – dass ich böse sei und dass dieser Teil von mir versuchte, meine Menschlichkeit zu übernehmen. Das ist es nicht. Ich bin nicht böse und es ist kein böses Wesen: Es ist nur eine Krankheit, die Veränderungen in mir bewirkt. Und ja, diese Veränderungen brachten Versuchungen, böse Dinge zu tun. Und manchmal waren sie überwältigend und fühlten sich unkontrollierbar an. Aber ich hatte immer eine Wahl, genau wie zuvor, bevor ich infiziert wurde. Ich entschied mich dafür, anderen keine bösen Dinge anzutun. Ich entschied mich dagegen, ein Monster zu sein. Jeder, der von dieser Krankheit betroffen ist, kann auch diese Wahl treffen.

„Und Ted, ich helfe anderen hier, die richtige Wahl zu treffen. Einige haben den einfachsten Weg gewählt, und sie enden oft als Monster; andere haben den schwierigeren Weg gewählt. Es ist immer ihre Entscheidung.

„Die Krankheit verändert dich in vielerlei Hinsicht, sowohl physisch als auch physiologisch, wie wir beide wissen. In gewisser Weise ist es genauso wie, sagen wir, der graue Star, der deine Sehkraft verändert. Abgesehen von einer Art Operation müsstest du dich einfach an deinen neuen Zustand anpassen. In unserem Fall bietet der Zustand jedoch auch einige Vorteile, und wir müssen uns an sie alle anpassen." Sie zögerte, ihre Augen wurden wieder wässrig.

„Nichts davon ändert meine Gefühle für dich. Mein Herz wird immer dir gehören und nur dir allein... Aber ich weiß auch, dass wir nicht zusammen sein können, wie wir es waren."

„Ich verstehe", sagte er. „Es geht nicht nur um uns. Es gibt kein mögliches Zusammenleben für infizierte und nicht infizierte Menschen... Aber es tut trotzdem weh."

„Mir auch... Wir können uns immer noch besuchen, so wie jetzt. Ich möchte dich wiedersehen."

„Okay."

Sie hielten eine Weile an ihrer Stille fest. Es war nicht unähnlich zu vielen ihrer gemeinsamen Momente in der Vergangenheit, wenn sie stundenlang geredet und dann einfach innegehalten hatten, um die Stille miteinander zu genießen.

Aber auch das konnte nicht ewig dauern.

„Ich muss gehen. Ich arbeite mit Boris und Penny, die Schwierigkeiten haben, mit den Veränderungen umzugehen, die sie durchmacht."

„Bis zum nächsten Besuch dann", sagte Ted und trat mit gespitzten Lippen auf sie zu.

Sie rümpfte reflexartig die Nase und versuchte offensichtlich, ihn nicht zu riechen. Aber sie küsste ihn sanft und drehte sich dann schnell um und rannte in die andere Richtung, ins Dorf.

Er sah zu, wie sie hinter einer Baumgruppe verschwand und dann in Pennys Arme lief, die mit ihrem Mann auf der Veranda eines der vielen Gebäude stand, die sich um den Strand gruppierten.

Ted stieß einen langen Seufzer aus. Das war nicht das Leben, das er sich gewünscht hatte, aber es war eines, das er akzeptieren konnte. Er würde die Tage bis zu seinem nächsten Besuch hier zählen.

Bis dahin wusste er, dass alles gut werden würde.

Epilog

Vier Jahre später

Ted rieb sich den grauen Bart, der sein Gesicht bedeckte, während er mit der anderen Hand das Steuer des Beiboots fest umklammerte. Die Wellen waren heute besonders unruhig, sodass er das Ruder gut festhalten musste. Vor einem Jahr hatten sie eines ihrer Beiboote verloren, wobei der Steuermann und ein weiteres Besatzungsmitglied ums Leben gekommen waren, ganz zu schweigen von den Vorräten, die ins Meer gefallen waren. Der Kapitän meinte, das Ruder sei ihm wahrscheinlich in der Querströmung entglitten. Ted hatte nicht vor, ein weiteres Opfer der vielen Unfälle der *Intrepid* zu werden.

Die Ladung Vorräte dieses Monats ähnelte dem, was er bei den meisten seiner Fahrten mitbrachte. Salz und einige andere wiederverwertbare Materialien. In den ersten zwei Jahren hatten sie ihre Lebensmittelvorräte zur Kolonie exportiert. Jetzt war es umgekehrt. Sie erhielten frisches Fleisch vom Vieh, das die Kolonie hielt, Obst aus ihren Obstgärten und Gemüse aus ihren Gärten.

Heute hatte er einen Neuzugang für ihre Kolonie dabei – die erste Person seit langem, die eine Infektion entwickelt hatte und dann

symptomatisch geworden war. Der Junge namens Pasquale saß allein in Gedanken versunken am Heck des Beiboots, nur Ted und ein
Sicherheitsmann – zu Teds Schutz – kümmerten
sich um ihn. Aber bald würde Pasquale bei
seinesgleichen sein. Sie würden ihm beibrin-
gen, wie man mit dieser Krankheit lebte. Wenn
Pasquale Glück hätte, würde er Teds Frau als
Lehrerin bekommen. Ted betete darum, für den
Jungen und TJ.

Nachdem er das Boot um die Wellenbrechermauer und in die Bucht manövriert hatte, tat
Ted das, was er vor jedem Besuch tat: Er suchte
den Strand nach seiner Frau ab. Heute waren
ziemlich viele Kolonisten am Strand, viel mehr
als normal. Sie mussten wegen Pasquale da
sein, um ihn willkommen zu heißen.

Ted war mittlerweile ziemlich gut im Anlegen
geworden. Er stellte den Motor ab und ließ das
Boot jedes Mal an dieselbe Stelle gleiten. Als
er vorsichtig ausstieg und zum Bug ging, um
das aufgerollte Seil zu greifen, sah er mehrere
bekannte Gesichter, die warteten. Einige winkten ihm zu.

Ted warf seine Leine aus, die ergriffen und
festgebunden wurde, als das Boot zum Stehen
kam. Ted sprang vom Bug, wobei er kaum am
Rand der Wasserlinie platschte.

Ágúst war der Erste, der ihn begrüßte, sein
Willkommenslächeln war wie immer aufrichtig
und breit. Es war immer noch schwer zu
glauben, dass er die Prügel überlebt hatte, die
er hatte einstecken müssen, obwohl seine Haut
jedes Mal, wenn Ted ihn sah, blasser aussah.

Franz war auch da, ebenso wie Jaga. Der kleine Taufan, der jetzt ganz weiß war und anscheinend nicht mehr viel herumlief, lag gemütlich in seinen Armen. Beide trugen ebenfalls breite Lächeln. Ted bemerkte sofort, dass Franz' Augen wie zwei leuchtende Kirschen waren. Er hatte gehört, dass er symptomatisch geworden war und Ágústs und TJs spiritueller Führung folgte. Jaga sah nicht anders aus als vorher, und er war froh darüber. Er war nie symptomatisch geworden.

Ágúst winkte Ted zu, ihm den Postsack zu geben, den er fast vergessen hatte. Er hievte ihn zu Ágúst hinüber und erfüllte damit seine Pflichten als Postbote der *Intrepid*.

Viele andere Kolonisten waren bereits zum Beiboot gekommen, um die Vorräte der *Intrepid* abzuholen, die er mitgebracht hatte, und dann die Vorräte zu verladen, die Ted zurück zum Schiff transportieren würde. Ted achtete nur halb darauf und suchte ständig nach dem einen Gesicht, das er wirklich sehen wollte.

Zu diesem Zeitpunkt überschütteten die Kolonisten Ted mit „Hallos" und einem Trommelfeuer an Fragen über die *Intrepid* und ihre Leute; wo sie gewesen waren, was sie taten und so weiter. Ted beantwortete gerne, was er konnte. Dies war ebenso ihre Besuchszeit wie seine. Es dauerte nie zu lange, besonders wenn TJ nicht da war. Manchmal war sie da und manchmal nicht.

„Tut mir leid, Ted", sagte Ágúst in seinem immer gemessenen Ton. „Sie ist heute auf der Jagd. Sie ist jetzt in den Hügeln. Sie dachte, du hättest gestern kommen sollen."

Ted nickte. Vor einiger Zeit hatten sie zum Schutz ihres Beiboots beschlossen, den Tag von Teds Versorgungsfahrt nicht bekannt zu geben. Sie hatten immer noch Angst vor Piraten nach einem früheren Angriff.

„Das dachte ich mir schon, als ich sie nicht sah."

„Es geht ihr gut. Wirklich."

„Fass mich nicht an", schrie eine hohe Stimme vom Beiboot. „Ich steige alleine aus."

„Das ist also unser Neuzugang?", fragte Jaga.

„Ja, Pasquale. Scheint ein guter Junge zu sein. Hat seine Eltern beim ersten Angriff verloren. Vor ein paar Wochen ist er beim Bluttest durchgefallen. Eines Tages fing er dann an, aus seiner Kabine zu schreien, und wir sahen, dass er symptomatisch geworden war. Er wurde sofort in einen Kühlraum gebracht. Seitdem hat er sehr zu kämpfen. Ich habe mit ihm gebetet, aber er braucht wirklich Hilfe von jemandem seiner Art."

„Du weißt, dass wir uns um ihn kümmern werden."

„Ich weiß. Sag mal, wie kommt ihr mit euren parasitären Nachbarn zurecht?"

„Darüber wollte ich mit dir sprechen. Ich würde dir empfehlen, nur am Morgen zu kommen, solange es noch kühl ist. Sie jagen jetzt, und ich fürchte, es ist einfach nicht sicher für dich so spät am Tag."

„Verstanden. Ich werde dann aufbrechen. Danke." Ted schüttelte ihm die Hand. „Und bitte grüße sie von mir. Es wird schwer sein, einen weiteren Monat zu warten, bis ich sie wiedersehe."

„Das werde ich, Ted. Friede."

Ted winkte allen zu und machte sich auf den Weg zurück zum Beiboot.

Als er ins Wasser trat, sah er etwas glitzern, obwohl die Sonne heute gut verhüllt war. Er griff hinein und zog einen vertrauten Gegenstand heraus: Es war TJs Orion-Halskette, die er ihr geschenkt hatte und von der sie sagte, sie hätte sie vor etwa vier Jahren verloren. Sie musste sie genau dort verloren haben.

Er drehte sich zum Ufer zurück und blickte zu den Hügeln, wo Ágúst sagte, dass sie jagen würde. Er wusste nicht warum, wahrscheinlich war es nur Wunschdenken seinerseits, aber er hatte das Gefühl, dass sie ihn gerade beobachtete. Er hielt die Kette in die Luft und bewegte sie so, dass ihre Diamanten das matte Sonnenlicht von oben reflektierten. Dann legte er sie an seine Brust und kreuzte die Arme: das Gebärdensprache-Symbol für „Liebe". Dann zeigte er auf die Hügel. „Du!"

Er hielt seinen Blick noch einen Moment länger, bevor er sich wieder dem Beiboot zuwandte.

TJ stand hoch oben auf einem Grat und blickte auf den Strand ihrer Kolonie hinunter. Sie kreuzte die Arme über ihrer Brust und zeigte dann mit dem Finger auf das Beiboot, das ein paar Kilometer entfernt war, ihr Gesicht strahlte vor Freude.

„Was machst du da, Mama?", fragte das kleine Mädchen. Sie hatte einen Arm um TJs Knie geschlungen und blickte mit ihren rubinroten Augen zu der Person auf, die der Mittelpunkt ihres jungen Lebens war.

TJ nahm einen Fuß von dem Reh, das sie gerade erlegt hatte, und kniete sich hin, um ihre Tochter hochzuheben, erstaunt darüber, wie schwer eine Fast-Vierjährige war.

„Siehst du den Mann dort? Den, der jetzt in dem Boot sitzt, mit dem grauen Bart und der blauen Mütze, der wegfährt?"

„Ah-ha", sagte sie, ohne die Augen zusammenkneifen zu müssen, um ihn zu sehen.

„Das, mein Schatz, ist dein Papa."

Ein kurzes Wort des Autors

Vielen Dank, dass du bis zum Ende dieser Reihe gelesen hast. *WAHNSINN* war für mich eine unglaubliche Reise, und ich hoffe, für dich war es das auch.

Falls du es nicht wusstest, ich bin ein unabhängiger Autor, der auf Bewertungen und Rezensionen angewiesen ist, um meine Bücher bekannt zu machen. Deshalb sind Rezensionen so wichtig für mich und ich brauche wirklich deine Hilfe. Selbst eine kurze Bewertung von dir würde ich sehr schätzen.

MLB

Ist dies wirklich das Ende des WAHNSINNS?

Obwohl über ein Jahr Recherche und Planung in die Welt von *WAHNSINN* geflossen ist, waren die *Chroniken des Wahnsinns* als Trilogie gedacht, und *Symptomatisch* ist der letzte Teil dieser Trilogie. Aber das bedeutet nicht, dass die Geschichte von *WAHNSINN* vorbei ist.

Tatsächlich werde ich, wenn euer Feedback (durch eure Rezensionen) deutlich macht, dass ich die Charaktere für eine Fortsetzung zurückbringen muss, dies tun. Ich habe mehrere Fortsetzungsgeschichten im Sinn, vorausgesetzt, die Nachfrage ist da. Hier sind einige der vielen Fragen, die unbeantwortet bleiben...

Was wird aus der *Intrepid* und ihrer Besatzung?

Was passiert mit Ted und/oder TJ?

Was ist mit ihrer Tochter?

Können die Inselkolonie und die benachbarten Parasitären koexistieren?

Werden die Menschen in dieser Welt überleben?

Warum wollt ihr mehr?

Lasst euer Feedback hier los (in eurer Rezension)

Wer ist ML Banner?

Michael schreibt, was er gerne liest: apokalyptische Thriller, die normale Menschen in außergewöhnliche Umstände versetzen, wo ihre Handlungen nicht nur über ihr eigenes Schicksal, sondern auch über das der Welt entscheiden können. Seine Werke werden sowohl traditionell als auch im Selbstverlag veröffentlicht. Oft spielen seine Thriller an weit entfernten Orten, da Michael seine Erfahrungen aus Besuchen in anderen Ländern – einige davon mehrmals – über die Jahre hinweg einbringt. Das Bild stammt von einer transatlantischen Kreuzfahrt, die den Hintergrund für seine preisgekrönte *Chroniken des Wahnsinns* bildete.

Wenn Michael nicht gerade an seinem nächsten Buch schreibt, findet man ihn (und seine Frau) möglicherweise auf Reisen im Ausland oder lesend auf einem Kindle, mit den Zehen im Wasser (Name seiner Verlagsgesellschaft), an einem Strand am Meer von Cortez (Mexiko).

Möchten Sie mehr von M.L. Banner?

Erhalten Sie KOSTENLOSE Bücher & *Apokalyptische Updates* - Eine monatliche Publikation mit vergünstigten Büchern, interessanter Wissenschaft/Entdeckungen, Neuerscheinungen, Rezensionen und mehr

Verbinden Sie sich mit M.L. Banner

Bleiben Sie in Kontakt - Ich würde mich freuen, von Ihnen zu hören!
    E-Mail: michael@mlbanner.com
    Facebook: AuthorMLBanner
    X: @ml_banner

Bücher von M.L. Banner

Für einevollständige Liste von Michaels aktuellen und kommenden Büchern: MLBanner.com/books/

ASCHEFALL APOKALYPSE
Buch 1
Eine weltweite Apokalypse hat gerade begonnen.
Buch 2
Während die Temperaturen in den Keller gehen,sinnt ein neuer Feind auf Rache.
Buch 3
Manchmal ist der beste Plan, wegzulaufen. Aber wohin?

- - -

CHRONIKEN DES WAHNSINNS
WAHNSINN (01)
Eine parasitäre Infektion lässt Säugetierean-greifen.
PARASITÄR **(02)**
Die parasitäre Infektion betrifft nicht nur Tiere.
SYMPTOMATISCH **(03)**
Was tust du, wenn dein Liebster symptomatis-chwird?

- - -

Auf Englisch:

HIGHWAY SERIE
True Enemy (Kurzgeschichte)
Ein unwahrscheinlicher Held findet seinen wahrenFeind.
(Diese USA Today Bestseller-Kurzgeschichte gibt esnur auf mlbanner.com)

Highway (01)
Ein Terroranschlag zwingt Geschwister auf dieAutobahn
und zu einer unmöglichen Reise nach Hause.

Endurance (02)
Das Überstehen dessen, was als Nächstes kommt,wird alles von ihnen abverlangen und mehr.

Resistance(03)
Erscheintbald

- - -

STONEAGE SERIE
Stone Age (01)
Das nächste große solare Ereignis trennt Familie- und Freunde
und läutet eine neue Steinzeit ein.

Desolation (02)
Um die kommende Verwüstung zu überleben, brauchtes neue Freundschaften.

Max's Epoch (Stone Age Kurzgeschichte)
Max wurde nicht als Prepper geboren, er wurde zueinem geschmiedet.
(Diese Kurzgeschichte ist exklusiv aufMLBanner.com verfügbar)

Hell's Requiem (Einzelroman)
Ein Mann kämpft ums Überleben und sucht den Weg zueinem wissenschaftlichen Zufluchtsort.

Time Slip (Einzelroman)

Der Zeitsprung war sein Unfall; kann er ihnnutzen,
um die zu retten, die er liebt?
Cicada (03)
Die wissenschaftliche Gemeinschaft von Ci-
cadakönnte die einzige Hoffnung der Welt sein,
oder sie könnte zum Ende von allem führen.

www.ingramcontent.com/pod-product-compliance
Lightning Source LLC
Chambersburg PA
CBHW061638190726
48289CB00006B/1649